Cay Rademacher

Stille Nacht in der Provence

Cay Rademacher

Stille Nacht in der Provence

Kriminalroman

DUMONT

Prolog

Eine Sommernacht

Der Tote im Sarg war so schwer, dass ihnen schon nach ein paar Augenblicken die Schultern schmerzten und das Holz in ihre Handflächen schnitt. Das auf den Deckel genagelte silberne Kreuz glänzte im Mondlicht. Der Sarg passte kaum in den Wagen, die Heckklappe schloss nicht mehr richtig, sie mussten sie mit einem Strick festbinden. Trotzdem hatten sie Angst, dass ihre makabre Ladung in den engen, steilen Kurven aus dem Auto rutschen und auf die Straße schlagen würde. Auch wenn es hier nicht viele Schlafende gab, die von diesem Lärm hätten geweckt werden können. Sie waren erleichtert, als das Ziel erreicht war. Wie viel Zeit war verstrichen? Wie viele Stunden blieben ihnen noch? Zum Glück waren die Nächte im August schon wieder ziemlich lang.

Der Himmel war hoch und so schwarz, als gäbe es keine Atmosphäre mehr auf der Erde, als würden sie schutzlos durch die ewige Dunkelheit des Alls kreisen. Zahllose Sterne glitzerten wie winzige Wunderkerzen; war das da vorne der Große Wagen? Normalerweise konnte man nur im Winter so viele Sterne sehen, nicht im Sommer, wenn die Hitze das Wasser aus dem Mittelmeer und dem Étang de Berre dunsten ließ. Doch der Mistral hatte in den vergangenen Tagen die Luft klar geblasen. Der Mond stand im Zenit, eine bleiche Welt, auf der man mit bloßem Auge Meer und Berge zu erkennen glaubte. Winzige, rasend schnelle Schatten huschten durch das Dämmerlicht: Fledermäuse auf der Jagd.

Im bläulichen Schimmer des Mondes brauchten sie keine Taschenlampe, und die Autoscheinwerfer blieben ausgeschaltet, immerhin das. Sie hielten auf einer steilen, sich nach rechts windenden Gasse an und stellten den Motor ab. Die Stille flutete zurück, jeder konnte den Atem des anderen hören. Als sie den Sarg aus dem Auto zogen, kratzte er irgendwo über Blech, und es kam ihnen so vor, als würden die uralten Mauern der Ruinen ein Echo durch das halb verlassene Dorf schicken. Es war wieder mild geworden, seitdem der Wind sich am letzten Abend verweht hatte. Jeder Atemzug schmeckte süß nach Rosen und Lavendel, die in einem Garten weiter unten im Tal blühten. Hier oben hatte niemand einen Garten angelegt, dafür war der felsige Boden zu karg. Viele Häuser waren verfallen, schwarze Blöcke, schwärzer als die Nacht. Über ihnen ragte eine Mauer der zerstörten Burg auf, eine riesige, gezackte Wand, die einen Teil des Firmaments verbarg. Vor Jahrhunderten hatten die einstigen Bewohner Keller in den Berg geschlagen, die heute eingefallen waren und die niemand mehr kannte.

Fast niemand …

Das unterirdische Gewölbe im Schatten der Burgmauer war nicht sehr groß, vermutlich war es einst eine Vorratskammer hinter einem Wohnhaus gewesen: eine Grube, kaum zwei Meter lang und einen Meter breit, vielleicht anderthalb Meter tief, überdacht von einem Gewölbe, das schon im Mittelalter gemauert worden war. Ein paar in den Felsen gehauene Stufen führten hinab, eine Steinplatte blockierte den Zugang.

Das ideale Grab.

Sie schleppten den Sarg hinunter. Unter der Last gab einer von ihnen aufstöhnend nach, und die schwere hölzerne Kiste schlug dumpf auf eine Stufe, es hallte in der Kammer. Sie hielten den Atem an und lauschten. Nichts. Also weiter. Endlich hatten sie den Sarg an seinen Platz geschoben, er füllte die Kammer beinahe vollständig aus, sodass sie über seinen Deckel zurückrutschen mussten, um bis zur Treppe zu gelangen.

Nun holten sie Steine und Geröll herbei. Der Hügel, auf dem die alte Stadt erbaut worden war, war ein riesiger Sandsteinfelsen, dessen Flanken von Regen und Frost zermürbt worden waren. In den Ruinen und verwilderten Höfen lagen überall Brocken herum, man musste sie nur einsammeln und auf die Stufen und das Gewölbe schichten. Als die Sonne schon so dicht unter dem Horizont stand, dass der Himmel in rosa- und orangefarbenen Schleiern leuchtete, war von der Felsenkammer nichts mehr zu erkennen, man sah bloß noch von Steinen bedeckten Boden, fast so wie überall in den Ruinen von Miramas-le-Vieux.

Jemand bekreuzigte sich und flüsterte: »Ein schönes Grab.«

Das waren die einzigen Worte in dieser Nacht.

19. Dezember

Miramas-le-Vieux

Andreas Kantor betrachtete die Burg über der düsteren alten Stadt auf dem Hügel. Ein kalter Ostwind trieb graue Wolken über den Himmel, so niedrig, dass sie die Mauern umspülten wie Wellen. Die mittelalterliche Festung war aus sorgfältig behauenen, gelblichen Steinen gefügt. Aber irgendein längst vergessener Krieg oder ein Erdbeben oder einfach die Zeit hatte sie verwüstet: Die Mauer war an manchen Stellen geborsten, ihre Krone war zu einer unregelmäßig gezackten Linie verfallen, und dahinter war nichts als Luft, kein Turm, kein Palast, keine Kapelle. Die Festung und die Häuser des verlassen wirkenden Städtchens bekrönten einen steilen, felsigen Berg, der hundert, vielleicht zweihundert Meter hoch war, schätzte Andreas, der aber nicht gut war mit solchen Schätzungen. Wie er überhaupt nicht gut war mit Zahlen, mit Entfernungen, Maßen, Kalkulationen, mit Geld und Summen und Bilanzen, aber daran wollte er jetzt lieber nicht denken. Er hatte seinen Wagen, das einzige Auto hier, auf einem Parkplatz abgestellt, eine steinige, kahle Fläche am Ende der einzigen schmalen Landstraße, die bis vor den Hügel von Miramas-le-Vieux führte – aber nicht weiter hinauf, denn eine Schranke versperrte den Weg.

Andreas streckte seinen nach der langen Fahrt schmerzenden Körper, machte rollende Bewegungen mit den Schultern, lockerte die Muskeln. Früher hatte er nie solche Beschwerden gehabt, jetzt fühlte er sich nach ein paar Stunden Autofahrt wie durchgeprügelt.

Weihnachten in der Provence.

Was hatte er erwartet? Blauen Himmel, Zypressenalleen und Olivenhaine, eine gnädige Sonne, mildes Licht und Mittagswärme, ein funkelndes Glas Rosé auf der steinernen Terrasse eines restaurierten alten Weinguts? Aber auch im Midi ging die Sonne Mitte Dezember schon kurz nach fünf Uhr nachmittags unter. Ihre letzten Strahlen fielen jetzt wie weiße Lichtschleier durch die Wolkendecke.

Andreas blickte auf Gestrüpp und Wälder, auf Eichen und Pinien, auf einen riesigen Teppich dunkelgrüner, beinahe schwarzer Kronen, der den Berg von Miramas-le-Vieux umgab. Hier und dort taten sich Lücken darin auf, als wäre der Stoff zerschlissen: winterkahle Gärten, verwilderte Felder und zwei oder drei Olivenhaine mit Reihen knotig gewachsener Bäume, die ihn unwillkürlich an die Kreuze eines Massengrabs erinnerten. Der Erdboden zwischen ihren Stämmen war schwarz-rot und sah mürbe aus, es musste seit Tagen, vielleicht Wochen nicht mehr geregnet haben. Doch die Luft schmeckte nach Schnee, und ihm kam es so vor, als würde mit jeder Minute, die die hinter den Wolken verborgene Sonne tiefer sank, die Temperatur um ein Grad fallen. Er schlug den Kragen seiner schwarzen Trekkingjacke hoch.

»Müssen wir etwa unsere Koffer zu Fuß da raufschleppen?« Nicola hatte die Beifahrertür geöffnet, war aber noch sitzen geblieben. Sie blickte hoch zu Miramas-le-Vieux und ihm nicht in die Augen.

Andreas war geistesgegenwärtig genug, die scharfe Erwiderung, die sich ihm schon wie von selbst aufdrängte, gerade noch rechtzeitig hinunterzuschlucken. »Ich bin sicher, es sind nur ein paar Schritte bis zum Haus, Schatz«, antwortete er.

Sie waren mitten in der Nacht aus Deutschland aufgebrochen, um die Provence noch bei Tageslicht zu erreichen. Schnee in der Eifel. Schneeregen in den Vogesen. Regen im Tal der Rhône. Erst hinter Orange hatten die Niederschläge aufgehört, und er hatte einen Scherz gemacht – einen schwachen, zugegebenermaßen –, dass mit der Provence die Sonne kommen würde, aber Nicola hatte geschwiegen, selbstverständlich hatte sie geschwiegen, was hätte sie auch dazu sagen sollen? Sie waren im Rhythmus des gerade neu erstandenen Tesla gefahren: ein paar Hundert Kilometer Autobahn, dann eine Stunde an die Ladesäule, pappiges Raststättenessen, einen Espresso, dann die nächsten Kilometer, die nächste Ladesäule, der nächste Espresso. Andreas war stolz auf den Tesla, ein Auto wie ein Raumschiff: schnell, lautlos, klar. Leider war ihm erst auf dieser, ihrer ersten gemeinsamen langen Fahrt bewusst geworden, dass früher das Brummen des Dieselmotors die Stille zwischen Nicola und ihm ausgefüllt, zumindest erträglich gemacht hatte. Im hermetisch stillen Elektrowagen hingegen schienen die wenigen Worte, zu denen sie sich aufgerafft hatten, einfach verschluckt zu werden, bevor einem auch nur eine passende Antwort einfallen konnte.

Andreas war erschöpft, noch erschöpfter als sonst, doch er spürte: Wenn er jetzt, nach dieser endlosen, schweigsamen Fahrt, auch noch einen Streit begann, dann könnten sie gleich wieder nach Deutschland zurückkehren – falls Nicola dann überhaupt noch Lust hatte, ein zweites Mal so viele Stunden neben ihm auszuharren.

»Ich trage den Koffer, du kannst die kleine Tasche nehmen«, sagte er und eilte um das Auto. Er reichte ihr die Hand, damit sie leichter aussteigen konnte. Nicola blickte ihn einen Moment lang überrascht an, zögerte, dann griff sie nach seiner Rechten und erhob sich. Andreas hoffte, dass sie nicht spürte, wie er erzitterte, als er ihre Hand auf seiner spürte. Nicola war fünfzig Jahre alt, nicht einmal vier Wochen jünger als er, sie war klein, ihr Leib war noch immer schlank und biegsam. Sie hatte dunkle Augen und trug ihre schwarzen Haare noch genauso offen wie zu ihrer Zeit an der Universität, als sie sich kennengelernt hatten. Zwei, drei graue Strähnen schimmerten jetzt darin, aber ansonsten hatte sie sich nicht verändert, fand er. Andreas hätte jetzt gern ihre Hand umfasst und Nicola zu sich gezogen, hätte gern sein Gesicht in ihren duftenden Haaren vergraben, hätte sie gern so fest umarmt, dass er ihre Brüste auf seiner Brust spürte.

Keine gute Idee.

Ihre Hand glitt von seiner Hand wie Wasser. Sie öffnete den Kofferraum, atmete tief durch, als müsste sie sich einem Kampf stellen, und sagte: »Dann wollen wir mal.« Sie zwang sich zu einem Lächeln.

Andreas erkannte, wie viel Mühe es sie kostete, aber besser ein angestrengtes Lächeln als gar keines. Er lächelte zurück.

Am Ende des Parkplatzes, nahe an der Schranke, stand ein großes, grün gestrichenes eisernes Kreuz auf einem Sockel aus gelbem Stein. Ein Bildnis der Heiligen Jungfrau war wie ein metallener Scherenschnitt mitten in das Kreuz gesetzt worden. Einst tat wohl eine Inschrift kund, wer dieses Monument errichtet hatte, und warum. Doch die Plakette war verschwunden, nur eine leere Fläche im Sockel verriet noch, dass sie in längst verwehten Jahren hier angebracht gewesen war. Auf dem Platz war niemand zu sehen, auf der Gasse dahinter auch nicht. Sein Kollege Martin hatte Andreas vor dieser Stille gewarnt, aber er war trotzdem überrascht, dass sie nun wirklich keine Seele bemerkten.

Martin – Oberstudienrat, zweimal geschieden, dreimal verheiratet, vier Kinder, wie er gerne verkündete – war ein Bonvivant, der Frankreich liebte. Er hatte vor weniger als einem Jahr ein Ferienhaus in Miramas-le-Vieux erworben, ein Gemäuer aus dem sechzehnten Jahrhundert, das bereits irgendein Vorbesitzer renoviert hatte. Martin hatte eigentlich mit einem Teil seiner unübersichtlichen Familie die Weihnachtsferien hier verbringen wollen, doch dann hatte sich Ehefrau Nummer drei den Fuß so kompliziert gebrochen, dass sie operiert werden musste. Martin hatte im Lehrerzimmer herumgefragt, ob nicht irgendjemand Lust hätte, nach Miramas-le-Vieux zu fahren. Er suchte einen »Housekeeper«, wie er das nannte, jemanden, der im Winter heizte, der aufpasste, dass die Leitungen nicht einfroren und platzten, dass die Dachschindeln nicht vom Mistral hinuntergeweht wurden, dass kein loser Fensterladen im Wind schlug, bis er splitterte, kurz: Wer über Weihnachten dorthin zog, der musste nicht einmal etwas dafür bezahlen.

Es war ein Gefallen, gewissermaßen, sagte sich Andreas, ein Gefallen für den lieben Kollegen Martin. Und dass die Sache gratis war, war bloß ein angenehmer Nebeneffekt. Er hatte sich noch im Lehrerzimmer spontan gemeldet, beinahe kam er sich so vor wie einer seiner Schüler. Hatte zudem einfließen lassen, dass er seinen letzten Kurs bereits am achtzehnten Dezember geben müsse und also noch vor Beginn der eigentlichen Urlaubszeit im Süden sein könne. »Falls in deinem Haus tatsächlich was zu reparieren ist, dann können wir das erledigen, bevor die Baumärkte schließen.«

Und so waren sie für die Weihnachtszeit an dieses Haus gekommen und blickten nun auf eine schwere Wolkendecke und schmeckten Schnee statt Rosé unter einem blauen Himmel. Das fing ja gut an. Andreas unterdrückte einen Seufzer, eigentlich konnte es doch jetzt nur noch besser werden, oder?

Sie gingen die Straße hoch und zwängten sich links an der Schranke vorbei. Ein Vorhängeschloss blockierte den Balken, aber einige Autos parkten weiter oben am Rand der engen Gasse, also mussten doch ein paar Menschen auch im Winter in Miramas-le-Vieux leben, und die hatten wohl alle einen Schlüssel zur Schranke, um bis zu ihren Häusern zu fahren. Davon hatte Martin nichts gesagt. Was er aber erzählt hatte, war: Die mittelalterliche Stadt war im neunzehnten Jahrhundert aufgegeben worden, weil man eine wichtige Eisenbahnlinie von Paris bis ans Mittelmeer nicht über den Berg von Miramas-le-Vieux legen wollte, sondern durch die Ebene unterhalb des Orts. So war vor hundertfünfzig Jahren im Flachland ein neues Miramas neben der Linie entstanden, weil die Bewohner den Schienen und also den Versprechungen der Moderne entgegengezogen waren. Ein Versprechen, das in gewisser Weise gehalten worden war, denn heute konnte man von dort in viereinhalb Stunden mit dem TGV Paris erreichen. Die alte Stadt auf dem Hügel hingegen ließen die Bewohner mehr als hundert Jahre lang achtlos verfallen – bis vor einiger Zeit ein paar Lebenskünstler damit begonnen hatten, eine Handvoll Eiscafés, Restaurants und Galerien in den Ruinen einzurichten. Danach waren auch manche Häuser wieder renoviert worden, doch mindestens die Hälfte des Ortes war noch immer ein Trümmerfeld. »Im Sommer ist inzwischen viel los, im Winter wohnen hier aber keine zwanzig Leute«, hatte Martin verraten und mit den Augen gezwinkert. »Du und Nicola, hier könnt ihr endlich mal ganz allein sein.«

Genau das war es, was Andreas gerade auch dachte, nur war ihm dabei leider nicht nach Augenzwinkern zumute.

Sie folgten der Straße ein Stück den Berg hoch, in der Rechten trug er den Koffer, der doch schwerer war, als er gedacht hatte, und einen Zettel in der Linken, auf dem ihm sein Kollege eine Wegbeschreibung skizziert hatte. Noch war ihnen niemand begegnet. Sie hatten die ersten Häuser erreicht, eigentlich sahen sie ganz gepflegt aus, doch die Fensterläden waren geschlossen, und nirgendwo drang ein Lichtschimmer auf die nun langsam dunkler werdende Straße, nicht mal aus den Gebäuden, vor denen Autos parkten. Es stank nach Katzenpisse; er hörte, wie Nicola scharf durchatmete. Dann fand er den Weg, den Martin ihm beschrieben hatte: links von der Gasse abzweigend, sehr steil den Hügel hoch. Das Pflaster war schief, die Steine sahen aus, als wären sie im Mittelalter in den Boden geschlagen worden und als hätte sich seither niemand mehr die Mühe gemacht, den Weg auszubessern. Andreas blickte auf, verdammt, wie schwer dieser Koffer und wie lang dieser Weg war! Doch sie hatten es schon ein Stück weit den Hügel hinaufgeschafft, über ihnen ragte die Burgmauer nun viel gewaltiger auf, zehn, zwanzig Meter war sie wohl hoch, ein Abschnitt des Weges war bereits in ihrem Schatten versunken. Nun erst erkannte er, dass in die Mauer ein Torbogen eingelassen worden war, ein Halbkreis aus Stein, allerdings ohne Tor, ohne Fallgitter, dahinter nur der erste Stern, der am violett verfärbten Himmel glitzerte.

Endlich öffnete sich der steile Weg auf eine asphaltierte Straße hin: Rue Frédéric Mistral, ziemlich pompöser Name, Nobelpreisträger, aber eigentlich bloß eine Art Gasse, die, sich nach links windend, den Berg weiter hinaufführte, doch glücklicherweise nun im flacheren Winkel. Er blickte zurück in die Ebene, auf Eichenwälder und einzelne Gehöfte, deren Fenster einladend gelb leuchteten, aus den Kaminen stiegen graue Rauchfahnen. In der Ferne glänzte die südliche Hälfte der Wasserfläche des Étang de Berre im Abendlicht. Die nördliche Hälfte hingegen war grau; es sah aus, als würde es dort aus einer der niedrigen Wolken regnen oder sogar schneien.

Zu ihrer Rechten waren ein paar Häuser an die Felswand gequetscht. Sie erreichten keuchend das letzte Haus dieser Reihe, dahinter gab es nur noch Felsen und den Aufstieg zur Burg.

»Wir sind da«, verkündete Andreas schwer atmend. »Hübsch, nicht wahr?«

Nicola sah aus, als wollte sie darauf etwas erwidern, hätte sich dann aber eines Besseren besonnen.

Das Haus wirkte, als wäre es altersschwach und müsste sich an den Felsen lehnen, es war ein wenig schief, schmal, aus grob zurechtgehauenen Sandsteinen gemauert; nur eine Hälfte der Fassade war hellgelb verputzt, als wäre einem Vorbesitzer mitten in der Arbeit die Lust vergangen. Oder das Geld, dachte Andreas bitter, er konnte das nachfühlen. Die hölzernen Fensterläden und der Türladen waren ochsenblutrot gestrichen und unbeschädigt, wie er erleichtert bemerkte, der Wind hatte sie nicht zerschlagen, das war eine von Martins größten Sorgen gewesen. Er stellte den Koffer ab und wartete, bis sich sein Puls etwas beruhigt hatte. Dann fischte er einen schweren Eisenschlüssel, beinahe so lang wie sein Unterarm, aus der Tasche, die Nicola getragen hatte, und steckte ihn ins altertümliche Türschloss. Er musste etwas daran rütteln, auch diesen Trick hatte ihm sein Kollege verraten, dann gab der eingerostete Mechanismus nach, und die Tür ließ sich öffnen.

Sie traten in einen winzigen Flur. Andreas tastete die Wand ab, bis er einen Lichtschalter fand, einer von den alten Schaltern aus Porzellan, die man drehen musste und die man als sündhaft teure Replik bei Manufactum kaufen konnte. Andreas hätte gern die Wohnung in Hamburg damit ausgerüstet, aber Nicola hatte sich geweigert, Lichtschalter zu erstehen, die so viel kosteten wie Armbanduhren, und selbstverständlich wäre es Wahnsinn gewesen, das sah selbst er ein. Er drehte den Schalter, bis er ein leises Klacken hörte. Halb erwartete er, dass gar nichts geschah oder dass irgendwo im Innern des düsteren Hauses eine Sicherung funkensprühend ihren Geist aufgab. Doch stattdessen flammte eine Reihe LED-Spots auf, die den Flur am Eingang in schmeichlerisches Licht tauchten. Eine Decke aus Holzbalken, weiß gekalkt. Die Wände waren mit einer hellgelben Farbe verputzt, die sich, als er sie berührte, wie Wachs anfühlte. Auf dem Boden lagen kleine, dunkelrote Fliesen, vielleicht sogar noch die Originale aus dem sechzehnten Jahrhundert, die bloß neu verfugt worden waren.

Sie wandten sich nach rechts in die Stube: eine gelb geflieste Küche, mit Kacheln, auf die Olivenzweige und Lavendelblüten gemalt waren, was überraschenderweise überhaupt nicht kitschig wirkte. Ein Gasherd, ein moderner Kühlschrank, ein vom Alter eingedunkelter, solider

Holztisch, vier Stühle, viel mehr Platz gab es hier nicht. Drei Wände waren in der warmen Wachsfarbe gehalten, die Rückseite war der nackte Fels, an den das ganze Haus gebaut war. In der rechten Ecke des Raums war ein Kamin vor die Felswand gemauert worden, vor dem ein abgewetztes Sofa stand. Es gab nur ein Fenster, das zur Gasse wies und einen Blick auf die Wälder und einen Zipfel des Étang de Berre bot. Jenseits der Wohnküche gab es nur noch eine fensterlose Kammer mit Tür, eine Art Schuppen mit einem altersschwachen Holztor oder vielleicht eine Garage für ein Auto, das allerdings deutlich kleiner als ihr Tesla hätte sein müssen, um dort hineinzupassen.

Nicola stieg vor ihm die hölzerne Treppe ins Obergeschoss hoch. Ihr Lächeln war endlich echt, sie blickte sich neugierig um, das Haus begann ihr offenbar zu gefallen. Sie war wütend gewesen, als Andreas an jenem Nachmittag von der Schule zurückgekommen war und ihr verkündet hatte, dass er für Martin den Housekeeper spielen wolle.

»Du entscheidest immer alles allein, nie fragst du mich!«, hatte sie gerufen. »Wozu gibt es Handys? Wenn wir denn schon zwei teure Handys haben …« Tatsächlich hatte er die beiden iPhones für seine Frau und sich auch spontan gekauft, ohne Nicola um ihre Meinung zu bitten. Das Ganze war dann leider zu einem ihrer inzwischen recht häufigen Kräche eskaliert, das volle Programm mit Türenschlagen, und am Ende hatte er sich statt im Ehebett auf der Wohnzimmercouch wiedergefunden.

Doch nun schien Nicola ihm diese Szene verziehen,

sie zumindest verdrängt zu haben. Sie schien die kleine Stiege zu mögen, die hölzernen Decken, die warmen Töne von Böden und Wänden. Andreas folgte ihr und wurde mit jeder Sekunde zuversichtlicher. Oben gab es ein Bad, sogar mit einer emaillierten Eisenwanne, die auf löwenköpfigen Füßen stand. Und daneben lagen zwei Schlafzimmer, winzig, sauber, uralte Fliesen am Boden, Holz an der niedrigen Decke, die wunderbar wachsweiche Farbe an den Wänden, der Felsen im Rücken. Nicola stellte ihre Tasche im größeren der beiden Schlafzimmer ab und öffnete eine Tür, die von dort aus auf das Flachdach des Anbaus führte. Es war zu einer Terrasse ausgebaut worden, mit schmiedeeisernem Geländer und Sonnendach. Andreas trat hinaus und sah zwei Liegestühle, die durch eine Plastikfolie geschützt waren. Sein Kollege, oder vielleicht schon der Vorbesitzer, hatte zwei Kunstwerke aufgestellt: einen kitschigen, dicken Engel aus weiß gestrichenem Beton und einen Storch, der aus Blechteilen zusammengelötet war.

»Hübsch«, wiederholte Andreas und hörte selbst, dass er nun zuversichtlicher klang. Seine Frau widersprach ihm nicht.

Er ging hinein, weil ihm auf der Terrasse kalt wurde. Im Schlafzimmer stand ein hölzernes Doppelbett – aber nur eins vierzig breit, schätzte er. Umso besser. So würden Nicola und er eng beieinanderliegen müssen. Ein Bauernschrank aus dunklem Nussholz stand vor der Felswand. Bevor Andreas die Tür öffnete, um die Sachen aus dem Koffer dort zu verstauen, betrachtete er sich unauffällig im alten Spiegel der Tür, der an manchen Stellen schon stumpf geworden war. Er war nicht besonders groß, aber schlank – es lohnte sich, zweimal die Woche ins Hallenbad zu gehen, um einen Kilometer abzureißen. Er hatte Bekannte in seinem Alter, die waren deutlich stärker aus dem Leim gegangen. Seine Haare waren ein bisschen dünner geworden, er hatte jetzt Geheimratsecken, und an den Schläfen waren sie nicht länger schwarz, sondern grau, aber er fand, dass das auch noch ganz passabel aussah. Außerdem brauchte er keine Brille, hundertfünfundzwanzig Prozent Sehschärfe, seine Schüler waren immer wieder erstaunt, dass er mitlesen konnte, wenn sie ihre Klausuren schrieben und er durch die Reihen ging.

Seine Schüler …

Französisch und Englisch, er liebte seine Fächer, wirklich, seit fünfundzwanzig Jahren unterrichtete er sie an dem Gymnasium, wo er selbst einst Schüler gewesen war. Doch irgendwann – Andreas hätte nicht sagen können, wann eigentlich genau – war es ihm immer schwerer gefallen, vor seine Klassen zu treten. Zuerst war es ungefähr so gewesen, als würde er durch eine gegenläufige Strömung durchs Wasser waten müssen, wenn er nach der Pause zu seinem Raum schritt. Inzwischen jedoch fühlte er sich wie ein Soldat, der in den Schützengraben zurückkommandiert wurde. Vor vier Tagen hatte er mitten im Unterricht einfach aufgehört zu reden und erschöpft aus dem Fenster gestarrt. Zwölfte Jahrgangsstufe, ein toller Kurs, zum Glück für ihn. Die Schüler hatten ein paar Augenblicke höflich darauf gewartet, dass er fortfuhr, schließlich hatte sich Lara erhoben, die Kurssprecherin, und zögernd gefragt: »Herr Kantor? Fühlen Sie sich nicht gut?«

Ein wunderschönes, kluges Mädchen, das ihn besorgt anblickte, so war er wieder zu sich gekommen. Er hatte irgendeine Entschuldigung gemurmelt, sich ein Lächeln abgerungen und mit Camus weitergemacht, und die Unterrichtsstunde hatte sich schier endlos gedehnt. Andreas blickte aufs Bett. Plötzlich kamen ihm seine Gedanken von vorhin lächerlich vor, all die Träume, die er in Deutschland mit dem Provence-Urlaub verbunden hatte, nur Nicola und er, viel Zeit, kein Stress ... Die Tage hier im Süden – und danach die Wochen, Monate, Jahre, die noch kommen würden, in Hamburg oder wo auch immer – würden ihm nicht Nicolas verführerisches Lächeln zurückbringen, sondern stattdessen mehr und mehr verstörte Blicke wie die seiner besten Schülerin.

Nicola stand noch immer auf der Terrasse, durch die Tür fuhr ein eisiger Luftstrom hinein, und Andreas glaubte, dass sie so lange dort draußen ausharrte, bis er das Schlafzimmer verließ, weil vielleicht auch sie ganz genau wusste, was ihm gerade durch den Kopf ging. Wenn er schon ausgebrannt war, dann konnte er ja auch Feuer machen, dachte er in einem Anflug von Zynismus.

»Ich kümmere mich mal um den Kamin«, rief er. »Martin hat behauptet, es liegt Holz im Garten.«

»Garten « war übertrieben. Andreas stolperte die enge Treppe hinunter bis in den Flur, wo sich nach links eine Tür zu einer Art Hof öffnete, einem nur wenige Quadratmeter großen Dreieck, das sich unter der Felswand erstreckte. Ihn fröstelte, als er hinaustrat. Die Luft war feucht und roch nach Moos. Der Boden war zu steinig, um irgendetwas anzupflanzen. Sein Kollege hatte ein hölzernes Hochbeet aufgestellt, in dem im Sommer vielleicht irgendwelche Kräuter blühten, jetzt aber nur noch unbestimmbare vertrocknete Stängel und Blätter auf der krümeligen schwarzen Erde lagen. Eine etwa zwei Meter hohe Mauer schloss den Hof zur Gasse hin ab, eine kleine, grün gestrichene Eisenpforte war dort eingelassen. Neben dieser Pforte hatte Martin Holzscheite gestapelt. Etwas glitzerte auf dem Holz. Andreas dachte einen Moment lang an Glassplitter, doch als er das Holz berührte, löste sich das Glitzern auf. Eine Schneeflocke. Einzelne Flocken fielen vom Himmel, zu wenige, als dass er sie im Dämmerlicht hätte erkennen können. Nur dort, wo sie auf dem Boden aufkamen, leuchteten sie für einen letzten Augenblick auf, bevor sie vergingen.

Andreas nahm einen Arm voll Scheite und schleppte seine Last hinein bis vor den Kamin. Er hatte einige der schönsten Winter seiner Kindheit auf dem Bauernhof der Großeltern in der Eifel verbracht, sodass er wusste, wie man ein Kaminfeuer entzündete, ohne dass gleich das ganze Haus verqualmt wurde. Nach kurzer Zeit loderten die Flammen auf, und der Rauch zog tatsächlich durch den Schornstein ab. Gut. Auch das war eine Sorge von Martin gewesen: dass Vögel ein Nest auf dem Kamin gebaut und diesen blockiert hätten. Schon bildete sich Andreas ein, dass es wärmer wurde im Haus.

Irgendwann kam Nicola von oben herunter und setzte sich neben Andreas auf einen Stuhl. Sie hielt ihre Hände in Richtung der Flammen. »Das tut gut«, sagte sie.

»In ein paar Stunden ist das ganze Haus warm«, erwiderte er. »So groß ist es ja zum Glück nicht.«

Seine Frau deutete auf den blanken Felsen, der die Rückseite des Hauses bildete. »Ich habe den Eindruck, die Kälte kriecht direkt aus dem Stein, wie ein Gespenst. Irgendwie gruselig.«

»Du hast zu viel gegoogelt«, sagte Andreas. Er ahnte, dass seine Frau sich nicht vor dem nackten Felsen fürchtete, dass ihr zudem dieses Haus gefiel und dass sie diese Bemerkung nicht gemacht hätte, wenn sich das Gebäude in irgendeinem anderen Ort befunden hätte. Doch Nicola musste alles nachprüfen, eine Berufskrankheit, ausgelöst von zweieinhalb Jahrzehnten Arbeit als Journalistin. So wie er ständig ins Dozieren kam, als stünde er vor einem Leistungskurs, so sah sie selbst im Alltäglichsten die nächste Story. Als sich Nicola also erst einmal an den Gedanken gewöhnt hatte, dass sie Weihnachten in der Provence verbringen könnten – sie hatte eigentlich geplant, über die Feiertage in Hamburg zu bleiben –, da hatte sie angefangen, über Miramas-le-Vieux Recherchen anzustellen. Eine halb verfallene mittelalterliche Stadt in Südfrankreich ohne Museum oder sonstige Sehenswürdigkeit, was gab es da schon zu recherchieren, hatte Andreas gedacht. Hätte er mal besser selbst im Internet nachgeschaut, bevor er das erste Mal mit seiner Frau über das Ferienhaus gesprochen hatte.

Tatsächlich musste man nur »Miramas-le-Vieux« in die Suchmaschine eintippen, schon gab es Hunderte Treffer, vor allem von amerikanischen und französischen Nachrichtenseiten: *»The David Brown Affair«, »L'Affaire David Brown«.*

David Brown war ein einundzwanzigjähriger Student der George Mason University nahe Washington, der sich vor zwei Jahren ein paar Monate freigenommen hatte, um durch Europa zu trampen. Im Netz gab es Fotos und sogar mehrere kurze, offenbar private Videos von ihm: fröhlich lächelnd, sportlich, dunkelblonde Haare, dunkelblonder, kurzer Bart, Augen wie Robert Redford, beide Arme voll mit Tier-Tattoos, die für die Indianer magische Bedeutung hatten: Puma, Kojote, Adler, Klapperschlange. Geschützt hatten ihn diese Totemtiere aber offenbar nicht, denn während seiner Europareise war der Junge auf einmal spurlos verschwunden.

In Miramas-le-Vieux.

Ausgerechnet in diesem Kaff war er zumindest zum letzten Mal von einem Zeugen lebend gesehen worden. Seither: nichts. David Brown war verschollen, als hätte es ihn nie gegeben. Eine Zeitlang hatten amerikanische und französische Reporter den Ort deshalb mit morbidem Interesse beobachtet. Aber selbst die Gendarmerie, die mit großem Aufgebot jedes Haus und jede Ruine durchsucht hatte, war auf keine einzige brauchbare Spur gestoßen. Irgendwann hatte sich die Öffentlichkeit anderen Verbrechen zugewandt, schließlich herrschte daran nie Mangel. Doch weil in Miramas-le-Vieux seither offenbar nichts Bemerkenswertes mehr geschehen war, war diese zwei Jahre alte, halb vergessene Affäre immer noch das Erste, was einem Google servierte. Und deshalb war für Nicola die Kälte, die aus dem Felsen kam, nicht einfach frostig, sondern gespenstisch.

Andreas wollte nicht, dass sie von düsteren Gedanken heimgesucht wurde, zumindest nicht von noch mehr düsteren Gedanken, als sie sowieso schon quälten, also sprang er vom Stuhl auf, als wäre er selbst voller Energie. »Lass uns einen Spaziergang durch den Ort machen«, schlug er vor. »Hoffentlich finden wir ein Restaurant, das auch im Dezember geöffnet ist.«

»Die Küche sieht eigentlich gut aus«, entgegnete Nicola zögernd. »Und wir haben ja noch Sachen aus Deutschland mitgebracht. Es ist ... gemütlich hier.«

Was sie damit eigentlich sagen wollte: Es war billiger, in der Küche Fertiggerichte vom heimischen Supermarkt zu kochen als im Restaurant zu speisen. Und natürlich hatte Nicola recht. Doch Andreas küsste sie auf die Wange, lächelte und sagte bloß: »Ach, komm!«

Draußen war es dunkel, kein Stern mehr zu sehen, der Himmel musste voller Wolken sein. Vom Meer her wehten Böen, feucht und kalt. Schneeflocken taumelten durch die gelben Lichtkegel der zu weit auseinanderstehenden Straßenlaternen. Noch zerflossen sie innerhalb weniger Augenblicke auf dem Boden, doch Andreas fragte sich, wie tief das Quecksilber wohl diese Nacht fallen mochte. Zwischen den hellen Inseln der Laternen war die Gasse so finster, dass sie manchmal tatsächlich die Hände ausstreckten, um nicht irgendwo gegen eine Mauer zu laufen. Er fand es komisch und hätte einen Witz gerissen, wenn er nicht bemerkt hätte, wie Nicola jedes Mal den Atem anhielt, wenn sie dunkle Passagen durchquerten. Er nahm ihre Hand, sie ließ es geschehen. Sie hatte keine Handschuhe mitgenommen, ihre Finger waren eiskalt.

Nun glomm Licht in manchen Häusern, quoll durch windschiefe Fensterläden bis auf die Gasse; einmal hörten sie die künstliche Lachsalve einer Fernsehshow, als irgendwo ein Fenster geöffnet und rasch wieder geschlossen wurde. Sie gingen an einem Restaurant vorbei, alles dunkel, das Schild innen an der Eingangstür kaum zu entziffern: »*Fermeture Annuelle*«. Auf den Straßen war niemand zu sehen, keine Autoscheinwerfer durchschnitten die Nacht.

Sie wanderten die Rue Frédéric Mistral den Hügel hinunter. Sie führte, so erkannte Andreas langsam, als eine Art Hauptstraße im Bogen durch die ganze Stadt, hinauf zur Burgruine, hinunter bis zur Landstraße. Das Sträßchen wurde irgendwann etwas breiter, dort standen Häuser zu beiden Seiten. Plötzlich fanden sie sich vor einem alten Stadttor wieder – einem steinernen Bogen, der sich über die Rue Frédéric Mistral wölbte und sich links und rechts an massiven Hauswänden abstützte. Der Bogen trug eine Art Aussichtsplattform, auf der ein moderner, großer Flaggenmast stand. Eine Trikolore, so groß wie die Dächer mancher Häuser, knatterte im Wind. Rechts ging eine enge, steile Steintreppe hinauf.

Sie erklommen den Torbogen. Die bewaldete Ebene und der Étang der Berre unter ihnen waren nur noch zu ahnen. Andreas kam es so vor, als wäre das Schneetreiben stärker geworden und als würde man unten inzwischen helle Flecken ausmachen, dort wo der Schnee vielleicht in Lichtungen oder im Windschatten einsamer Gehöfte schon liegen geblieben war.

»Hoffentlich ist es in England nicht so kalt«, sagte Nicola.

»Da regnet es doch immer bloß.«

»Du und deine Klischees. Es wäre mir lieber, Chiara wäre jetzt hier.«

Ihre Tochter hatte dieses Jahr Abitur gemacht und studierte nun in Cambridge. Bei einer Mutter, die Gesellschaftskolumnen und heitere Texte für ein Frauenmagazin schrieb, und einem Vater, der moderne Sprachen unterrichtete, konnte nur irgendeine irrwitzige Genmutation dafür verantwortlich sein, dass das Kind aus dieser Verbindung ausgerechnet in Mathematik brillant war. So brillant, dass sie ein Stipendium an der fernen Eliteuniversität ergattert hatte, das wenigstens die Hälfte der atemberaubenden Studiengebühren abdeckte. Sie waren unglaublich stolz auf sie und hatten erst nach und nach realisiert, wie still ihre nun kindlose Eigentumswohnung auf einmal geworden war. Und dann hatte Chiara auch noch vor ein paar Wochen verkündet, dass sie die Feiertage lieber »bei Freunden« (von denen Andreas noch nicht einmal die Vornamen kannte) irgendwo in Kent verbringen wollte. Er glaubte ihr zwar, dass es ihr in England sehr gut gefiel, hatte aber trotzdem den Verdacht, dass Chiara auch deshalb auf der Insel blieb, um nicht nach Hamburg zurückkehren zu müssen. Die letzten Jahre waren zwischen Nicola und ihm nicht mehr so rosig gewesen, und Chiara war ein kluges Mädchen.

Er hätte das Gespräch an diesem, ihrem ersten Urlaubsabend gern in eine andere Richtung gelenkt. Nicht weil er nicht gern über ihre Tochter sprach, sondern weil er nicht über Cambridge sprechen wollte. Zu spät.

»In zwei Wochen ist wieder unsere Hälfte der Studiengebühren fällig«, sagte Nicola und blickte dabei, direkt an der steinernen Brüstung stehend, in die Ferne, als könnte sie irgendwo in der Nacht noch etwas erkennen.

»Das schaffen wir schon«, versicherte Andreas und unterdrückte einen Seufzer.

»Den Spruch kannst du dir wirklich sparen. Wie du dir überhaupt das Sparen angewöhnen könntest.«

Andreas dachte an den Tesla und die neuen iPhones und die Sechzigerjahre-Stehlampe in seinem Arbeitszimmer, die er neulich in diesem Antiquitätenladen gefunden hatte, und er dachte an Cambridge und daran, dass sie für ihre Eigentumswohnung noch Hypothekenraten zahlen würden, wenn sie nur noch graue Haare hätten. »Immerhin kostet uns dieser Urlaub fast keinen Cent«, verteidigte er sich.

»Du weißt, dass sich etwas ändern muss«, erwiderte sie und sah ihm nun ernst in die Augen. »Jetzt, seitdem ich …«

Ein metallischer Schlag unterbrach Nicola. Sie zuckten

erschrocken zusammen. Noch ein Schlag und noch einer und noch einer. Sieben Schläge. Andreas blickte nach oben: Im Giebel des Hauses links vom Tor war eine Uhr angebracht, eine von den großen Uhren mit weißem Zifferblatt und schwarzen Stundenzahlen, wie sie im neunzehnten Jahrhundert vor allem in Bahnhöfen eingebaut worden waren. Darunter erkannte er eine Glocke, die eher zu einem Stahlwerk als zu einem mittelalterlichen Dorf gepasst hätte.

»Uff«, machte Andreas und versuchte zu lachen, nachdem der letzte Schlag verhallt war. Die Glocke zitterte noch leicht. Er nutzte die Unterbrechung, um das Thema zu wechseln. »Dieser Lärm vertreibt zumindest alle Gespenster. Wollen wir uns jetzt ein Restaurant suchen?« Er deutete auf die Treppe.

Sie waren erst wenige Stufen hinuntergegangen, als dieselben sieben Schläge wieder über ihre Köpfe dröhnten. Sie sahen auf das Zifferblatt: zwei Minuten nach sieben. »Als wollte uns die verdammte Uhr von hier vertreiben«, sagte Nicola.

Vor dem Tor bog links eine kaum zwei Meter breite Gasse ab. »Impasse Suffren«, las Andreas auf einem ziemlich neuen Straßenschild. Die Gasse wirkte auf den ersten Blick eher wie der Eingang zu einem Labyrinth, denn nach ein paar Schritten schien sie noch enger zu werden. Die Hausmauern zu beiden Seiten strahlten Kälte aus, die Luft hier war feuchter als auf dem Tor. Das Haus zu ihrer Rechten war verfallen, die Tür und zwei Fensterhöhlen im Erdgeschoss waren mit Sperrholzplatten vernagelt. Irgendein Künstler hatte die Platten in einem naiven Comicstil bemalt. Sie erkannten einen Innenhof mit Brunnen, vielleicht von einem Kloster, einen blauen, kitschigen Engel und drei mit schwarzen Kutten vermummte Männer, von denen der vorderste eine Fackel in der Hand hielt, vielleicht Büßer, vielleicht Henker der Inquisition.

»Müssen wir in diese Sackgasse hineingehen?«, fragte Nicola.

Andreas deutete auf Licht, das einige Meter weiter überreichlich aus einem Fenster strahlte. »Vielleicht ist das ein Restaurant.«

Tatsächlich standen sie ein paar Augenblicke später jedoch vor dem kleinen Schaufenster eines Ladens, und Andreas fragte sich, wer zum Teufel zu dieser Jahreszeit und in dieser klaustrophobisch engen Gasse je dort einkaufen würde. Über dem Fenster hing ein von LED-Spots angestrahltes, schmiedeeisernes Schild: »Galerie Tanguy«. Die Auslage bot provenzalische Bauernhäuser aus Ton dar und Hunderte fingergroße Tonfiguren: die Heilige Familie, Schäfer, Wäscherinnen, Gendarmen, Marktfrauen, Bürgermeister mit Trikolore um den gewölbten Bauch, Lavendelpflückerinnen. Andreas sah genauer hin: ein Maler mit flammend rotem Haar – Vincent van Gogh. Ein winziger alter Mann sah aus wie Abbé Pierre.

»Das sind Santons«, erklärte er, »kleine Heilige, die provenzalischen Krippenfiguren.«

»Jetzt, wo du es sagst …«, erwiderte Nicola. Sie war mit siebzehn für ein paar Monate als Au-Pair in Lyon gewesen, sprach passabel Französisch und kannte sich im Land mindestens so gut aus wie er. Doch für ihn war alles, was seine Frau in der Zeit vor ihrem ersten Rendezvous erlebt hatte, irgendwie immer irreal geblieben, so als hätte es das gar nicht richtig gegeben. Ihr Sachen zu erklären, die sie längst wusste, war eine seiner Marotten, die Nicola wahnsinnig machten.

»Das ist Kitsch«, stellte Nicola entschieden fest. Aber sie drückte trotzdem die Klinke der Tür herunter: Wahrscheinlich hatte sie auch die Bewegung hinter den Schaufensterauslagen wahrgenommen, dachte Andreas und war froh, in Miramas-le-Vieux endlich eine lebende Seele zu sehen.

Andreas folgte seiner Gattin, obgleich ihn Santons auch nicht besonders interessierten. Im Innern trafen sie eine Frau, die offenbar sehr überrascht war, dass bei diesem Wetter und zu dieser Stunde noch Kunden kamen. Sie war zierlich, noch etwas kleiner als Nicola, schlank, ihre langen Haare waren blondiert. Wahrscheinlich waren sie eigentlich dunkelbraun oder sogar schwarz, vermutete Andreas, denn ihre Augen waren dunkel und ihre Haut hatte selbst mitten im Winter einen leicht olivenfarbenen Teint. Sie bewegte sich mit den schnellen, etwas hektischen Bewegungen jener Menschen, die immer unter Strom zu stehen schienen.

»*How can I help you?*«

Andreas stockte. Sah man ihnen die deutschen Touristen, zumindest die Nicht-Franzosen, denn so sehr an? Dann dachte er, dass in Miramas-le-Vieux wohl jeder jeden kannte, und wenn unbekannte Gesichter wie ihre im Laden auftauchten, dann mussten das Touristen sein. »Wir sehen uns bloß Ihre Auslage an«, antwortete er in seinem besten Schulfranzösisch.

»Oh«, machte die Frau, der es womöglich etwas peinlich war, Englisch gesprochen zu haben, die aber auch erleichtert zu sein schien, dass sie in dieser Sprache nicht weiterreden musste. »Sehen Sie sich ruhig um. Die habe ich alle selbst gemacht.«

»*Sie* haben die gemacht?«, vergewisserte sich Nicola. Zu spät fiel ihr auf, dass die Galeristin diese Rückfrage für unhöflich halten konnte, und setzte rasch hinzu: »Es ist Ihr Laden?«

»Milène Tanguy«, sagte sie und schüttelte ihnen die Hand. Schöne Hand, dachte Andreas, als er sich vorstellte. Milène Tanguy mochte Anfang vierzig sein, doch ihre Hand war ganz glatt, eher wie die einer Zwanzigjährigen, eigentlich erstaunlich für jemanden, der alle diese Santons eigenhändig geformt haben wollte, das mussten doch Hunderte sein. »Sie sind Bildhauerin?«

Milène lachte, heiter, nicht spottend. »Ich bin *Santonnière*«, korrigierte sie ihn, »das ist etwas anderes.«

»Sie müssen Jahre an dieser«, Nicola suchte nach dem richtigen Wort, »dieser Stadt voller kleiner Figuren gearbeitet haben.«

Die Galeristin schüttelte den Kopf. »Ich gestalte jeden Santon bloß einmal – aus Wachs. Um dieses Wachsmodell lege ich zwei Gipsschalen. Danach muss ich nur noch Ton in die Gipsformen drücken und die Figuren anschließend im Ofen brennen. Ich nehme die Tonerde vom Étoile-Massiv bei Aubagne, die ist die beste. Am längsten dauert es, die Santons zu bemalen. So macht man das seit mehr als zweihundert Jahren bei uns; ich wollte schon als Mädchen Santonnière werden, ist das nicht verrückt?« Wieder dieses freie Lachen, Andreas lächelte jetzt auch.

Milène griff sich eine Figur heraus und reichte sie ihm. Dabei berührten ihre Fingerspitzen für eine Sekunde seine Hand. Eine barfüßige Bäuerin. Vom Rand der Auslage holte sie danach ein Paar, einen Mann und eine Frau in gelben Westen, die Plakate hochhielten. »Das sind meine Gelbwesten. Man muss ja mit der Zeit gehen«, erklärte sie verschmitzt. Dann zeigte sie ihm einen Mann mit einem Wanderstock. »Das soll Cézanne sein. Und dieser ziegenbärtige Monsieur hier ist Frédéric Mistral.«

»Wir wohnen in seiner Straße«, erwiderte Andreas und erklärte mit wenigen Worten, wo sie wohnten und wie sie nach Miramas-le-Vieux gekommen waren. Milène sah einen Moment lang so aus, als wollte sie etwas dazu sagen, ja, als missfiele ihr irgendetwas an dem, was sie soeben gehört hatte.

Doch in diesem Augenblick kam aus einem Raum hinter dem Laden ein massiger Mann, der mindestens zwei Köpfe größer war als Andreas, kahl, sechzig Jahre oder älter, dicke Hornbrille, violette Muster geschwollener Äderchen auf seinen fleischigen Wangen. Der Neuankömmling bedachte sie mit dem misstrauischen, latent aggressiven Gesichtsausdruck jener Männer, die ständig schlecht gelaunt sind.

»Mein Gatte René«, stellte Milène vor. Im Laden schien es zehn Grad kühler geworden zu sein. Der Mann schüttelte ihnen nicht die Hand, nickte bloß kurz und brummte: »Sie sind Touristen.« Keine Frage, sondern eine Feststellung, und freundlich klang es nicht.

»Wir sind heute Nachmittag angekommen«, erklärte Nicola, die offenbar das absurde Bedürfnis verspürte, sich zu rechtfertigen.

»Die Uhr am Tor hat uns erschreckt, sie schlägt zweimal die Stunde«, sprang ihr Andreas bei, dem sonst nichts einfiel, was er hätte sagen können. Smalltalk war noch nie seine Stärke gewesen, und schon gar nicht nach einer durchgefahrenen Nacht und einem Mann gegenüber, der sie musterte wie ein Polizist beim Verhör eines Verdächtigen.

Milène lachte, diesmal etwas gezwungen. »Die Uhr spinnt schon seit hundert Jahren! Wahrscheinlich haben sie sie deshalb hier eingebaut und nicht unten in den Bahnhof, wo sie eigentlich hingehört. Zwei Minuten nach jeder vollen Stunde legt sie einfach nochmal los, niemand weiß, warum.«

Nicola sagte nichts mehr. Sie spürte, wie René sie musterte, die dicken Brillengläser vergrößerten seine Augen unnatürlich. Andreas schien das nicht zu bemerken, er ließ sich von Milène noch einige Figuren zeigen und fragte sie endlich nach einem Restaurant im Ort.

»Eigentlich sind alle geschlossen«, antwortete die Ladenbesitzerin. »Aber Sie haben Glück: Valéria öffnet ihr Restaurant in der Woche vor Weihnachten und bis zum sechsten Januar. La Table du Roy. Sie können es nicht verfehlen.« Sie beschrieb ihnen den Weg.

»Müssen wir reservieren?«, fragte Andreas.

Milène schüttelte bloß den Kopf.

Andreas nahm zum Abschied ihre Hand. »Wir kommen sicher wieder«, versprach er, »wir bleiben ja eine ganze Woche hier. Wir werden einige Santons kaufen, dann haben wir nächstes Jahr in Hamburg eine provenzalische Krippe.«

»Seit wann interessierst du dich für kleine bunte Tonfiguren? Und warum hast du sie nicht gleich zum Essen in diesem Restaurant eingeladen?«, fragte Nicola bissig, nachdem sie wieder auf die Gasse getreten waren und sich die Kragen gegen die Kälte hochgeschlagen hatten.

»Ich war nur höflich.«

»Du hast mit ihr geflirtet.«

»Wie kannst du so etwas sagen?« Andreas versuchte, empört zu klingen und auf gar keinen Fall schuldbewusst – doch er *hatte* mit Milène geflirtet, zumindest ein wenig und zumindest so lange, bis ihr finsterer Gatte hinzugekommen war.

»Ich weiß, sie ist jünger als ich und ... «

»Oh, bitte, fang nicht damit an!« Er nahm ihre Schultern in seine Hände und wollte sie an sich ziehen. Doch sie blieb steif stehen und musterte ihn. Nicola hatte fast ihre ganze Karriere bei Deutschlands größter Frauenzeitschrift gemacht, viel Verantwortung, nette Kollegen, schickes Büro mit Elbblick. Doch vor ein paar Wochen war ihr zum Jahresende gekündigt worden. In das schicke Büro würde eine dann doch nicht ganz so nette Kollegin einziehen, eine ehrgeizige Journalistin, die halb so alt war wie Nicola und doppelt so »internetaffin«, wie ihre Chefredakteurin unverblümt erklärt hatte. Nicola hoffte immer noch, dass sie – mit ihrer Erfahrung! – in irgendeiner anderen Redaktion unterkommen würde. Sie hatte deshalb außer Andreas niemandem von ihrer Kündigung erzählt, nicht einmal ihrer Tochter. Doch bislang hatte sich nichts ergeben, und jetzt kam Weihnachten, und Andreas wusste, dass sich Nicola fürchtete, im nächsten Monat zum ersten Mal in ihrem Leben zum Arbeitsamt gehen zu müssen, und das alles wegen einer jüngeren Frau.

Genau an dem Tag, an dem sie ihm ihre Kündigung gestanden hatte, hatte Andreas nichtsahnend und spontan die beiden Handys gekauft, mit denen er Nicola überraschen wollte. Sie war explodiert und hatte ihm vorgeworfen, ausgerechnet jetzt das Geld mit beiden Händen zum Fenster hinauszuwerfen. »Ich bin kein Beamter wie du«, hatte sie gesagt. »In der Medienbranche ist schon lange kein Job mehr sicher. Das müsste doch selbst einem Lehrer wie dir inzwischen mal aufgefallen sein!«

»Was soll das heißen: ›selbst einem Lehrer wie mir‹?«, hatte Andreas sich empört. Und dann war es mal wieder losgegangen.

Andreas wollte daran jetzt nicht denken, aber er gab es auf, seine Gattin an sich ziehen zu wollen, er ließ ihre Schultern los und vollführte mit seinen Händen, die ihm plötzlich irgendwie nutzlos vorkamen, eine vage ausholende Geste. »Das Restaurant muss ganz in der Nähe sein.«

Sie verliefen sich dann doch, oder vielleicht hatte Andreas Milènes Ausführungen auch nicht richtig zugehört, jedenfalls schritten sie noch mindestens zehn Minuten menschenleere Gassen ab, bis sie an eine Treppe gelangten, *Escalier des Soupirs*, die »Seufzertreppe«, die sie wieder den Berg hinaufführte. Als sie oben angelangt waren – sie atmeten so schwer, dass sie keine Luft mehr zum Seufzen hatten – sahen sie endlich das Table du Roy rechts neben der letzten Stufe. Ein weißes, zweigeschossiges Haus mit Wintergarten, viel zu modern für den Ort. Neben dem Restaurant wölbte ein Ahorn seine Krone über eine Terrasse – seltsamerweise trug der Baum noch im Dezember etliche grüne Blätter. Im Sommer war diese Terrasse abends sicherlich bis auf den letzten Tisch besetzt, vermutlich ging der Blick von hier weit hinaus in die Landschaft. Jetzt allerdings sah man bloß tanzende Flocken in der Dunkelheit, und nur hin und wieder bewegten sich die zitternden Lichtkegel von Autoscheinwerfern tief unter ihnen durch die Nacht. Tische und Stühle waren mit Drahtbändern gegen Diebe und den Mistral gesichert. Doch aus der Eingangstür jenseits der Terrasse leuchtete es golden.

»Ich habe einen Mordshunger«, verkündete Andreas, als er Nicola die Tür aufhielt.

Der Speiseraum unter der Glaskuppel des Wintergartens war warm, aus versteckten Lautsprechern klang leise eine Melodie, die er wiedererkannte: Ludovico Einaudi,

Divenire, das hörte er auch oft auf dem Rückweg nach einem langen Schultag, um seine Nerven zu beruhigen. An den Wänden hingen lange Lichterketten, die vielleicht festliches Ambiente erzeugen sollten. In einer Ecke stand ein hüfthoher Weihnachtsbaum aus Plastik, mit Kunstschnee besprüht und mit einer weiteren gelben Lichterkette umwickelt, die in einem solchen Rhythmus blinkte, dass sie bei Epileptikern wahrscheinlich Anfälle auslöste. »Siehst du einen freien Tisch?«, fragte er Nicola.

Seine Frau bedachte seinen müden Scherz mit einem ebenso müden Lächeln – alle Tische waren unbesetzt. Sie wählten einen Tisch nahe am Fenster, obwohl es draußen ja eigentlich nichts zu sehen gab außer Schneeflocken im Lichtschimmer. Als sie noch umständlich die Stühle zurechtrückten, eilte eine Frau durch eine Schwingtür, die vermutlich zur Küche führte. »So eine Überraschung!«, rief sie. »Gäste!«

»Wenn wir die einzigen Gäste sind, dann machen Sie sich bitte keine Umstände. Wir können auch zu Hause essen«, erwiderte Nicola, die offensichtlich die Hoffnung noch nicht aufgegeben hatte, um diesen Restaurantbesuch herumzukommen.

»Aber nein. Die Küche ist warm, mein Neffe und ich müssen ja schließlich auch essen. Die Auswahl ist nur etwas eingeschränkt. Was halten Sie von einem deftigen Cassoulet? Genau das Richtige bei dieser Kälte, finden Sie nicht?«

»Wir mögen Deftiges«, erwiderte Andreas.

Nicola hätte, das wusste er, lieber eine Suppe gegessen

und danach einen großen Salat, wegen der Linie. Aber sie fügte sich ins Unvermeidliche. »Zwei Cassoulets also«, sagte sie.

»Sie sind zu Besuch hier?«

Andreas stellte seine Frau und sich vor und beschrieb das Haus, das sie, wie er das nannte, »gemietet« hatten.

»Ich bin Valéria Lozach.« Die Wirtin schüttelte ihnen die Hand.

»Lozach klingt bretonisch«, warf Nicola ein. Ihre Gastgeberin war mittelgroß, vielleicht Ende vierzig, ihr Körper ein bisschen zu kräftig, um noch als sportlich durchgehen zu können. Sie trug ihre Haare sehr kurz, dunkelbraune Haare, bemerkte Andreas, war das typisch für Bretonen?

»Ich bin von hier. Mein Mann war aber ein hundertprozentiger Bretone«, erklärte Valéria. Sie zog ein zerknittertes Foto von einem breitschultrigen, bärtigen Mann hervor und zeigte es ihnen. Er trug tatsächlich einen gestreiften bretonischen Pullover, auf seiner mächtigen Brust glänzte ein silberner Anker, den er an einer Kette um den Hals trug.

»Ein echter Seebär«, bemerkte Andreas, der etwas peinlich berührt war, dass ihm eine Frau, die er so gut wie gar nicht kannte, ungefragt das Foto ihres Ehemannes unter die Nase hielt. Irgendwie hatte er den Eindruck, auf das Porträt eines Toten zu blicken.

»Ein echter Koch!« Valéria lachte. »Charles hat in Marseille gearbeitet, da habe ich ihn auch kennengelernt. Wir waren beinahe die Ersten, die ein Restaurant in Miramas-le-Vieux aufgemacht haben, wir wussten genau, dass dieser Ort die Leute anziehen wird.«

»Zumindest im Sommer«, sagte Andreas.

»Im Juli können Sie sich im Restaurant kaum bewegen, so voll ist es.« Sie atmete durch und steckte das Foto wieder weg. »Ich kümmere mich um Ihr Cassoulet.«

»Ihr Mann …«, begann Andreas zögernd, der es nun doch genauer wissen wollte, »Ihr Mann kocht?«

Valéria schüttelte den Kopf und lächelte wehmütig. »Charles ist leider schon vor zwölf Jahren gestorben. Ein Motorradunfall. Tja, er hätte nicht gewollt, dass ich unser Restaurant aufgebe. Im Sommer stelle ich ein paar Leute ein. Und im Winter, Sie sehen ja, das schaffe ich locker allein.« Sie verschwand in der Küche.

»Ich fühle mich wie auf dem Präsentierteller in diesem leeren Restaurant«, flüsterte Nicola.

»Cassoulet klingt aber gut. Und uns sieht ja keiner beim Essen zu.« Andreas vermutete, dass nicht der leere Raum Nicola beunruhigte, sondern das Bild des toten Kochs. Die Ruinen, das düstere Wetter, die Nachrichten vom verschwundenen amerikanischen Studenten, nun der verstorbene Mann – irgendwie hatte sich Andreas den ersten Urlaubstag in der Provence heiterer vorgestellt. Er hoffte, dass sich morgen ein blauer Himmel über Miramas-le-Vieux wölben, dass eine milde Sonne die Ruinen malerisch ausleuchten würde und sie fröhlichen und überaus lebendigen Dorfbewohnern über den Weg laufen würden.

Der liebe Gott erhörte seine letzte Bitte etwas zu schnell,

denn nach ein paar Augenblicken kam tatsächlich ein fröhlicher und sehr lebendiger Mann aus der Küche und steuerte ihren Tisch an. Er wirkte jung und zugleich vorzeitig gealtert, Andreas schätzte ihn auf Ende zwanzig, aber er schritt irgendwie gravitätisch durch den Raum wie ein alter Herr. Wahrscheinlich lag das an seinen Bewegungen: Er war nicht direkt dick, aber fleischig, er schlurfte beim Näherkommen, ließ die Schultern hängen, ging ein wenig gebeugt – ein Mann, der vielleicht noch nie im Leben Sport getrieben hatte. Doch sein Gesicht war offen, er lächelte, hinter den runden Gläsern einer altmodischen Nickelbrille blitzten dunkle Augen, seine schwarzen Haare waren ziemlich lang und in der Mitte gescheitelt.

»Ich bin Dennis Baduel, Valérias Neffe«, stellte er sich vor. Seine Stimme war auffallend hoch. Er reichte ihnen die Rechte zur Begrüßung, doch konnte man das kaum »Händedruck« nennen, seine Hand lag nur für einen Augenblick schlaff und weich in der von Andreas, dann zog er sie schon wieder zurück. »Darf ich mich zu Ihnen setzen?« Er wartete ihre Antwort nicht einmal ab, sondern zog vom Nebentisch einen Stuhl herbei und nahm an ihrem kleinen Tisch Platz. »Wir haben hier so selten Gäste, da ist man einfach neugierig«, erklärte er.

Andreas bemerkte, wie Nicola ihm einen »Tu-was!«-Blick zuwarf, doch er zuckte hilflos mit den Schultern. Dennis hatte inzwischen auch das Gedeck vom Nebentisch herübergeholt. Offenbar würden sie zu dritt speisen. Dann holte er noch einen Stuhl und noch ein Gedeck. Zu viert also.

Andreas suchte unter dem Tisch nach Nicolas Hand und drückte sie kurz, um sie zu beruhigen. So würden sie den ersten Abend eben mit zwei Einheimischen essen, warum nicht? Insgeheim gestand sich Andreas ein, dass das sogar ein Glücksfall war – sonst hätten sich Nicola und er höchstwahrscheinlich wieder den ganzen Abend angeschwiegen.

Dennis erzählte ihnen, dass die Burg von Miramas-le-Vieux im zwölften Jahrhundert erbaut worden war. Er schwärmte von der uralten Kapelle Saint-Julien auf dem Friedhof am Fuß des Hügels: »Das romanische Schmuckstück müssen sie sich unbedingt ansehen.«

Andreas hatte Mühe, die Augen offen zu halten, er spürte nun immer stärker die lange Autofahrt und fühlte sich unfähig, irgendetwas zur Konversation beizusteuern.

Nicola schien sich mindestens so sehr zu langweilen wie ihr Gatte, doch sie bemerkte höflich: »Sie kennen sich in Geschichte ja gut aus.«

Daraufhin erklärte ihnen Dennis, dass er in Aix-en-Provence Geschichte studiert habe, und nannte mit ehrfürchtigem Tremolo in der dünnen Stimme einige Namen von Professoren, als wären das Fußballstars – Namen, die weder Nicola noch Andreas je zuvor vernommen hatten. Er bezeichnete sich selbst als »Heimatforscher«. Andreas fragte sich mit leicht benebeltem Geist, ob das ein Beruf war, ob Dennis überhaupt einen richtigen Beruf hatte oder er vielleicht sein Geld bei seiner Tante verdiente – doch im Restaurant arbeitete er allem Anschein nach auch nicht, denn am Ende war es Valéria, die in der

Küche das Cassoulet zubereitet hatte und es danach eigenhändig auftrug.

Sie stellte jedem von ihnen eine *Cassole* auf den Unterteller, einen kleinen braunen, irdenen Topf, in dem der Eintopf brodelte. In Bohnen und Soße schwammen Würstchen, Speck und Lammkoteletts. Der Eintopf dampfte, ein Duft aus Knoblauch, Thymian und Rosmarin hüllte sie ein; Andreas wurde wieder wach und stürzte sich wie ein Verhungernder auf das Essen, und es war ihm gleichgültig, dass er sich dabei beinahe die Zunge verbrannte. »Köstlich«, murmelte er.

Er hatte sich einen Roten bestellt, Châteauneuf-du-Pape, wenn schon, denn schon. Nicola nippte an einem Weißen aus der Gegend, Château Calissanne, nie gehört. Vielleicht, dachte Andreas, sollte er nicht deprimiert sein, weil ihre Ehe in der Krise war, sondern stolz darauf, dass sie es überhaupt so viele gemeinsame Jahre lang ausgehalten hatten: Rotweintyp und Weißweintyp, womöglich war das einfach inkompatibel, so wie zwei Medikamente, die jedes für sich heilen, aber wenn du sie zusammen einnimmst, dann wird es toxisch. Deshalb war es irgendwie ein Wunder, dass ihre Beziehung, nun ja, vielleicht nicht mehr hundertprozentig funktionierte, aber doch immerhin noch nicht zerbrochen war.

Sie konnten ihr Essen schweigend genießen, denn Dennis führte die Unterhaltung eigentlich allein – wobei es ihm rätselhafterweise gelang, trotzdem als Erster sein Cassoulet verspeist und eine ganze Karaffe Rosé geleert zu haben. Aus seinen scherzhaft gemeinten Andeutungen, über die Valéria allerdings nur aus Höflichkeit zu lächeln schien, erfuhren sie, dass Dennis »im Oberstübchen des Restaurants« wohnte, der kleinen Wohnung im ersten Stock des Gebäudes, während seine Tante irgendwo in einem alten Stadthaus von Miramas-le-Vieux lebte. Aus diesen und anderen Bemerkungen schloss Andreas im Verlauf des Abends, dass Valéria keine eigenen Kinder und ihren Neffen vielleicht als so etwas wie einen Ziehsohn bei sich aufgenommen hatte, einen ziemlich verwöhnten Ziehsohn, fand er, denn Dennis zahlte für seine Bleibe offenbar nicht einmal einen Cent Miete. Valéria schien es zunehmend peinlicher zu werden, dass der Neffe ihr Privatleben zwei Touristen gegenüber ausbreitete, und sie brachte ihn schließlich durch ein, zwei geschickte Bemerkungen wieder dazu, über seine Leidenschaft zu reden, die Heimatgeschichte. So erfuhren sie in der nächsten halben Stunde noch zahlreiche Begebenheiten aus der Historie von Miramas-le-Vieux, die sie allesamt sofort wieder vergaßen. Als Dennis jedoch, der sich bei seinem Vortrag chronologisch durch die lokalen Ereignisse arbeitete, beim Espresso nach dem Dessert schließlich beim vermissten David Brown angelangt war und sich in allerlei abstrusen Theorien darüber erging, was dem amerikanischen Studenten zugestoßen sein könnte, verdüsterte sich Nicolas Stimmung schlagartig. Und auch Valéria stand so ruckartig auf, dass sie gegen den Tisch stieß und die Tassen klirrten.

»Über diese schreckliche Geschichte sollte man bei einem so schönen Essen besser nicht sprechen, schon gar nicht mit Gästen!«, tadelte sie ihren Neffen. Und zum ersten Mal an diesem Abend lag eine gewisse Schärfe in ihrer Stimme – eine Schärfe, die Andreas aufhorchen ließ. Diese Frau, die früh ihren Mann verloren hatte und seit Jahren ganz allein ein Restaurant in einem gottverlassenen Winkel der Provence führte, war womöglich aus härterem Holz geschnitzt, als es ihre warmherzige Art glauben ließ.

Dennis wirkte einen Moment so, als wollte er mit einer scharfen oder spöttischen Erwiderung kontern, doch dann warf er Nicola, die blass geworden war, einen verstohlenen Blick zu und rang sich seiner Tante gegenüber zu einem verbindlichen Lächeln durch. »Du hast recht. Es ist spät geworden. Wir wollen ja nicht von finsteren Geschichten träumen.«

Als sie das Table du Roy verließen, fühlte sich Andreas satt, schwer und müde. Das Cassoulet hatte ihn aufgewärmt, doch er spürte trotzdem, dass die Luft wie mit eisigen Klingen gegen Stirn und Schläfen stach. Er fühlte sich, als hätte er Blei in den Schuhen; das war der Rotwein, er hätte sich kein drittes Glas gönnen sollen. Auf dem Straßenpflaster lag der Schnee jetzt dünn wie Puderzucker. Noch drückten ihre Sohlen sich bei jedem Schritt bis zum Boden durch, sie hinterließen zwei schwarze Spuren in der zerschlissen wirkenden Schneedecke, doch schon nach wenigen Sekunden füllten Flocken die Fußabdrücke wieder auf. Morgen würden sie unsichtbar sein.

Im Haus war es kühl, weil der Kamin erloschen war.

Das Feuer war schneller heruntergebrannt, als Andreas geschätzt hatte. Es lohnte sich nicht mehr, es für die Nacht neu anzufachen. Sie stiegen die Treppe hoch bis ins Schlafzimmer. Aus den Hähnen im Bad strömte nur eisiges Wasser. Andreas hatte vergessen, den elektrischen Boiler einzuschalten, obwohl Martin ihm das gleich mehrmals eingeschärft hatte. Er tastete sich im Dunkeln noch einmal die Treppe hinunter und legte den Schalter am Boiler in der Garage um, doch sie würden bis zum nächsten Morgen auf warmes Wasser warten müssen. Kurz darauf lagen sie im Bett, ungewaschen und im Jogginganzug gegen die Kälte. Die Decke fühlte sich klamm an, aber Nicolas Leib war warm und weich. Aber als er sie in die Arme schließen wollte, drehte sie ihm den Rücken zu. Er starrte auf den Umriss ihrer Schulter, mehr war im dunklen Schlafzimmer nicht zu erkennen. Ihre Atemzüge wurden langsamer, tiefer.

Plötzlich hörte er von irgendwo draußen ein Rumpeln, glaubte gar, dass eine Sekunde lang das Haus gezittert hätte. Ob irgendwo in den Ruinen eine Mauer eingestürzt war? Oder war von einem Dach schon eine Schneeplatte zu Boden gegangen? Er lauschte. Nichts. Er bemerkte nichts weiter, kein Geräusch mehr, kein Zittern des Bodens. Das Einzige, was er hörte, waren die Atemzüge seiner Frau, genauso tief und gleichmäßig wie zuvor.

Es würde eine kalte Nacht werden.

20. Dezember
Nur ein böser Traum

Als Andreas aufwachte, war das Haus frostig und still wie eine Leichenhalle. Durch das Fenster sickerte graues Licht. Er tastete nach dem Handy auf dem Nachttisch und sah auf das Display: 6.58 Uhr. Er stöhnte und ließ sich ins warme Kissen zurücksinken. Es dauerte noch ein paar Minuten, bis der Nebel in seinem Gehirn sich so weit aufgelöst hatte, dass er die Welt um sich herum wirklich wahrnahm und ihm zwei Dinge bewusst wurden.

Nicola lag nicht mehr neben ihm.

Es duftete nach frisch aufgebrühtem Kaffee.

Für einen Moment durchströmte ihn Glück, er fühlte sich frisch, trotz der unruhigen Nacht: Seine Frau hatte sich aus dem Zimmer geschlichen, um Essen zu machen. Gleich würde sie mit einem Tablett hochkommen, dampfende Kaffeetassen, Frühstück im Bett, ganz wie früher, bevor Chiara geboren war. Dann jedoch fiel ihm wieder auf, wie still das Haus war. Da war niemand in der Küche.

Andreas stand auf und zog sich Socken an. Er zitterte unwillkürlich, als er sie überstreifte, sie fühlten sich an, als hätte er sie über Nacht in den Kühlschrank gelegt. Sein Mund war trocken, die Zunge belegt; als er mit der Hand über die Wangen strich, spürte er die Bartstoppeln. Er vermied es, sich im Spiegel anzublicken. Als er nach unten ging, war das einzige Licht in der Küche die kleine rote Kontrolllampe der Kaffeemaschine, die Kanne war noch zur Hälfte voll. Er drehte am altmodischen Lichtschalter und blinzelte, als die drei Birnen im Deckenlüster aufflammten. Auf dem Tisch lag ein aus Nicolas Reporterblock herausgerissener Zettel, er erkannte ihre Handschrift, sauber und klar, sie hatte über all die Jahre die Handschrift gepflegt, die sie schon als Schülerin gehabt hatte. Ein Abschiedsbrief, durchfuhr es Andreas, und sein Magen zog sich zusammen, als hätte er Säure getrunken, einfach so, ein paar Zeilen am Morgen, Schluss. Nicola hielt es nicht mehr aus mit ihm. Diese letzte kalte Nacht war die eine Nacht zu viel gewesen. Mit zitternder Hand nahm er den Zettel, las, danach zitterte die Hand noch stärker, er atmete durch. Was er sich alles einbildete …

Tatsächlich hatte Nicola ihm bloß eine flüchtig hingeworfene Notiz dagelassen: »Ich fahre nach Salon-de-Provence, um für die nächsten Tage einzukaufen. Ich kümmere mich auch um die Treize Desserts. Muss mich beeilen und wollte dich nicht wecken. Sieht nämlich so aus, als könnten wir bald eingeschneit sein. N.«

Vorräte anlegen, an das Weihnachtsessen denken, bevor der Schnee kommt. Das war Nicola: aufmerksam, gewissenhaft, diszipliniert, tausendmal besser organisiert als er. Trotzdem fragte er sich, ob es wirklich nur der Schnee war, der seine Frau so früh hinausgetrieben hatte. Oder ob sie nicht doch vor ihm geflohen war, raus aus diesem Haus und dieser Stille, wenigstens für ein paar Stunden?

Andreas betrat den winzigen Hof und sah, dass Nicola gute Gründe dafür gehabt hatte, so früh loszufahren. Über Nacht war noch mehr Schnee gefallen, doch die Temperatur war nicht sehr weit unter den Gefrierpunkt gesunken, wenn überhaupt. Der Schnee lag wie eine schwere, feuchte Decke auf den Steinen. Draußen waren Nicolas Spuren kaum noch zu erkennen, Fußabdrücke im Schnee vor der Haustür, dann nach links die Gasse hinunter, bis sie sich zwischen den tiefer gelegenen Häusern verloren. Nicolas Fußspur kreuzte andere, ebenso verschneite Abdrücke von Sohlen, vielleicht ein nächtlicher Spaziergänger oder jemand, der in aller Herrgottsfrühe seinen Hund ausgeführt hat, dachte Andreas flüchtig, irgendwer wohnt also doch noch hier in der Nähe.

Er hatte Martins grüne Gummischuhe angezogen, die auf einem kleinen Regal neben der Tür standen, und es fühlte sich an, als klebten sie in der kalten, suppigen Schicht auf dem Boden. Dort, wo er auftrat, wurde der Schnee gläsern durchsichtig und gab leise schmatzende Geräusche von sich. Flocken tanzten durch die Luft. Er wischte den Schnee vom Holzstapel, seine Finger färbten sich blau vor Kälte. Selbst als ihm dabei ein Splitter die Kuppe des rechten Zeigefingers aufriss und ein paar Tropfen Blut austraten, spürte er keinen Schmerz. Die Scheite waren nass und fühlten sich doppelt so schwer an wie am Vortag. Und diesmal machte es ihm auch deutlich mehr Mühe, das Feuer zu entfachen. Als er es endlich geschafft hatte, lagen in dem alten Blecheimer neben dem Kamin nur noch ein paar Zeitungsseiten, die Hälfte einer zerbrochenen Obstkiste aus dünnem Pappelholz und ein paar weiße Paraffinwürfel, mit denen man eigentlich Holzkohle in einem Grill anzündete, wahrscheinlich Relikte des letzten Sommers. Doch endlich tanzten die Flammen im Kamin und beleuchteten den Raum, sodass er den Lüster ausschalten konnte. Das sparte ein paar Watt Strom, und hatte Nicola nicht gesagt, dass sie sparen mussten? Wann sie wohl zurückkommen würde? Er fand in einem kleinen Hängeschrank eine rosafarbene Keramikschale. Er würde den Kaffee aus dieser Schale trinken, *le bol à café,* wie ein echter Franzose! Er würde sich von ein paar Schneeflocken nicht diesen Weihnachtsurlaub verderben lassen.

Er hielt die dampfende Schüssel in beiden Händen, um seine Finger zu wärmen, die kleine Wunde hatte auch schon wieder aufgehört zu bluten. So ging er zurück ins Schlafzimmer und blickte durch die verglaste Tür auf die Terrasse. Unter der Schneedecke sah selbst der Engel aus Beton irgendwie rührend aus. Sein Blick schweifte in die Ferne, inzwischen war die Sonne aufgegangen, auch wenn er sie hinter den Wolkenbändern nirgendwo sah. Der Étang de Berre war eine blausilberne Scheibe, über der Dunst stand. Jenseits von Wasser und Nebel erkannte er gerade noch die Hügel von Istres: pinienbewachsene Anhöhen, darin versteckte Villen, fast schon wie Korsika oder die Côte d'Azur, nur unter einem Schneefall wie in den Alpen.

Ruhe, dachte Andreas, immerhin das, einmal Ruhe. Zeit, um nachzudenken. Er hätte gern ein Sabbatical genommen, raus aus dem Trott, raus aus der Schule, nach so vielen Dienstjahren hatte er ein Anrecht darauf, und wenn nicht, dann würde er sicher auch einen Arzt finden, der ihn krankschriebe, Burn-out, das hatte doch heute jeder irgendwann. Er fühlte sich wie dieser Kamin unten, ausgebrannt vor seiner Zeit, er konnte das Feuer nicht mehr halten – war das nicht lächerlich? Aber jetzt war Nicola ihren Job los. Deshalb war er so reizbar, konnte sich spitze Bemerkungen nicht verkneifen, auch wenn ihm eine Stimme in seinem Innern riet, einfach den Mund zu halten; er nannte das sein Lenor-Gewissen, und er hörte selten darauf. Er fühlte sich, als hätte Nicola ihn durch ihre Arbeitslosigkeit um seine dringend notwendige Auszeit betrogen, als wäre *sie* es, die ihn zurückschickte wie einen Soldaten in eine längst verlorene Schlacht. Du bist ein Arschloch, sagte sich Andreas, ein Idiot und ein Arschloch, sieh dich doch bloß mal an! Er zwang sich, endlich in diesen verdammten Spiegel zu blicken. Fertige Type. Ein Wunder, dass sich Nicola noch neben so einen Kerl ins Bett legte, wenn auch nicht mehr viel in diesem Bett geschah. Die Stelle als Redakteurin war für sie nicht irgendein Job gewesen, sondern ihr Leben. Statt ihr beizustehen, als man sie so kaltherzig abgesägt hatte, hatte er ihr auch noch stumme – und wenn er ganz ehrlich war, nicht nur stumme – Vorwürfe gemacht. Aber war denn ihre Arbeitslosigkeit überhaupt ein Grund, kein Sabbatical zu nehmen? Sie mussten die Raten für die Eigentumswohnung zahlen und die Studiengebühren für Chiara, sicher. Doch da war immer noch einiges übrig –

wäre einiges übrig, wenn Andreas nicht ständig neuen Krempel kaufen würde … Er war es, der das Geld mit beiden Händen zum Fenster hinauswarf und sich danach bei Nicola darüber beklagte, dass keine Scheine mehr im Haus waren. Vielleicht sollte *er* einen Zettel auf den Küchentisch legen und gehen, einfach aus ihrem Leben verschwinden? Ihr zuliebe, damit sie nicht länger an ihn gekettet war? Er lachte bitter auf. Auch das war eine Illusion. Nichts hielt eine Ehe besser zusammen als gemeinsame Schulden.

Die bewaldeten Hügel von Istres konnte er inzwischen nicht mehr sehen, die Flocken fielen jetzt in dichten Schleiern aus den niedrigen Wolken. Wo Nicola jetzt wohl war? Sie kannte den Tesla noch nicht gut. Auf der Hinfahrt hatte er die Etappen übernommen, als sie in den Mittelgebirgen in Schneefälle geraten waren, und überhaupt fuhr sie nicht gern Auto. Er griff zum iPhone, das auf dem Nachttisch lag, und rief sie an. Nur um sicherzugehen. Er wurde fast sofort auf ihre Mailbox umgeleitet. Weil Nicola, wo immer sie gerade sein mochte, keinen Empfang hatte? Oder weil sie seine Nummer erkannt und ihn hastig weggedrückt hatte? Er wusste nicht, was er sagen sollte, fand es irgendwie lächerlich, seine Sorgen ins digitale Nirwana zu sprechen: Geht es dir gut? Kommst du bald zurück? Sinnlose Fragen, wenn es darauf keine Antworten geben würde. Also räusperte er sich bloß und sagte: »Kannst du auch Streichhölzer und Anzünder kaufen? Für den Kamin …« Früher hätte er ihr wenigstens noch ein »Ich liebe dich« aufs Band gesprochen, aber das erschien ihm inzwischen ebenfalls grotesk, da es darauf ja auch keine Antwort mehr gab, nicht am Telefon und selbst dann nicht, wenn sie einander gegenübersaßen.

Andreas sah wieder hinaus und versuchte, das zu tun, was er ungefähr am schlechtesten konnte: rechnen. Wenn sie den Tesla wieder verkauften … Brauchten sie überhaupt ein Auto? In der Stadt? Ohne Kind im Haus? Und Nicola, nun ja, zumindest hatte die Arbeitslosigkeit den Vorteil, dass sie nicht mehr pendeln musste. Und würde der Laden die Lampe zurücknehmen? Gab es bei Vintage-Waren nicht auch ein Rückgaberecht so wie bei neuen? Und wenn sie sich doch noch einmal um ein zweites Stipendium für Chiara bemühten, eines, das die andere Hälfte der Studiengebühren übernehmen würde?

Er konnte sich nicht lange auf die Zahlen konzentrieren. Nein, er *wollte* es nicht. Seine Gedanken mäanderten hierhin und dorthin, bloß weg von den Finanzen. Auf einmal fiel ihm der Lärm der letzten Nacht wieder ein. Ein dumpfes Poltern, ein Schlag, dann Stille. Einen Moment lang dachte er nun, dass ja vielleicht auf der engen Gasse vor dem Haus ein Auto im Schnee gerutscht und irgendwo in die Mauer gefahren sein könnte. Er sah hinaus, links und rechts die Rue Frédéric Mistral hinauf und hinab, soweit er sie überhaupt überblicken konnte. Die Schneedecke auf dem Asphalt war dicker geworden, Nicolas Fußabdrücke und die des nächtlichen Spaziergängers waren nicht mehr zu erkennen. Er sah kein verbeultes Auto, keinen Schneeberg, der von einem Dach gerutscht sein könnte, nichts Auffälliges. Andreas zuckte mit den Achseln, wandte sich um und schaute hoch zum Dach. Vielleicht hatten in der Nacht irgendwelche Schindeln unter der Schneelast nachgegeben? Von der Terrasse aus konnte er aber fast nichts erkennen, also ging er hinein und im Obergeschoss von Zimmer zu Zimmer. Überall schien das Dach in Ordnung zu sein, jedenfalls konnte er kein Licht sehen, das plötzlich irgendwo einfiel, oder Feuchtigkeitsflecken, die sich bildeten.

Er ging die Treppe hinunter. In der Küche war alles an seinem Platz. Im Kamin loderte das Feuer, die Scheite knackten kaum vernehmlich, aus einem Riss im Holz entwich leise zischend Wasser. Der Raum war inzwischen angenehm warm. Andreas lächelte flüchtig, wenigstens etwas, das ihm noch glückte. Die kleine Garage? Ein paar Werkzeuge hingen über einer Werkbank an Haken, an der Wand lehnte ein verstaubtes Mountainbike, nichts war umgefallen. Er schlüpfte in die Gummischuhe, inzwischen schon halb davon überzeugt, dass er sich den Lärm letzte Nacht bloß eingebildet hatte.

Der Hof. Er hielt inne.

Am Ende, dort wo die Gartenmauer im stumpfen Winkel auf die Felswand traf, an der das ganze Haus angelehnt war, war der Boden weg. Nicht weg, korrigierte er sich, nur eingesunken. Vorhin, als er Holz geholt hatte, hatte er nicht einmal dorthin geblickt, hatte sich im Schneetreiben bloß hastig ein paar Scheite geschnappt und war sofort wieder nach drinnen geeilt. Nun erst sah er sich genauer um und bemerkte, dass der Hof an seinem äußersten Ende eingedellt wirkte: Steine ragten aus dem Schnee, sie fielen nur auf, wenn man aufmerksam hinsah. Und erst, als er noch näher kam, erkannte er, dass der Boden vielleicht einen halben, an manchen Stellen auch einen Meter tief abgesackt war. Als hätte es dort einen Keller gegeben, der nun eingestürzt war.

Das musste der Lärm der letzten Nacht gewesen sein. Er trat vorsichtig bis an den äußersten Rand der Grube und glaubte, zu seinen Füßen in den Felsen gehauene Stufen und die Reste eines aus Ziegeln gemauerten Bogens zu erkennen. Der feuchte Schnee, dachte Andreas, vielleicht war er so schwer gewesen, dass dort ein uraltes Gewölbe eingestürzt war. Davon hatte ihm Martin nichts gesagt, wahrscheinlich hatte sein Kollege nicht einmal gewusst, dass ein Keller zu seinem Haus gehörte. Andreas spürte eine kindliche Aufregung, Entdeckerfreude, Neugier. Seit wie vielen Jahrhunderten mochte dieses unterirdische Gewölbe vergessen gewesen sein? Und was mochte sich darin verbergen?

Er starrte angestrengt hinunter. Da war etwas im Schnee, es sah aus wie ein Holzbrett oder eine Kiste. Und etwas glänzte silbern. Mach dich nicht lächerlich, sagte eine Stimme in ihm, Herr Kantor, fünfzig Jahre, Lehrer für Französisch und Englisch, die Stimme der Vernunft, Lenor-Gewissen. Ein Schatz!, übertönte ihn eine andere innere Stimme, die zu einem früheren, jüngeren, halb vergessenen Andreas gehörte. Scheiß drauf, dass er seine Jogginghose durchnässte. Er fiel auf die Knie und schaufelte mit den Händen Schnee und Geröll beiseite, wo er etwas Silbernes aufleuchten sah. Die Wunde an seinem Zeigefinger ging wieder auf, zwei Blutstropfen glänzten rot im Schnee, egal. Er wusste nicht mehr, wie viele Minuten er schon den Boden durchwühlte. Schließlich hatte er ein silbernes Kreuz freigelegt, groß wie sein Unterarm. Er atmete heftiger, sein Herz klopfte. Das Schmuckstück war an einer Art Brett festgenagelt, genauer konnte er das nicht erkennen. Er zerrte, wischte mit der Linken noch mehr Schnee und Geröll vom Holz, zog wieder daran und wieder. Irgendwo splitterte etwas – und mit einem Ruck zog er das silberne Kreuz endlich nach oben und mit ihm das Brett, an das es genagelt war. Kein Brett. Ein Deckel.

Ein Sargdeckel.

Andreas, keuchend, schwitzend, frierend und durchnässt im Schnee kniend, starrte auf einmal in einen offenen Sarg, und ein Toter starrte aus leeren Augenhöhlen zurück. Die Leiche war halb verwest. Über den Schädel spannte sich noch bräunliche Haut, wie rissiges Leder, die Haare klebten am Kopf und erinnerten ihn unwillkürlich an braunen Seetang, der auf einem Stein getrocknet war. Die Nase war verschwunden, die Lippen waren zu einem schrecklichen Grinsen verzerrt, das die Zähne entblößte. Vom Rest des Skeletts war wenig zu sehen, Teile des morschen Sargdeckels deckten es zu, dazu Geröll und Schnee. Doch im Dreck leuchtete eine Rippe so rein und weiß, dass sich Andreas einen absurden Moment lang fragte, wieso ausgerechnet dieser Knochen nicht beschmutzt war.

Er zuckte zurück, richtete sich hastig auf, kam taumelnd

hoch, starrte wieder in die Grube. Ein Toter in einem Sarg, ohne Zweifel. Ein Mann vermutlich, zumindest sah das, was er vom Gesicht noch erkennen konnte, nach einem Mann aus. Jetzt glaubte er auch, einen leichten Verwesungsgeruch einzuatmen. Ihm wurde übel. Er brauchte Hilfe, musste die Polizei holen, irgendwen. Benommen drehte er sich um, blickte über die eiserne Pforte in der Mauer auf die Gasse. Niemand zu sehen. Er stürzte dorthin, rüttelte am Griff, fluchte. Verschlossen.

Also musste er durch das Haus raus auf die Gasse eilen. Er lauschte, als er endlich draußen stand. Irgendwo hörte er ein Motorengrummeln, ein schwerer Diesel. Über ihm, nahe der Burgruine. »Verdammt«, keuchte er. Vielleicht war da oben gerade jemand ins Auto gestiegen und würde jetzt davonfahren. Er rannte den Berg hinauf. Nach einigen Dutzend Metern erblickte er rechts eine Treppe, die in den Felsen geschlagen worden war. Sie führte von der Gasse weg und durch den Torbogen, den er bereits am Tag ihrer Ankunft von der Ebene aus gesehen hatte. Andreas hastete die Stufen hoch. Schwer atmend stand er ein paar Sekunden später auf dem Plateau des Bergs, dort wo im Mittelalter sicher einmal das Innere der Burg gewesen war. Nun war es eine Art von Wällen umschlossener Platz, auf dem bloß noch hier und da ein paar Ruinen standen. Zu seiner Linken ragte jene hohe, von der Zeit zerklüftete Mauer auf, die man schon vom Fuß des Berges aus sehen konnte. An ihrer Innenseite war eine sicherlich zehn Meter lange Weihnachtsdekoration angebracht, eine Plastikgirlande aus künstlichem Tannengrün, an der blinkende, weiße Schneeflocken aus Kunststoff hingen, jede so groß wie ein Wagenrad. Dieser Kitsch war auf groteske Weise deplatziert, und Andreas fragte sich flüchtig, wer das wohl aufgehängt hatte und wozu: Hier war niemand. In der Mitte des Platzes war eine Terrasse angelegt worden, über die sich eine alte, große Kiefer wölbte. In ihren Nadeln waren so viele Flocken hängen geblieben, dass der helle Kies der Terrasse noch fast unberührt war vom Schnee. Einige am Rand zusammengeschobene Tische und Stühle trugen jedoch schon hohe weiße Kappen.

Andreas lief an der verlassenen Terrasse vorbei bis zum ersten Haus von Miramas-le-Vieux. In dessen uralte Mauern waren kleine Fenster eingelassen. Hinter jedem Glas erkannte er Skulpturen, Frauen und Männer, Bronze und Stein. In eine Nische außen in der Wand war eine mit Grünspan patinierte Bronzebüste einer nackten, schönen jungen Frau gesetzt: Kopf und Schultern, nackte Brüste, zart von Schnee bepudert. Eine Kunstgalerie. Andreas rüttelte an der Tür, aber auch hier schien niemand zu sein. Also weiter!

Nach zwanzig oder dreißig Metern senkte sich die Straße sanft nach unten. Die Häuser standen hier jetzt enger, es war etwas wärmer zwischen den Mauern, auf der gepflasterten Gasse lag kaum noch Schnee. Er konnte den Diesel nun deutlich hören. Ein paar Meter weiter – Andreas' Leiste schmerzte inzwischen, wann, zum Teufel, hatte er das letzte Mal Seitenstiche gehabt? – sah er endlich das Heck eines großen, schwarzen Range Rovers, der mit laufendem Motor mitten in der engen Straße stand. Er qualmte aus den mächtigen Auspuffrohren, die Schwaden schienen zwischen den Häusern gefangen zu sein. Andreas sah, dass nur ein Mensch im Geländewagen saß, doch der Qualm vernebelte die Sicht so sehr, dass er keine weiteren Einzelheiten erkennen konnte.

»Anhalten!«, rief er. Seine Stimme krächzte. Dann bemerkte er, dass er auf Deutsch geschrien hatte. »*Arrêtez!*«, wiederholte er.

Der Wagen setzte sich jedoch ausgerechnet in diesem Moment hangabwärts in Bewegung. Andreas nahm seine letzte Kraft zusammen und spurtete los. Die kalte Luft, die er mit jedem Atemzug einsaugte, schien seine Lunge mit tausend Nadeln zu stechen. Seine Leiste schmerzte, er hielt die linke Hand dagegen und musste seine Schritte schließlich verlangsamen. Er war durch die nach Diesel stinkende Abgaswolke hindurchgelaufen, jetzt konnte er besser sehen und schnappte für einen Sekundenbruchteil ein Detail aus dem Wageninnern auf: den Rückspiegel, durch den der Fahrer ihn betrachtete. René Tanguy, der Ehegatte der Santonnière. In dieser einen Sekunde wurde Andreas klar, dass der Mann ihn durch den Spiegel ebenfalls ganz genau gesehen hatte, aber trotzdem weiter Gas gab. Der Range Rover bog um eine Hausecke und war verschwunden.

Andreas blieb stehen, ihm fehlte der Atem zum Fluchen. Er stützte seine Hände auf die Knie und versuchte, seinen Puls zu beruhigen. Warum hatte der Mann nicht angehalten? Weil er einfach ein schlecht gelaunter Mistkerl war? Oder aus anderen Gründen? Andreas konnte sich denken, dass er selbst wie ein Irrer wirkte, ungekämmte Haare, unrasiert, in einem grotesken Aufzug bei diesem Schnee: Pullover, dreckige, durchnässte Jogginghose, grüne Gummischuhe. Kein Wunder, dass René Gas gegeben hatte. Er fuhr sich durch die Haare, versuchte vergebens, sich irgendwie manierlicher herzurichten. Er spürte, wie die Kälte in seinen Leib kroch. Der Schnee taute auf seinem Kopf und lief ihm über das Gesicht. Sein Pullover wurde feucht und klebte wie ein schwerer Sack an seinen Schultern. Er blickte sich noch einmal um, musterte die dunkle Galerie. Er war ein Idiot. Er hätte gleich einen Notruf absetzen sollen. Da kaufte er sich für obszön viel Geld ein neues Handy, aber wenn er es denn wirklich einmal brauchte, vergaß er es in seiner Panik. Er war wie ein Verrückter aus dem Haus gestürzt, und sein iPhone lag noch irgendwo im Schlafzimmer. Er hätte sich in den Hintern treten können. Andreas zuckte zusammen, als ein metallischer Schlag durch die Gasse hallte. Und dann noch einer. Ein paar Meter weiter die Straße hinunter erkannte er den Torbogen mit der Aussichtsplattform. Die Uhr darüber schlug achtmal. Er setzte sich in Bewegung, langsam diesmal, damit er niemanden erschreckte, falls ihn endlich jemand sah. Die Uhr gab das zweite Mal acht Schläge von sich, als er vor der Galerie von Milène Tanguy stand. Licht fiel aus dem Schaufenster, doch die Tür war verschlossen. Über der Klinke ein Zettel mit handgeschriebener Notiz: »*Je reviens tout de suite.*« – »Ich komme gleich wieder.«

Das ist ein Alptraum, sagte sich Andreas. Er blickte an den Fassaden der Nachbarhäuser hoch. Geschlossene Fensterläden, geschlossene Türen, kein Licht. Die drei schwarzen Kapuzenmänner, die jemand auf die Holzplatte im baufälligen Eckhaus gemalt hatte, schienen ihn finster zu mustern.

Andreas zögerte ratlos. Sollte er den ganzen Weg zurückrennen, um endlich doch mit dem Handy Hilfe zu holen? Er führte im Geiste einige vernünftige Gründe auf, es nicht zu tun, aber eigentlich gab es nur einen einzigen, und der war unvernünftig: Er hatte Angst. Angst davor, möglicherweise endlose Stunden allein neben einer Leiche zu warten, bis endlich jemand kommen würde. Also machte er sich stattdessen auf den Weg zu den einzigen anderen Menschen, von denen er sicher wusste, dass sie auch mitten im Winter in Miramas-le-Vieux wohnten.

Der Wintergarten im Table du Roy war hell erleuchtet, doch in seinem Innern bewegte sich nichts. Die Tür war verschlossen. Auch aus einem Fenster im Obergeschoss fiel Licht, vielleicht war es die Wohnung von Dennis, dem Neffen von Valéria Lozach. Vergebens suchte Andreas neben der Tür eine Klingel. »Hallo?!«, rief er. »Hört mich jemand?« Er führte sich schon wieder auf wie jemand, der den Verstand verloren hatte. Schließlich klaubte er sogar ein paar Steinchen unter dem Schnee hervor und schleuderte sie gegen das Fenster. Sie klickten nur leise, aber Miramas-le-Vieux war so still, dass von irgendwo ein paar Tauben erschreckt aufflatterten. Drinnen rührte sich jedoch nichts. Andreas spürte, dass jemand dort hinter den Fenstern war, er *spürte*, dass ihn jemand musterte. Er wurde jetzt wirklich bald wahnsinnig. Und inzwischen war ihm kalt bis auf die Knochen. »Aufmachen, verdammt!«, schrie er auf Deutsch. Aber wenn ihn dort tatsächlich jemand beobachtete, dann würde er nach diesem Ausruf erst recht nicht mehr öffnen.

»Scheiße«, murmelte er erschöpft und machte sich auf den Rückweg. Er wünschte, er wäre nie in die Provence gefahren. Andreas taumelte durch die verlassene Stadt und war so müde und durchgefroren, dass er schließlich die Gestalt in einer dunklen Gasse erst so spät bemerkte, als er schon praktisch in sie hineingelaufen war. Milène Tanguy. »Bitte erschrecken Sie nicht, Madame!«, rief er verwirrt. »Ich bin etwas«, er suchte nach dem richtigen Wort, »derangiert.«

Die Santonnière musterte ihn mit großen Augen und sah aus, als wollte sie ihm zustimmen. »Kann ich Ihnen helfen?« Sicherlich hoffte sie, dass die Antwort darauf »nein« lauten würde, zugleich ahnte sie jedoch, dass sie genau diese Antwort nicht zu hören bekommen würde. Sie blickte sich unauffällig um, aber da war niemand sonst, der ihr hätte beistehen können.

Andreas versuchte, klar zu denken. Sollte er dieser Frau, die ihn kaum kannte und nun misstrauisch musterte, hier und jetzt erklären, dass in einer Grube neben seinem Haus ein Skelett lag? Vielleicht würde sie dann sofort davonlaufen, und er hatte wirklich nicht länger die Kraft, das alles allein durchzustehen. »Machen Sie sich keine Sorgen«, versicherte er und hörte dabei selbst, dass das nicht gerade ehrlich klang. »Ich möchte Ihnen nur etwas zeigen. Nein, ich *muss* Ihnen etwas zeigen. In meinem Haus.«

»In Ihrem Haus?« Milène blickte sich wieder um. Verdammte leere Gasse. Sie lächelte gezwungen. »Macht es Ihnen etwas aus, wenn wir vorher bei meinem Laden vorbeigehen? Er liegt ja beinahe auf dem Weg. Ich muss dort meine …«, sie zögerte, »meine Regenjacke holen.«

Sie trug eine hellgrüne, wasserabweisende Sportjacke mit Kapuze, die sie sich zum Schutz über den Kopf gezogen hatte. Etwas dünn vielleicht, aber für die paar Meter bis zu Andreas' Haus hätte sie die nicht wechseln müssen, dachte er. Andererseits konnte er sie ja schlecht zwingen. Er unterdrückte den Wunsch, sie am Handgelenk zu packen und mit sich zu zerren. »Selbstverständlich«, murmelte er.

Sie gingen die Rue Frédéric Mistral unter dem alten Torbogen durch. Andreas warf einen Blick auf die Uhr an der Hausfassade. Kurz nach halb neun. Sein Körper war so kalt wie die Tundra. Milène öffnete den Laden und ließ ihn eintreten. »Warten Sie bitte hier.«

Sie verschwand durch eine Tür in einen Nebenraum. Ob sie die Polizei rief?, fragte er sich. Vielleicht gar keine schlechte Idee. Andererseits: So wie Andreas gerade aussah, würden ihn die Beamten womöglich auf der Stelle verhaften, ohne sich die Mühe zu machen, in seinem Haus vorbeizuschauen. Was tat sie bloß so lange da drinnen? Er musste sich beherrschen, um ihr nicht hinterherzugehen. Endlich erschien Milène wieder. Sie trug nun eine dunkelblaue Outdoorjacke mit voluminöser Kapuze, ein

Kleidungsstück, mit dem man auch auf den Mount Everest hätte steigen können. Die rechte Seitentasche war auffallend ausgebeult. Andreas fragte sich, was sie da wohl drin hatte. Pfefferspray? Oder gar eine Waffe? Sie hatte sich einen alten, schweren Wollmantel über den linken Arm gelegt, den sie ihm reichte. »Hier, nehmen Sie den. Sie sind ja ganz durchgefroren. Der gehört René, aber den zieht mein Mann sowieso nicht mehr an.«

Andreas zwang sich, »*merci*« zu sagen. Er hielt es in dem Laden nicht mehr aus, er wollte ihr endlich den Toten zeigen. Ihm war, als wäre er irgendwie schuld an dessen Schicksal, solange er sein Wissen mit niemandem geteilt hatte. Er warf sich den schweren Mantel über die Schultern, der viel zu groß für ihn war. Er fühlte sich wie einer dieser schwarzen Kuttenträger, die das Nachbarhaus zierten. »Kommen Sie!«, drängte er.

Er wäre am liebsten wieder gerannt, seine Seitenstiche waren längst verschwunden. Doch Milène zuliebe zwang er sich zu einem vernünftigen Tempo. Sie gingen durch die Gassen. Inzwischen lag der Schnee so hoch, dass seine Gummischuhe tief einsanken – so tief, dass der Schnee seine Socken benetzte. Kein Licht aus irgendeinem Fenster. Kein Laut. Der Schnee schien alles zu ersticken. Sie folgten der Straße den Berg hinauf Richtung Ferienhaus. Andreas hielt unwillkürlich inne. Spuren im Schnee. Zwei breite Rillen wie schwarze Schienen in der weißen Decke: Reifenspuren. Ein Auto musste hier vorbeigefahren sein, das konnte noch nicht lange her sein. Er hatte nichts gehört. Der lautlose Tesla? Nicola? Wenn sie, ganz unvorbereitet, den Toten sah … Andreas begann jetzt doch zu laufen, Milène folgte ihm notgedrungen.

»Was haben Sie denn bloß?«, rief sie, doch er antwortete ihr nicht.

Andreas sah das Haus und atmete durch. Kein Tesla. Es parkte auch kein anderer Wagen vor dem Haus, die Reifenspuren führten den Weg weiter hinauf, das Auto musste an dem Gebäude vorbeigefahren sein. Dann hielt Andreas verwirrt inne.

Die Gartenpforte.

Vorhin war sie doch noch verschlossen gewesen, er war nicht hinausgekommen, hatte durchs Haus ins Freie laufen müssen. Nun stand die eiserne Tür weit offen. Das Schloss war unbeschädigt, es war nicht aufgebrochen worden. Vorsichtig trat Andreas durch die Pforte in den kleinen Hof. »Kommen Sie.« Er hatte unwillkürlich angefangen zu flüstern.

»Ich verstehe nicht, was das alles soll«, erwiderte Milène. Aber auch sie hatte ihre Stimme gesenkt und zögerte nicht, ihm zu folgen.

Andreas führte sie bis zum eingefallenen Gewölbe und starrte hinunter auf Schnee und Trümmer.

Keine Leiche. Kein Sarg, kein silbernes Kreuz, nichts.

Er blickte sehr lange in die Grube. Sein Geist war leer. Dann war es wie vor einigen Tagen im Leistungskurs. »Fühlen Sie sich nicht gut?« Eine Stimme aus weiter Ferne, ein besorgtes Gesicht. Keine Schülerin diesmal, sondern eine zierliche, blondierte Frau, die er kaum kannte. Milène zögerte kurz, dann wagte sie es, ihm mit der rechten Hand an die Schulter zu fassen, so vorsichtig, als könnte er unter ihrer Berührung zerspringen. Anders als neulich in der Schule gelang es Andreas diesmal nicht, mit einem gezwungenen Lächeln und einer Phrase in die Wirklichkeit zurückzukehren. »Da war ein Sarg«, stammelte er verzweifelt. »Hier lag ein Toter. Eine verweste Leiche, beinahe schon ein Skelett. Es war schrecklich.«

Milènes Blick wechselte von seinem Gesicht zur Grube und zurück. Vielleicht hoffte sie einen Moment lang, dass sie diese Sätze falsch verstanden hatte. Dass dieser deutsche Tourist in der ihm fremden Sprache irgendetwas grotesk falsch formuliert hatte und eigentlich etwas ganz anderes, Harmloses sagen wollte. Dann jedoch schüttelte sie fassungslos den Kopf und berührte ihn wieder an der Schulter, fester diesmal. »Wir gehen jetzt erst einmal ins Haus. Sie müssen sich aufwärmen.«

Andreas wagte nicht, ihr in die Augen zu sehen, er kam sich wie ein Verrückter vor. Ich bin nicht verrückt, sagte er sich dann, ich bin *nicht* verrückt! Er starrte in das eingefallene Gewölbe, Dreck und Schnee überall. Wenn jemand den Sarg entfernt hatte, mussten dann nicht Spuren zu sehen sein? Aber er selbst hatte ja schon alles durchwühlt, hatte Steine und Schnee umgepflügt, er brauchte nur auf seine schmutzigen Hände und seine Jogginghose zu sehen, und er hatte auch den Schnee im Hof zertrampelt. Und warum hätte überhaupt jemand einen Sarg mit einem schrecklich entstellten Leichnam stehlen sollen? Wer hätte das tun können? In Miramas-le-Vieux, wo kaum jemand lebte, konnten doch die Toten nicht verschwinden. Aber er *wusste*, dass er die Leiche gesehen hatte. Er spürte noch, wie kalt sich das silberne Kreuz in seiner Hand angefühlt hatte, hörte noch das seltsam seufzende Splittern von altem Holz, als er den Deckel fortgezerrt hatte, glaubte noch, den Verwesungshauch in der Nase zu haben. Ich bin nicht verrückt.

Er ließ sich von Milène ins Haus führen. Sie gingen in die Küche. Im Kamin loderte noch das Feuer, dankbar streckte er seine Hände den Flammen entgegen.

»Ich setze Wasser auf. Haben Sie irgendwo Tee?«

»Meine Frau ist einkaufen gefahren.« Das ist doch lächerlich, dachte Andreas dann. Draußen lag ein Toter, und wir reden hier über Tee. »Sie glauben mir nicht«, sagte er matt.

»Da haben wir ja noch eine Packung«, erwiderte Milène. Sie hatte in einem Schrank eine mit Teebeuteln gefüllte Blechbox gefunden. »Mögen Sie Pfefferminz?«

»Da lag wirklich ein Toter in dem Gewölbe«, beharrte Andreas.

Milène hatte inzwischen den elektrischen Wasserkocher gefüllt und zwei Tassen von einem Regal geholt. »Sie sollten sich umziehen. In den nassen Sachen holen Sie sich sonst noch den Tod.«

»Der Tod hat den Mann draußen im Gewölbe geholt!«, fuhr Andreas auf. Er hätte wahnsinnig werden können.

In diesem Augenblick ging die Tür auf, und Nicola trat ins Haus, zwei prall gefüllte Einkaufstaschen mit dem Aufdruck »Géant Casino« in den Händen. Sie blieb abrupt stehen, als wäre sie vor eine Glaswand gelaufen, blickte ihren Mann an, dann Milène, dann wieder ihren Mann. Einen Moment lang verrieten ihre Züge Empörung, Andreas und diese hübsche Französin … Dann erst realisierte sie, in welchem Zustand ihr Gatte war. »Was ist passiert?«, stieß sie hervor.

»Ich habe einen Toten gesehen«, erklärte Andreas erschöpft.

»Ihr Mann sollte sich erholen, Madame«, sagte Milène rasch, bevor Nicola etwas darauf erwidern konnte. »Wir haben in Miramas-le-Vieux keinen Arzt, aber … «

»Arzt?«, rief Nicola.

»Mir geht es blendend«, fuhr Andreas dazwischen und stand auf. Das lief alles aus dem Ruder. »Ich ziehe mir nur schnell etwas anderes an.« Er deutete auf den Wasserkocher, in dem es inzwischen sprudelte. »Dann trinken wir einen Tee, und ich erkläre alles.«

Er verschwand nach oben ins Schlafzimmer. Während er sich die nassen Klamotten vom Leib streifte, hörte er, wie die Frauen die Einkäufe auspackten und verstauten. Hörte auch ihre gedämpften Stimmen, verstand aber kein Wort. Kurze Sätze. Mühsame Konversation in einer für alle Beteiligten verlegenen Situation? Belanglosigkeiten? Oder informierte Milène seine Frau mit wenigen rasch und leise gesprochenen Worten darüber, wie er sich vorhin aufgeführt hatte? Andreas hätte gern heiß geduscht, doch er wollte keine Zeit verlieren. Also trocknete er sich ab und suchte sich nur eine Jeans und einen Sweater, dann kam er schon wieder die Treppe hinunter, die nackten Füße in Hausschuhen und noch immer unrasiert.

Er deutete auf die Stühle, rückte sich selbst einen umständlich zurecht, atmete tief durch und erzählte dann, so klar, wie ihm das möglich war, seine Geschichte: der dumpfe Lärm in der Nacht, der schwere, nasse Schnee, die Grube im kleinen Garten, das eingestürzte Gewölbe, das silberne Kreuz, der Sarg, die Leiche. »Ich war in Panik«, gab er am Ende seines Berichts zu, »ich hätte gleich die Polizei rufen sollen. Stattdessen bin ich durch die Stadt gelaufen und«, er versuchte sich an einem entschuldigenden Lächeln in Milènes Richtung, »habe Sie erschreckt. Es tut mir sehr leid.«

»Ich habe letzte Nacht nichts gehört«, sagte Nicola.

»Du hast tief geschlafen.«

»Du nicht?«

»Ich nicht.«

»Und jetzt ist der Sarg weg?«, hakte Nicola nach. Andreas hörte ihr an, dass sie ihm nur den zweiten Teil seiner Geschichte glaubte: dass er wie ein Verrückter durch Miramas-le-Vieux geirrt war.

Er schloss die Augen und hoffte, dass er dies alles bloß träumte, dass er gleich nur die Augen wieder öffnen müsste, um sich im Bett neben Nicola liegend wiederzufinden. Aber das war nicht mehr als eine erbärmliche Selbsttäuschung. Er blickte seine Frau an und hob die Hände. »Was kann ich sonst noch dazu sagen? Ich finde einen Sarg im Hof, und eine Stunde später ist er spurlos verschwunden. So eine Geschichte kann man sich doch nicht einbilden!«

»Ich sehe nach.« Nicola erhob sich energisch, stürmte aus dem Raum, so rasch, dass sie die Tür hinter sich zuschlug. Andreas sah zu Milène hinüber. Sie jedoch blickte aus dem Fenster und wünschte sich bestimmt, dass dieser Morgen anders begonnen hätte. Niemand sprach ein Wort. Nicola blieb quälend lange Minuten draußen. Als sie zurückkam, waren ihre Wangen von der Kälte gerötet, auf ihren Haaren glitzerten Schneeflocken, an ihren Händen klebten Dreckspritzer. »Ich habe …«, ihre Stimme zitterte leicht, sie zögerte, »… einige Steine beiseitegeräumt. Es ist tatsächlich ein altes Gewölbe.«

Andreas hing an ihren Lippen, hoffte, dass sie jetzt auch noch verkünden würde, sie hätte doch etwas in den Trümmern gefunden, Holzreste, das Silberkreuz oder in Gottes Namen auch die seltsam bleiche Rippe. Doch Nicola sagte nichts weiter.

»Das passiert hier leider manchmal, das ist aber nicht schlimm«, versicherte ihr Milène. »Im Mittelalter gab es ja noch keine Bauvorschriften.« Sie war die einzige, die über ihren Scherz lächelte. Dann hüstelte sie. »Jedenfalls haben die Bewohner hier früher überall Keller in den Felsen getrieben. Keiner weiß heute mehr genau, wo. Die Häuser verfielen, die unterirdischen Gewölbe versanken im Schutt. Inzwischen werden die Häuser wieder nach und nach renoviert, aber niemand macht sich die Mühe, diese alten Keller zu suchen oder gar instand zu setzen. Und manchmal stürzt so ein Gewölbe eben ein. Es ist aber noch nie etwas passiert.«

»Aber die Menschen haben doch im Mittelalter nicht ihre Toten in den Kellern beerdigt!«, rief Andreas.

Die Santonnière nickte und deutete vage aus dem Fenster. »Das stimmt. Der Friedhof liegt unterhalb der Stadt, am Fuß des Berges, bei der alten Kapelle.«

»Außerdem war der Tote noch nicht so alt«, fuhr Andreas fort. »Ich schätze, der Leichnam hat ein paar Jahre da gelegen, nicht ein paar Jahrhunderte.«

»Ich wusste nicht, dass du Pathologe bist«, bemerkte seine Frau kühl.

»So morsch war der Sarg nicht.«

Nicola hob ihre Tasse Tee, bemerkte, wie ihre Hand dabei zitterte, und stellte sie mit einer brüsken Geste wieder auf den Tisch. »Wenn man dir so zuhört«, sagte sie, »dann müsste man ja glauben, jemand hat den Sarg mitsamt Leiche gestohlen. Und zwar in der Zeit, als du nicht da warst. Wie lange war das?«

Er zuckte mit den Achseln. »Es war vielleicht halb acht, als ich den Toten gefunden habe.«

»Und wir waren kurz nach halb neun hier«, ergänzte Milène, »vielleicht auch Viertel vor neun.«

»Eine gute Stunde also.« Nicola klang jetzt so, wie er sie manchmal bei Telefongesprächen im heimischen Arbeitszimmer gehört hatte, wenn sie für etwas recherchierte: systematisch, aufmerksam, unbeirrbar. »Eine Stunde in einer menschenleeren, halb eingeschneiten Kleinstadt. Wer könnte in Miramas-le-Vieux überhaupt gesehen haben, dass in diesem Gewölbe ein alter Sarg zum Vorschein gekommen ist?«

»Ich habe Fußspuren gesehen«, erklärte Andreas. »Da war jemand vor dem Haus, letzte Nacht. Vielleicht nach dem Einsturz des Gewölbes und …«

»Letzte Nacht kann dieser Jemand den Sarg nicht gestohlen haben, sonst hättest du ihn heute Morgen nicht gesehen.«

Andreas schwieg eine Weile verwirrt. »Jetzt sind Reifenspuren vor dem Haus«, sagte er dann. »Vielleicht ist ein Wagen vorgefahren, hat angehalten, jemand hat den Sarg eingeladen, und das Auto ist weitergefahren. Das sieht man den Reifenspuren ja nicht an, und im Hof habe ich selbst schon den Schnee zertrampelt.«

»Ich habe keinen Leichenwagen gesehen«, meinte Milène.

Andreas dachte an den schwarzen Range Rover, den Milènes Mann gesteuert hatte. Sollte René Tanguy etwas damit zu tun haben? Vielleicht erzählte er Milène Tanguy dann besser nichts davon. »Das Gartentor stand offen«, sagte er stattdessen. »Madame Tanguy kann das bezeugen, sie hat es auch gesehen: Es stand offen, als wir ankamen. Aber es war verschlossen, als ich den Sarg entdeckt habe. Ich musste durch das Haus, um auf die Gasse zu gelangen.«

»Das wirkt doch eher so, als wärst du selbst durch das Gartentor raus und hättest in deiner Verwirrung bloß vergessen, es hinter dir zu schließen. Bist du sicher, dass du dir das nicht einbildest?« Nicolas Tonfall verriet, dass sie völlig überzeugt war, dass er es sich eingebildet hatte.

»Ich muss das bei der Polizei anzeigen«, beharrte er.

»Ich denke nicht, dass das eine gute Idee ist«, sagte Milène vorsichtig. »Ich meine: Man sieht ja nichts mehr. Wer würde Ihnen glauben?«

»Ich muss trotzdem zur Polizei. Ich kann nicht so tun, als hätte es das nicht gegeben.«

Die Santonnière zuckte mit den Achseln, eine Geste, als wollte sie sagen: Den Gefallen tue ich Ihnen auch noch, aber danach lassen Sie mich bitte mit dieser verrückten Geschichte in Frieden. »Die Station der Police Municipale ist selbstverständlich im neuen Miramas, da müssten Sie schon mit dem Auto hin, und das bei diesem Wetter ... Ein Beamter lebt aber zufälligerweise hier. Jean-Michel wohnt neben dem alten Lavoir, keine fünf Minuten von hier. Ich kann Sie hinführen, wenn Sie wollen.«

»Sind Sie sicher, dass der Polizist mich anhören würde?«

Milène hob wieder die Schultern. »Ich bin nicht mal sicher, ob er zu Hause ist. Er hat schon seit ein paar Tagen Weihnachtsurlaub. Aber wenn er da ist, dann hört er Ihnen auch zu. Jean-Michel Zulesi ist ein guter Flic. Und er kennt hier jeden Stein. Wenn jemand dem Geheimnis dieses Gewölbes auf die Spur kommen kann, dann er.«

»Also gut«, sagte Andreas und erhob sich.

»Einen Augenblick!«, rief Nicola. »Erstens ziehst du dir Socken und vernünftige Schuhe an. Und zweitens nimmst du deine eigene Jacke. Es geht doch nicht an, dass du mit Monsieur Tanguys Mantel durch die Stadt läufst.«

»Selbstverständlich, Schatz«, erwiderte Andreas. Jetzt wusste er immerhin, dass die beiden Frauen vorhin in der Küche nicht bloß Belanglosigkeiten ausgetauscht hatten. Milène hatte Nicola zumindest einige Details von seinem erratischen Verhalten an diesem Morgen berichtet. »Willst du mitkommen?«

»Ich kümmere mich um das Mittagessen. Wir sollten früh essen, dann können wir uns heute Nachmittag ausruhen. Wir haben es nötig.«

Einige Minuten später führte ihn Milène auf einen Platz auf halber Höhe des Berges von Miramas-le-Vieux, auf der gegenüberliegenden Seite des Weges, den sie am ersten Abend – war das erst so wenige Stunden her? – hochgegangen waren, um zu ihrem Haus zu gelangen. Zwei alte Platanen beschirmten den Platz, ihre Stämme waren dick wie Säulen, an manchen Stellen war die graue Rinde abgeblättert, dort zogen Feuchtigkeitsschlieren über das Holz; es sah aus, als weinten die Bäume. Ihre knotigen Äste spannten sich zehn, zwanzig Meter weit. Sie hatten ihr Laub auf den Schnee regnen lassen, Tausende braune, papiertrockene Blätter, die knisterten, als Andreas auf sie trat. An einem Rand des Platzes stand das Lavoir, ein aus altem Zement gegossenes, eckiges Becken, über das ein Schutzdach gebaut worden war. Früher hatten die Frauen des Dorfes hier Wäsche gewaschen, heute war es längst trockengelegt. Genauso trocken wie der Brunnen, der sich in der Mitte des Platzes erhob, mit einem Steinsockel im Zentrum und dem bronzenen Kopf eines würdig dreinblickenden Mannes auf dessen Spitze. Louis Castagne, las Andreas auf einer Inschrift, *Maire et Bienfaiteur,* »Bürgermeister und Wohltäter«, gestiftet von seinen dankbaren Mitbürgern am 16. März 1858 – also ungefähr dann, als Miramas-le-Vieux wegen der Eisenbahn im Tal aufgegeben worden war. Vielleicht hatten die Einwohner ihrem alten Bürgermeister noch rasch ein Denkmal errichtet, als eine Art Abschiedsgruß, bevor sie ihre Sachen packten und andernorts ihre Stadt ein zweites Mal gründeten?

Milène deutete auf ein zweigeschossiges Haus, das die dem Lavoir gegenüberliegende Seite des kleinen Platzes abschloss: alt, schwarze Feuchtigkeitsflecken auf den Steinmauern, die Fensterläden und der Türladen waren einst türkisgrün gestrichen, doch nun platzte die Ölfarbe in langen, waagerechten Streifen vom Holz ab.

»Eine Bruchbude«, entfuhr es Andreas.

»Jean-Michel ist geschieden«, erwiderte sie, als würde das alles erklären. Milène drückte eine altmodische elektrische Klingel, lauschte, hörte nichts hinter der Tür. »Die Klingel funktioniert wohl auch nicht mehr«, meinte sie und klopfte gegen das Holz.

Tatsächlich hörten sie kurz darauf Schritte im Haus, jemand polterte offenbar eine Stiege hinunter. Dann öffnete ihnen ein Mann von Mitte vierzig, schwarze Haare, dunkle Augen, breite Schultern, beeindruckender Bauch. Das Nasenbein des Mannes musste irgendwann einmal gebrochen worden sein, der Knochen war schief zusammengewachsen. Eine rötliche Narbe zog sich in Höhe des Jochbeins über seine linke Wange. Er trug einen ausgeblichenen Trainingsanzug mit den Insignien von Olympique Marseille. Der Mann wirkte auf Andreas wie ein ehemaliger Profiboxer, der es in seiner Karriere nicht bis zum ganz großen Geld geschafft hatte.

Milène küsste ihn zur Begrüßung auf die Wangen. Der Polizist musste sich dafür hinunterbeugen, so winzig wirkte sie neben ihm. Dann stellte sie die beiden Männer einander vor. Zulesi schüttelte ihm die Hand, Andreas fühlte sich, als hätte er in eine Metallpresse gegriffen.

»Kommen Sie schnell rein, draußen ist es ja so kalt wie in Sibirien«, sagte Zulesi. Seine Stimme war von zahllosen Zigaretten gegerbt.

»Ich muss gehen«, erwiderte Milène rasch. Für Andreas' Geschmack etwas zu schnell; offenbar war sie sehr erleichtert, ihn loszuwerden. »Ich … muss mich um den Laden kümmern.«

»Da stehen die Kunden garantiert schon Schlange vor der Tür«, erwiderte Zulesi und lachte gutmütig. »Bis später dann.« Er legte Andreas seine Pranke auf die Schulter und führte ihn ins halbdunkle Innere des Hauses. Andreas fühlte sich beinahe schon wie verhaftet. Er fand sich in einem Wohnzimmer mit niedriger Decke wieder, möbliert wie vom Sperrmüll. Auf einer Kommode war jedoch immerhin eine provenzalische Krippe aufgebaut. Die Santons waren viel größer als die im Laden von Milène, zwanzig oder dreißig Zentimeter hoch, alte Damen in Spitzenkleidern, Herren in Anzügen, in den tönernen Gesichtern war selbst die Iris der Augen mit feinstem Pinselstrich gezeichnet, was ihnen etwas irritierend Lebendiges verlieh.

»Das sind Erbstücke von meiner Großmutter«, erklärte Zulesi, der Andreas' Blick bemerkt hatte, »fast hundert Jahre alt. Solche großen Figuren werden heute kaum noch hergestellt – und ich könnte sie mir von meinem Beamtengehalt auch gar nicht leisten.«

Andreas setzte sich vorsichtig auf ein ausgeleiertes Sofa mit rissigem weißen Kunstlederbezug. Über den Bildschirm eines uralten, großen Röhrenfernsehers flimmerte ein Film, ein alter Western mit John Wayne, der Ton war jedoch abgestellt. Andreas zwang sich, nicht dorthin zu blicken, Fernsehbilder lenkten ihn immer ab, auch wenn die Sendung noch so bescheuert war, und Ablenkung konnte er jetzt nicht gebrauchen.

»Was kann ich für Sie tun?« Zulesi hatte seinen mächtigen Körper in einen Sessel gezwängt, einen Freischwinger, wie er mal bei Ikea modern gewesen war, ein Wunder, dass sein verleimtes Holz nicht unter dem Gewicht brach. Zulesi lächelte freundlich, aber das war nur sein Mund: Die Augen blickten aufmerksam, ja lauernd. Doch kein ehemaliger Boxer, sagte sich Andreas, sondern ein richtiger Bulle. Diese Erkenntnis hätte ihn eigentlich erleichtern sollen, seltsamerweise tat sie das aber nicht. Er räusperte sich – und dann erzählte er, nun schon zum zweiten Mal innerhalb von kaum einer Stunde, seine Geschichte.

Zulesi unterbrach seinen Bericht nicht ein einziges Mal, kein Wort, keine Geste, nicht einmal eine Regung in seinem Gesicht. Er wirkte wie ein menschliches Aufnahmegerät.

»Ich weiß, dass diese Geschichte verrückt klingt«, schloss Andreas schließlich. »Aber so etwas muss man doch anzeigen, oder etwa nicht?«

»Was muss man anzeigen, Monsieur Kantor?«, fragte Zulesi gelassen.

Andreas blickte sein Gegenüber verwirrt an. »Nun ja, ein Sarg in einem Keller, ist das nicht illegal? Und darf man einfach so eine Leiche fortschaffen?« Irgendwie lief auch diese Anzeige bei der Polizei ganz und gar nicht so, wie er sich das vorgestellt hatte.

»Sehen wir uns die Sache doch mal gemeinsam an.« Zulesi erhob sich, erstaunlich behände für einen so massigen Mann. Im Flur vor der Tür nahm er eine Regenjacke vom Haken, ebenfalls in den Farben von Olympique Marseille. Dann zog er sich schwarze, geschnürte Lederstiefel an, sie sahen aus wie die von Fallschirmspringern, vielleicht gehörten sie zu seiner Uniform, vermutete Andreas. Wenn so ein Typ in so einem Aufzug – kunstseidener Jogginganzug und Springerstiefel – bei ihnen aufkreuzte, würde Nicola ihn für noch verrückter halten als jetzt schon, dachte er resigniert.

Eine knappe Viertelstunde später stand er mit diesem Mann im kleinen Hof hinter dem Haus. Es schneite immer noch, man sah alles wie durch weiße Schleier. Die Reifenspur auf der Gasse war inzwischen unter Neuschnee verschwunden. Nicola kam aus dem Haus und schüttelte dem Polizisten die Hand. Zulesi stellte sich vor und lächelte charmant dabei. Nicola reagierte auf sein unkonventionelles Äußeres längst nicht so irritiert, wie Andreas erwartet hatte, und sie erwiderte das Lächeln. Zulesi kramte in der Tasche seiner Sportjacke, fischte eine zerknautschte

Packung Gitanes und ein gelbes Einwegfeuerzeug heraus und zündete sich eine Zigarette an. Darf man das, am Tatort einfach so rauchen? Kontaminiert das nicht Spuren? Andreas hatte Fernsehkommissare gesehen, die gewissenhafter vorgingen. Er wagte aber nicht, den Polizisten darauf anzusprechen. Zulesi hatte nun auch einen Block und einen Bleistift mit einem arg zerkauten Ende aus irgendeiner anderen Tasche geklaubt. »Jetzt erzählen Sie mir mal Ihre Geschichte, Monsieur Kantor.«

Andreas glaubte, sich verhört zu haben. »Aber ich habe Ihnen doch gerade schon alles gesagt!«

Zulesi nickte bedächtig. »Das ist wie im Fernsehen. Ich liebe Wiederholungen.«

Andreas seufzte und trug den Bericht jetzt ein drittes Mal vor. Unwillkürlich wurde er unsicher dabei. Widersprach er sich gerade? Erzählte er nicht etwas, das er vorhin vergessen hatte? Oder beschrieb er nun gewisse Details anders? Er versuchte, sich an den genauen Ablauf zu erinnern, auch so genau wie möglich die Zeiten anzugeben, zu denen jeweils etwas geschehen war. Er spürte, wie ihm der Schweiß den Rücken hinunterlief. Nimm dich zusammen, ermahnte er sich, du hast ja schließlich nichts zu verbergen. Er fuhr fort, jetzt mit mehr Energie und Selbstsicherheit, deutete in die Grube, beschrieb genau, wo er was gesehen hatte, das silberne Kreuz, das Holz, die weiße Rippe, ging dann hinüber zur Gartenpforte und zeigte auf das unbeschädigte Schloss.

»Die verschlossene Gartenpforte haben Sie vorhin nicht erwähnt«, brummte Zulesi.

Andreas wurde rot. »Das muss ich vergessen haben.«

Der Polizist nickte und packte seinen Notizblock wieder ein. Er hatte ziemlich wenig mitgeschrieben, fand Andreas.

»*Bon*. Ich kümmere mich darum«, verkündete Zulesi.

Andreas blickte ihn verwirrt an. »Und ... was bedeutet das jetzt?«

»Ich sehe mich ein bisschen um. Ich höre mich ein bisschen um. So ein Sarg kann ja nicht einfach spurlos verschwinden.« Er tippte sich zum Abschied mit Zeige- und Mittelfinger an die Stirn, so als würde er eine Uniformmütze tragen und lässig salutieren. »Und falls wir uns nicht mehr sehen: *Joyeux Noël!*«

»Falls wir uns nicht mehr sehen ...«, wiederholte Andreas leise, als er der Gestalt nachsah, die im Schneetreiben schon nach wenigen Metern kaum noch zu erkennen war. »Das hört sich doch so an, als würde dieser Kerl sich nicht mehr bei uns melden.« Zu spät fiel ihm ein, was Milène gesagt hatte: Zulesi war bereits im Weihnachtsurlaub. »Der wird gar nichts machen!«, rief er frustriert.

»Was soll er deiner Meinung nach denn auch tun?«, erwiderte Nicola.

Kurz darauf saßen sie einander am Küchentisch gegenüber. Andreas hatte Scheite im Kamin nachgelegt und noch ein paar mehr in die Garage geschleppt, damit sie dort trockneten. Draußen verschwand das Holz inzwischen unter einer zwanzig Zentimeter hohen Schneemütze. Nicola hatte köstlich duftendes, frisches Baguette auf ein Brett gelegt und mit einem Messer in Stücke geschnitten. In einer großen Schüssel hatte sie Salat angemacht: Endivien, Walnüsse, schwarze Oliven, Ziegenkäse, Olivenöl und etwas Balsamico. Wie kriegt sie das bloß immer so schnell hin?, staunte Andreas, der merkte, wie hungrig er war. Dazu tranken sie Leitungswasser, kalt und klar, und selbst das schmeckte gut.

Die ersten Bissen aßen sie schweigend. Er spürte, wie seine Kräfte zurückkehrten. Irgendwann fing Nicola an, mit ihrer Gabel den Rest ihres Salates auf dem Teller zu verrühren, langsame, methodische Kreise. Er musste unwillkürlich lächeln: Er kannte sie so gut, wusste, dass es ihre verlegene Art war – immer wenn sie etwas sagen wollte und doch nicht sagen konnte, schob sie die Speisen auf dem Teller hin und her, rührte mit dem Löffel im Tee oder steckte den Finger in ihre langen Haare und drehte eine Locke ein. Es war, als müsste sie erst etwas aufschrauben, bevor sie Worte herauslassen konnte.

Er nahm ihr die Verlegenheit ab. »Nun sag schon: Du denkst, ich spinne.«

»Du bist nicht verrückt«, erwiderte sie rasch. Vielleicht ein bisschen *zu* rasch, so als hätte Andreas sie bei ihrem geheimsten Gedanken ertappt. »Aber ich sehe doch schon längere Zeit, dass du dich erholen musst. Du brauchst eine Pause.«

Einer von uns beiden muss weiterarbeiten. Gut, dass ihm das jetzt nicht herausgerutscht war. Andreas wurde besser darin, sich zu beherrschen. Nein: ehrlicher zu sein. Derjenige, der das Geld verschleuderte, sollte es auch verdienen. »Ich schlage vor, dass wir nach dem Urlaub den Tesla verkaufen«, begann er und hob die Hand, um ihrem Einwand zuvorzukommen. »Nein, nein, das war eine meiner verrückten Ideen. Aber seien wir ehrlich: Wer braucht heute noch ein eigenes Auto? Und ich werde mich, wenn wir wieder in Hamburg sind, noch einmal um dieses Stipendium für Chiara kümmern. Und dann trete ich eine Zeit lang kürzer, versprochen. Doch …«, er holte tief Luft, » … das alles hat nichts mit dem zu tun, was ich heute Morgen im Hof gesehen habe. Wenn du kurz vor dem Burn-out stehst, dann zittern vielleicht deine Hände. Aber du hast keine Halluzinationen!«

Nicola lächelte traurig. »Ich kann das einfach nicht glauben. Zuerst taucht eine Leiche im Sarg auf, dann verschwindet sie wieder … Du warst gestern Abend so erschöpft. Vielleicht hast du das alles geträumt?« Diesmal hob sie die Hand, um ihn nicht zu Wort kommen zu lassen. »Manche Träume sind so intensiv, dass man zuerst gar nicht richtig aufwacht. Man öffnet zwar die Augen, steigt aus dem Bett, macht schon Sachen, aber trotzdem ist man irgendwie noch nicht ganz in dieser Welt. Man ist in seinem Traum gefangen. Du hast etwas Schreckliches geträumt, ist ja auch kein Wunder, diese Stadt ist halb verfallen und so verlassen. Du gehst in den Hof, um Holz zu holen, aber eigentlich bist du noch nicht richtig wach. Deshalb siehst du ein Traumbild in diesem eingestürzten Gewölbe, aber du weißt gar nicht, dass du träumst. Du rennst panisch raus, irrst durch die Gassen, du kommst langsam zu dir – aber du ahnst noch immer nicht, dass du dir das alles eigentlich nur eingebildet hast. Und erst, als du mit dieser Milène zurückkommst, stehst du da, und alles erweist sich als Illusion.«

»Das eingestürzte Gewölbe hinter dem Haus ist keine Illusion«, antwortete Andreas mit einem Anflug von Trotz.

»Deshalb hat dein Traum ja auch so realistisch gewirkt. Es war nicht alles falsch.«

Er atmete tief durch. Das Schlimme war, dass Nicola recht haben konnte. Vielleicht hatte er wirklich geträumt? Vielleicht hatte man mit Burn-out doch Halluzinationen? »Du meinst, ich sollte mal zum Therapeuten gehen?«

Sie legte ihre Hand auf seine, eine Geste, die sie schon lange nicht mehr gemacht hatte. »Es ist keine Schande, sich Hilfe von einem Profi zu holen. Eine Kollegin ...«, sie hielt unvermittelt inne, schluckte, fuhr fort: »Eine ehemalige Kollegin betreut in der Redaktion die Psycho-Themen. Ich könnte sie anrufen. Sie kann dir sicher einen Spezialisten empfehlen.«

»Das ist vielleicht keine schlechte Idee.« Andreas spürte, dass das so etwas wie eine Kapitulationserklärung war. Niemand würde ihm glauben. Verdammt, er glaubte sich selbst schon nicht mehr! Womöglich war es ein Traum gewesen ... Immerhin fühlte sich ihre Hand auf seiner gut an. Er wollte plötzlich das Thema wechseln, wollte nicht länger über sich reden. Aber endlich einmal wieder mit Nicola reden, das wollte er schon.

»War es nicht zu schwierig, heute Morgen durch den Schnee zu fahren?«

»Ich bin froh, dass ich die Einkäufe hinter mir habe. Ich glaube, in ein paar Stunden wird man nicht mehr durchkommen.«

»Das ist die Provence. Niemand hat hier einen Schneepflug.«

Sie lachte auf, wurde jedoch rasch wieder ernst. »Das hält aber manche nicht davon ab, wie die Irren zu fahren. Ich war vorhin schon auf der engen Straße, die bis zum Parkplatz unterhalb von Miramas-le-Vieux führt, erinnerst du dich? Links und rechts Gräben und danach Gesträuch oder Bambus, jedenfalls irgendwelche hohen Pflanzen, die Straße fühlt sich noch enger an, als sie sowieso schon ist. Und da hat mich doch einer überholt ... Der hat mich angehupt und sich vorbeigedrängt, ich glaube, das waren Millimeter! Und dabei hat er den Schnee aufgewirbelt, eine riesige Schleppe, ich habe nichts mehr gesehen und bin auf die Bremse getreten. Als hätte der mich absichtlich in den Graben drängen wollen! Danach habe ich auch Gas gegeben, weil ich dachte: Na warte, du kannst ja auch nicht weiter als bis zum Parkplatz fahren, und da sag ich dir die Meinung! Aber als ich beim Parkplatz ankam, war der mit seinem Geländewagen schon hinter der Schranke. Das muss jemand sein, der hier wohnt und einen Schlüssel hat.«

»War das ein Range Rover? Ein schwarzer?«, fragte Andreas.

»Du weißt doch, dass ich keine Ahnung von Automarken habe. Aber der Wagen war schwarz, ja. Warum willst du das wissen?«

Er dachte an René Tanguy. Aber die Begegnung mit dem Mann der Santonnière hätte sie wieder auf sein morgendliches Herumirren durch Miramas-le-Vieux gebracht, und das wollte er nicht. »Ich glaube, ich habe so ein Auto irgendwo vor einem Haus parken sehen«, log er.

»Na, wenn ich diesem Kerl in den nächsten Tagen über den Weg laufe, dann kann der sich auf was gefasst machen!«

Am Nachmittag öffnete Nicola alle Küchenschränke, bis sie eine große, längliche Schale fand. Sie war gelb glasiert und mit aufgemalten Olivenzweigen verziert. »Die passt zu den Treize Desserts«, verkündete sie. »Komm, hilf mir!«

Nicola hatte vor einigen Jahren eine Artikelserie über die Weihnachtsbräuche der Welt geschrieben und sich nun wieder an die Tradition der Provence erinnert – das war eines der wenigen Themen gewesen, über die sie während der langen Autofahrt in den Süden mit Andreas gesprochen hatte. Dreizehn Nachtische wurden zum weihnachtlichen Festmahl aufgetischt, süße Symbole für Jesus und die zwölf Apostel.

»Hier«, sagte sie, »die habe ich heute Morgen beim Bäcker gekauft.« Sie reichte ihm zwei große Stücke Gebäck: eine *Pompe à l'Huile d'Olive,* flach und rund wie ein Teller, weich und hell. Und eine *Fougasse,* die wie ein übergroßes Blatt geformt war und nach Orangenblüten duftete. Er legte beides in die Mitte der Schale. Nicola drapierte dunkle und helle Nougatstücke um die süßen Brote, Datteln, Walnüsse, Feigen, Mandeln, Rosinen, Trauben und kandierte Früchte.

»Das sind erst elf Desserts«, bemerkte er und streckte die Hand aus.

Sie schlug ihm auf die Finger. »Untersteh dich zu naschen! Es fehlen noch die Zuckermelone und die korsischen Orangen. Die will ich erst kurz vor dem Heiligen Abend auf dem Markt von Salon kaufen, dann sind sie frisch – falls mich der Schnee nicht stoppt.« Sie stellte die Schale auf den Tisch und breitete ein weißes Tuch darüber. »Weihnachten kann kommen!«, rief sie fröhlich.

Auch wenn Nicola so reichlich eingekauft hatte und sie sparen mussten: Andreas bestand darauf, dass sie zum Abendessen ins Restaurant gingen. »Das ist doch unser Urlaub!«, sagte er.

Als sie das Table du Roy betraten, war er sich allerdings auf einmal nicht mehr ganz so sicher, ob das eine gute Idee gewesen war. Fast die Hälfte der Tische war besetzt: mehrere Paare, ein, zwei Familien mit Kindern, und an einer langen Tafel sah es so aus, als hätten sich dort die Angestellten eines kleinen Betriebs oder einer Abteilung zum Weihnachtsessen versammelt. Vermutlich, dachte Andreas, sah er an diesem Abend mehr oder weniger alle Einwohner von Miramas-le-Vieux versammelt (bis auf das Ehepaar Tanguy) und dazu noch ein paar Leute aus dem Tal, die zum Festessen hochgekommen waren. Manche Gäste musterten sie neugierig, andere beachteten sie gar nicht. An jenem Tisch, an dem Nicola und er am ersten Abend gespeist hatten, saß Zulesi allein vor einem Teller und zerschnitt ein Stück Fleisch. Er bemerkte sie und hob sein Weinglas zum Gruß. Andreas konnte nicht sagen, ob das eine freundliche oder nicht doch eher spöttische Geste war.

Nicola winkte zaghaft. »Wollen wir uns zu ihm setzen?«, flüsterte sie. Als sie seinen entsetzten Blick bemerkte, stieß sie ihm den Ellenbogen in die Seite. »Das war ein Scherz.«

Sie fanden Platz an einem kleinen Tisch, der zwar direkt vor der Schwingtür zur Küche stand, aber dafür ziemlich weit von Zulesi entfernt war. Andreas hatte nicht vor, den Polizisten nach dem Stand der Ermittlungen zu fragen, wie er überhaupt fest entschlossen war, kein Wort zu sagen, das auf sein Erlebnis von diesem Morgen hingewiesen hätte. Einfach so tun, als hätte es das nie gegeben, das war vielleicht nicht die Lösung, aber immerhin schon mal ein Anfang für die Lösung seines Problems.

Valéria wirbelte zwischen den Tischen umher, wenn sie nicht gerade für längere Zeit in der Küche verschwunden war. Ihr Neffe Dennis war nirgendwo zu sehen. Ob der in der Küche hilft?, fragte sich Andreas, konnte sich das aber nicht recht vorstellen. Die Wirtin grüßte sie kaum, schien sie sogar irgendwie misstrauisch zu beäugen.

»Hat Valéria was gegen uns?«, fragte Nicola. »Oder hätten wir reservieren sollen?«

»Das ist sicher nur der Stress«, beruhigte sie Andreas. »Wer hätte gedacht, dass hier noch mal so viel los ist? Ob alle diese Leute in Miramas-le-Vieux wohnen?«

»Was meinst du: Wer von den Gästen könnte einen

schwarzen Geländewagen fahren?« Sie musterte die Leute an den anderen Tischen unauffällig und erging sich in allerlei geflüsterten Spekulationen.

Andreas war das peinlich. Zuerst verteidigte er jeden, den seine Gattin als rücksichtslosen Fahrer verdächtigte, erklärte, warum dieser oder jener auf gar keinen Fall ein solches Angeber-Auto fahren würde, fand allerlei Ausflüchte, schwieg aber schließlich. Wenn er allzu offensichtlich jeden der Anwesenden zum Unschuldigen erklärte, würde sich Nicola bestimmt irgendwann fragen, woher er das denn so genau wisse.

Endlich kam Valéria zu ihnen und nahm die Bestellung auf. »Was wollen Sie essen? Es gibt Lamm, Lamm oder Lamm.«

»Das vereinfacht die Wahl«, sagte Andreas.

»Wenn ich verschiedene Speisen anbieten würde, käme ich überhaupt nicht mehr aus der Küche. Es ist eben Winter.«

»Dann nehme ich das Lamm«, verkündete Nicola.

Die Wirtin nickte und blickte Andreas an. »Zweimal Lamm in Kräuterkruste, dazu ein Weißwein und ein Rotwein?«

»Ja, bitte«, sagte er. »Ihr Neffe ist heute Abend nicht da?«

Doch Valéria Lozach hatte sich schon wieder umgedreht und war auf dem Weg Richtung Küche. Er war sich nicht sicher, ob sie seine Frage nicht gehört hatte oder ob sie die Frage nicht hatte hören wollen.

Sie mussten dann noch ziemlich lange warten, bevor

die Mahlzeiten vor ihnen dampften. Lamm, Bratkartoffeln, grüne Bohnen, ganz einfach, doch schon der Duft ließ Andreas schwindelig werden. Der erste Bissen war wie eine kleine Explosion im Mund, Fleisch, Knoblauch, Rosmarin, Thymian. »So habe ich mir die Provence vorgestellt!«, nuschelte er beim Kauen und fragte sich, wann genau er in den letzten Jahren vergessen hatte, wie einfach und gut das Leben sein konnte. Die meisten Gäste waren gegangen, als sie ihr Lamm schließlich verspeist hatten, nur Zulesi saß noch immer an seinem Tisch und schlürfte einen Espresso. Seinen dritten, wenn Andreas, der ihn hin und wieder verstohlen beobachtete, richtig mitgezählt hatte, Himmel, drei Espressi am Abend, wie konnte der Kerl danach schlafen? Es war inzwischen so still geworden, dass sie endlich Ludovico Einaudis Klavier aus den Lautsprechern perlen hörten. Die Luft war warm und schwer von Kräuterduft. Nicola und er hatten beide ein zweites Glas bestellt und lehnten sich behaglich zurück. Der Tote im Sarg schien nicht nur ein paar Stunden, sondern ein ganzes Zeitalter von ihnen entfernt zu sein. Finsteres Mittelalter, Ruinen, Aberglauben, wahrscheinlich habe ich das wirklich alles geträumt, sagte sich Andreas, klar habe ich das geträumt. Ein Restaurant mit Lamm und Wein und diskreter Klaviermusik aus kleinen Lautsprechern und einer Rechnung, die man mit Kreditkarte beglich – das war das einundzwanzigste Jahrhundert.

Als Valéria den Beleg brachte, wirkte sie erschöpft, aber weniger angespannt als zuvor.

»Das Lamm war wundervoll«, sagte Andreas.

Die Wirtin lächelte geschmeichelt. »Es gehört zur Herde von Guillaume, einem Nachbarn unten im Tal. Es freut mich, dass es Ihnen geschmeckt hat. Nichts vertreibt düstere Gedanken besser als ein gutes Essen, sage ich immer.«

»Düstere Gedanken?«

Valéria errötete. »*Eh bien,* diese alten Gewölbe können einen schon erschrecken. Da kann man schon mal Gespenster sehen oder … alte Särge. Ich selbst bin vor Jahren beinahe mal in einem Keller eingebrochen, als ich mein Haus renoviert habe. Wenn Dennis jetzt hier wäre, der könnte Ihnen auch einige richtige Gruselgeschichten über diese unterirdischen Gemäuer erzählen!«

Andreas war einen Moment sprachlos.

»Woher wissen Sie, dass mein Mann heute Morgen diese …«, Nicola suchte nach dem richtigen Wort, » … diese Beobachtung gemacht hat?« Auch sie war empört.

Valéria lächelte entschuldigend und deutete mit der Kinnspitze in Richtung Zulesi. »Jean-Michel ist aber ein erstklassiger Flic!«, setzte sie flüsternd hinzu. »Er war mal Inspektor bei der Police judiciaire in Marseille und hat mehr Mörder verhaftet als ein Kommissar im Kino. Falls an Ihrer Geschichte mit dem verschwundenen Sarg wirklich was dran ist, dann findet es Jean-Michel heraus.«

»Ich habe gehört, Monsieur Zulesi ist eigentlich in Urlaub«, erwiderte Andreas, noch immer fassungslos, dass der Polizist seine Geschichte herumerzählt hatte. *Falls an Ihrer Geschichte wirklich was dran ist …* Es war eine

Sache, dass er inzwischen selbst nicht mehr richtig an sein Erlebnis glauben konnte, aber eine ganz andere, von mehr oder weniger fremden Menschen zu hören, dass sie einen für einen Wirrkopf oder gar Lügner hielten.

»Jean-Michel arbeitet auch dann, wenn er in Urlaub ist«, erklärte Valéria, die seinen Zorn nicht bemerkt zu haben schien. »Er hat ja sonst nichts zu tun.«

Vielleicht waren es das zweite Glas Wein und das köstliche Essen. Vielleicht Andreas' beruhigendes Versprechen, endlich mehr auf das Geld achtzugeben. Vielleicht sogar seine Zusage, demnächst zu einem Therapeuten zu gehen – jedenfalls schlief Nicola beinahe sofort ein, nachdem sie vom Table du Roy zurückgekehrt waren. Sie atmete tief und regelmäßig, sie wirkte so entspannt, wie seit, tja, wie seit wann schon nicht mehr? Andreas streichelte ihr vorsichtig eine Strähne aus der Stirn. Ihre Hand auf seiner, heute Mittag. Kein böses Wort mehr bis zu dieser Nacht. Wann war es zuletzt so schön gewesen? Er wollte, dass sie glücklich war. Verdammt, und natürlich wollte er auch selbst glücklich sein. War es nicht ein unfassbares Glück, dass sich eine so wundervolle Frau für ihn entschieden und ihn nie verlassen hatte? Dass sie ein gemeinsames Kind hatten? Er sollte sich jetzt ganz dicht neben sie legen und die Wärme ihrer Haut spüren, sagte er sich, und so sollte er einschlafen, im Rhythmus ihrer Atemzüge und eingehüllt in ihren Duft. Aber der Schlaf wollte nicht zu ihm kommen. Vielleicht hatte er Angst zu träumen.

Er schlüpfte schließlich vorsichtig aus dem Bett. Nicola murmelte etwas im Schlaf, wurde dann wieder ruhig. Es war warm im Haus, Andreas hatte diesmal rechtzeitig Holz nachgelegt. Er zog sich in der Küche an, nur im Schein des Kaminfeuers. Der Raum duftete nach Gebäck und Nüssen. Doch obwohl es in dem alten Gemäuer nun so weihnachtlich war, schlich er sich trotzdem hinaus in die Nacht.

Er wollte so lange gehen, bis er endlich erschöpft war, bis die Müdigkeit so übermächtig wurde, dass er hoffentlich traumlos schlafen würde. Noch immer tanzten Schneeflocken in der Luft, sie blitzten wie kleine Kristalle auf, wenn sie durch die Ränder der Lichtkegel um die Straßenlaternen fielen. Die Luft roch würzig nach Rauch, offenbar waren sie nicht die Einzigen, die in dieser Nacht den Kamin brennen ließen. Diesmal hatte er sich seine hochschaftigen Winterschuhe angezogen, zum Glück, denn inzwischen sank er bis zum Knöchel in die weiße Decke ein. Er musterte die Rue Frédéric Mistral vor dem Haus: keinerlei Spuren.

Er ging durch die Gassen, ziellos mal hierhin, mal dorthin. Irgendwann stand er auf dem Platz neben dem Brunnen, der den einstigen Bürgermeister und Wohltäter ehrte. Wohltäter … Zulesi, dessen Haus genauso dunkel war wie alle anderen, der Typ konnte nach drei Espressi tatsächlich schlafen, oder er war immer noch nicht zu Hause, dieser Zulesi jedenfalls war wohl kaum sein Wohltäter. Sah sich ein bisschen um, hörte sich ein bisschen um, und das war's? Inspektor bei der Police judiciaire in Marseille, verhaftete mehr Mörder als ein Kommissar im Film? Und warum war so ein toller Bulle nun simpler Dorfpolizist in Miramas-le-Vieux? Dieser Zulesi war ein Versager, und ausgerechnet dem hatte er seine Geschichte erzählt! Und Zulesi hatte sie dann weitererzählt. Valéria Lozach war die Wirtin des einzigen Restaurants, das im Winter hier geöffnet war – wenn die es wusste, wer wusste es dann noch alles? Ihr Neffe Dennis? Wahrscheinlich. Die anderen Gäste? Die Weihnachtsgesellschaft? Milène Tanguy wusste es eh schon, das war ja nun nicht Zulesis Schuld. Ob sie danach mit ihrem Mann gesprochen hatte?

Er hatte die in den Gassen geparkten Autos auf seinem Weg gemustert. Kein Range Rover. Aber ein paar Ruinen waren zu Garagen ausgebaut worden, er sah verschlossene Holztore, so groß, dass auch ein Geländewagen dahinter verschwinden könnte. War René Tanguy einfach bloß ein Arschloch, das Andreas in seiner Abgaswolke stehen ließ und Nicola so rücksichtslos überholte, dass sie um ihr Leben fürchtete? Oder steckte mehr dahinter? Hatte René irgendetwas gegen sie? Absurd, sie kannten den Mann nicht, sie hatten ihm nichts getan. Fang nicht schon wieder an, dir etwas einzubilden, ermahnte er sich. Bloß nicht schon wieder. Alte Gewölbe, Gespenstergeschichten, ein schlechter Traum, mehr ist das nicht.

Er bog in eine Gasse ein, die ihn wieder den Berg hinaufführte. Inzwischen war ihm kalt. Aber er würde immer noch nicht einschlafen können. Er nahm sein Handy aus der Tasche und leuchtete mit dessen Lampe ein verwittertes Straßenschild an: Rue Coupo Santo. Die Häuser standen hier so eng beieinander wie müde Riesen. Kaum Licht, er ließ sein iPhone an. Spuren im Schnee, er richtete das Handy darauf: Das konnten Hundepfoten sein. Ziemlich groß, dachte er, und keine menschlichen Spuren daneben, nur ein Tier allein. Eigentlich sehr groß. Andreas hatte Geschichten davon gehört, dass wieder Wölfe durch Südfrankreich streiften … Noch eine Gespenstergeschichte, ermahnte er sich, jetzt mach dich nicht verrückt. Der Lichtstrahl des iPhones zitterte durch die Nacht, brach sich in den Flocken, schien vom Schnee so reflektiert zu werden, dass es ihn blendete. Er sah kaum zwei, drei Schritte weit. Andreas hielt inne. War da nicht ein Geräusch gewesen? Er lauschte. Nichts. Er hätte schwören können, Schritte vernommen zu haben. Er leuchtete den Boden ab. Keine Fußspuren mehr im Schnee, nicht Mensch, nicht Tier – zumindest nicht im Umkreis der wenigen Meter, die sein Handy erhellte. Er ließ den Lichtstrahl an den Fassaden hochwandern. Alle Fensterläden waren verschlossen, auf jeden Fall die im Erdgeschoss. Für die höheren Stockwerke reichte sein Licht nicht. Er ging weiter, blieb dann abrupt stehen, lauschte in die Nacht. Nichts. Eine Bewegung über ihm. Ruckartig riss er das iPhone hoch und leuchtete eine Fassade an. Eine schwarze Katze saß auf einer steinernen Fensterbank, ihre Augen glänzten im Lichtstrahl. Sie fauchte und sprang in die Dunkelheit davon. So entstehen Gespenstergeschichten, dachte Andreas, Katzen und Schlaflosigkeit, das ist alles.

Zu seiner Rechten erkannte er nun eine Holztür, die so niedrig war, dass Männer wie René oder Zulesi sich wahrscheinlich hätten bücken müssen, um in dieses Haus einzutreten. Über dem Türsturz war eine Inschrift in den Stein gehauen: »V. C. 1611«

Valéria Lozach, fiel es ihm ein, wohnte irgendwo in Miramas-le-Vieux. Vielleicht hier? Vielleicht stand das »V« für sie und das »C« für ihren verstorbenen Mann Charles, und die Zahl bezog sich auf das Jahr, in dem dieses Haus errichtet worden war – ursprünglich errichtet worden war, denn ohne Zweifel war es inzwischen renoviert worden. Die Inschrift sah auf jeden Fall relativ neu aus oder gut restauriert – oder hatten vier Jahrhunderte dem Stein einfach nichts anhaben können? Jahrhunderte ...

Andreas studierte die Jahreszahl. Das war es! Jahreszahl – Jahre – zwei Jahre! Deshalb konnte er nicht einschlafen. Deshalb konnte er nicht mit ganzem Herzen daran glauben, dass er den Sarg mit der Leiche darin nur geträumt hatte, allen Versprechen, die er Nicola und sich selbst gegeben hatte, zum Trotz. *L'Affaire David Brown*. Jetzt fiel ihm die Geschichte wieder ein. Sie hatte die ganze Zeit irgendwo in seinem Unterbewusstsein herumgespukt. Der amerikanische Student, der durch Europa gereist war.

Und der spurlos verschwunden war, hier in Miramasle-Vieux, vor zwei Jahren.

21. Dezember

Der Schatten zwischen den Gassen

Am nächsten Morgen klebte Schnee wie Zuckerguss an der Fensterscheibe, die Sonne schien nur milchig trübe ins Zimmer hinein. Andreas schlüpfte aus dem Bett; er hatte schließlich doch ein paar Stunden Schlaf gefunden. Nicola rührte sich kurz, murmelte etwas, das er nicht verstehen konnte, und drehte sich auf die andere Seite. Wann hatte sie zuletzt so lange ausgeschlafen? Vielleicht hatte es doch einen Vorteil, dass sie ihren Job verloren hatte und mit ihm den ständigen Termindruck? Wann immer sie bislang einen Text hatte abgeben müssen, wann immer eine Konferenz angestanden, wann immer der Redaktionsschluss gedroht hatte – stets war seine Frau angespannt gewesen, es hatte gewirkt, als wäre ihr der Terminkalender ins Gehirn implantiert gewesen.

Andreas schlich zum Fenster und öffnete es vorsichtig. Feuchte, kalte Luft schlug ihm entgegen. Wohl kaum unter null Grad, schätzte er, doch nun lag der Schnee mindestens einen halben Meter hoch in den Gassen, höher als die Bodenbleche der meisten Autos. Mit ihrem Tesla würden sie jetzt nirgendwo mehr durchkommen. Ob sie genügend Vorräte hatten? Was war, wenn sie hier tagelang blockiert blieben oder gar länger, als er Urlaub hatte? Auf die Melonen und Orangen, die Nicola noch auf dem Markt einkaufen wollte, mussten sie wohl auf jeden Fall verzichten, aber elf Desserts würden es auch tun. Würde wenigstens die Polizei durchkommen? Was fuhren denn die Flics in der Provence? Doch sicher keine Geländewagen.

Andreas fragte sich, was Zulesi bislang unternommen hatte. Wenn er seinen früheren Kollegen der Police judiciaire in Marseille Bescheid gegeben hatte – würden die sich die Mühe machen, kurz vor Weihnachten in dieses Kaff zu fahren, um einen deutschen Touristen wegen einer obskuren Geschichte zu befragen? Marseille war doch wie weit entfernt, fünfzig, sechzig Kilometer? Sechzig Kilometer für eine Gespenstergeschichte?

Und falls ja … Andreas überkam auf einmal die Sorge, dass die Kriminalbeamten womöglich einen halben Tag benötigen würden, bis sie Miramas-le-Vieux erreicht hatten. Wenn er ihnen dann seine Geschichte erzählte, eine Geschichte, an die er selbst nur halb glaubte – und das würden diese Beamten sicher aus seiner Stimme heraushören, das waren doch Profis –, dann wären sie doch wütend, oder? Sie würden denken, ein ausländischer Hysteriker hätte sich einen miesen kleinen Scherz mit ihnen erlaubt. Würden sie sich zur Revanche ihrerseits einen miesen kleinen Scherz mit ihm erlauben – und ihn einfach nach Marseille auf die Wache mitnehmen? Wer weiß, wann er dann nach Miramas-le-Vieux zurückkommen könnte. Falls er überhaupt durchkäme.

Andreas beschloss, dass er die Ermittlungen nicht allein Zulesi überlassen sollte, sondern selbst eingreifen musste. Entweder war an der Sache etwas dran – dann sollte er dafür sorgen, dass endlich richtig ermittelt wurde. Oder er hatte sich alles eingebildet, und in dem Fall musste er alles dafür tun, die Affäre möglichst rasch und geräuschlos zu beenden, rasch genug vor Weihnachten jedenfalls. So oder so: Er musste selbst mit den Polizisten aus Marseille reden, musste sie informieren, sie vorwarnen, musste irgendwie verhindern, dass sie wütend wurden, wenn sie hier aufkreuzten und keine Leiche, keine Spur, kein gar nichts vorfanden.

Er ging in die Küche, setzte Kaffee auf, blies die Glut im Kamin an, bis wieder Flammen züngelten, und legte ein frisches Scheit auf. Kaffeeduft, Kaminfeuer, eine alte Küche – er fühlte sich wohl. Wenn der Kaffee durchgelaufen wäre, würde er Nicola damit überraschen. Vielleicht würde sie ihn doch schon von den Desserts naschen lassen. Bis es so weit war, griff er zum Handy, googelte die Nummer der Kriminalpolizei in Marseille, fasste sich ein Herz und rief dort an.

Nach dem dritten Klingeln wurde abgehoben, eine Frauenstimme, müde klingend, aber freundlich genug. Andreas war so klug, der Beamtin nicht schon bei der Begrüßung von einer verschwundenen Leiche zu erzählen. Höflich erkundigte er sich bloß, ob sich ein gewisser Monsieur Zulesi von der Police Municipale in Miramas-le-Vieux in Marseille gemeldet hätte, um …

»*Mon Dieu*, Zulesi?!«, unterbrach ihn die Beamtin. Plötzlich klang sie hellwach.

Andreas war verwirrt. »Sie kennen ihn?«, stammelte er.

»Ich wünschte, es wäre nicht so.« Er hörte ein Seufzen. »Ich stelle Sie zu seiner früheren Brigade durch«, fuhr sie fort. »Wenn sich Zulesi tatsächlich bei einem von uns gemeldet hat, dann bei seinen ehemaligen Kollegen. Alle anderen würden nämlich sofort auflegen.«

Andreas wartete, ihm schien es eine endlos lange Zeit, während er aus dem Telefon gar nichts hörte, kein Freizeichen, keine Musik. Seine schlimmsten Befürchtungen über Zulesi schienen sich zu bewahrheiten. Der Typ war nicht umsonst in die Provinz versetzt worden. Plötzlich schreckte er auf.

»*Allô?*« Eine tiefe Stimme, die sich schon genervt anhörte.

Verdammt, dachte Andreas, der Typ in der Leitung wusste offenbar schon, dass es um Zulesi ging. Er stellte sich vor.

»Commissaire Bernard«, antwortete der Beamte. »Sie haben mit Zulesi zu tun?«

Er wirkte irgendwie, als erwartete er, dass sich Andreas über Zulesi beschweren würde. Das lief ganz anders als erwartet. Andreas kam es so vor, als würde durch einige Schaltkreise seines Gehirns kein Strom mehr fließen. Er begriff, dass es keine gute Idee wäre, diesem Commissaire Bernard eine Geschichte von einem Gewölbe mit Sarg und Leiche darin zu erzählen. Aber ihm fiel andererseits nicht ein, was er stattdessen sagen sollte, nun da er diesen Kommissar am Apparat hatte. Er konnte ja schlecht kommentarlos auflegen, die hatten garantiert schon seine Nummer irgendwo aufgezeichnet. »Monsieur Zulesi«, brachte er endlich heraus, »wollte sich in einer … einer lokalen Angelegenheit bei Ihnen melden.«

»Wollte er das?«, entgegnete Bernard sarkastisch.

»Ich … nun ja …« Irgendwie quittierten immer mehr Schaltkreise in Andreas' Kopf ihren Dienst.

»Wenn er es wollte, dann hat er es jedenfalls nicht getan«, erklärte der Beamte schließlich ungeduldig. »Zulesi hat hier niemanden angerufen, nicht heute, nicht gestern, nicht das ganze letzte Jahr und das davor auch nicht. Und das ist auch gut so.«

»Sie …« Andreas versuchte verzweifelt, sein Gehirn wieder in Gang zu setzen. »Sie sind nicht gut auf Monsieur Zulesi zu sprechen?« Er hörte selbst, wie dämlich das klang, aber etwas anderes wollte ihm partout nicht einfallen.

Schweigen in der Leitung, ein, zwei Sekunden lang. Schließlich vernahm er, wie sich Bernard räusperte. »Sie sind nicht von hier, oder?«

»Ich bin Tourist und erst vorgestern angekommen.« Das klang auch dämlich.

»Und Sie wohnen zufällig in Miramas-le-Vieux?«

»Zufällig, ja.«

»Dann habe ich einen guten Rat für Sie: Gehen Sie Zulesi aus dem Weg, so weit wie das in einem Kaff wie Miramas-le-Vieux möglich ist.« Der Commissaire klang nun resignierter, nicht mehr so aggressiv. »Ich weiß ja nicht, was Zulesi Ihnen erzählt hat, aber hören Sie einfach nicht auf ihn. Er war bis vor zwei Jahren bei uns in der Brigade Antigang. Dann hat er bei einer Razzia in La Castellane einen Dealer erschossen. Der war schon polizeibekannt, er trug fast ein Kilo Shit in seinem Bauchbeutel herum und hatte eine Beretta unter dem Gürtel stecken. Aber, verdammt, dieser Dealer war erst sechzehn Jahre alt!« Bernard hatte sich in Rage geredet, es schien ihm egal zu sein, ob Andreas noch zuhörte oder nicht. »Es hat danach Krawalle gegeben, die Hochhäuser der Quartiers Nord haben fast eine Woche lang gebrannt, die Politiker und Journalisten aus dem ganzen Land sind über uns hergefallen, weil wir ein Kind erschossen haben. Zulesi hat auf Notwehr plädiert und ist damit durchgekommen. Der Präfekt hat ihm danach einen ›freiwilligen‹ Wechsel auf den unwichtigsten Posten der Police Municipale im ganzen Département nahegelegt, und so ist er nach Miramas-le-Vieux gekommen. Wir kriegen in Marseille immer noch bei jedem Einsatz wegen der Zulesi-Affäre die Fresse voll, während der Hauptverantwortliche für dieses Desaster in einem friedlichen Dorf die Jahre bis zu seiner Pensionierung verschläft. Zulesi ist ein Schwachkopf. Aber er ist nicht so blöd, dass er irgendetwas tut, was die Aufmerksamkeit wieder auf ihn lenken könnte, schon gar nicht, bei uns anzurufen. Ganz egal, was Sie von ihm wollen: Der Typ wird nichts tun, gar nichts.« Bernard legte auf, bevor Andreas darauf noch etwas erwidern konnte.

Andreas wollte Nicola den Kaffee ans Bett bringen, doch als er sich nach dem Telefonat endlich so weit gesammelt hatte, dass er ohne verräterisch zitternde Hände nach oben hätte gehen können, hörte er ihre Schritte auf der Treppe. Sie hatte sich in ihren dunkelroten Morgenmantel gehüllt und begrüßte ihn mit einem Kuss. Sie sah erholt aus, setzte sich an den Tisch und lächelte ihn dankbar an, als er ihr die Schüssel mit dem dampfenden Kaffee reichte. »War vielleicht doch keine so schlechte Idee, hierherzukommen«, sagte sie neckisch und sog genießerisch den Duft ein. »Sag mal, hast du gerade telefoniert? War das Martin, der sich Sorgen um seine Dachschindeln macht? Oder gar meine Mutter? Die würde es fertigbringen, selbst im Urlaub so früh anzurufen.«

Er brachte es nicht übers Herz, ihr die Wahrheit zu sagen, wollte nicht mehr über den Toten im Gewölbe reden oder über einen Polizisten, der einen Sechzehnjährigen erschossen hatte und nur ein paar Dutzend Meter von ihnen entfernt wohnte. »Das war bloß ein Werbeanruf«, log er.

Er nahm sein Handy und studierte die Wetterprognose. »Was hältst du davon, wenn wir nach dem Frühstück einen Spaziergang machen? Heute ist der kürzeste Tag des Jahres, wir sollten die paar Stunden Tageslicht ausnutzen. Außerdem soll es nachmittags wieder stärker schneien.«

»Wir hätten einen Schlitten mitnehmen sollen. Oder Langlaufskier.«

»Langlauf habe ich ewig nicht mehr gemacht.«

»Wir könnten auch mal wieder in die Alpen fahren«, sagte Nicola.

»Das wäre schön«, erwiderte Andreas, und das kam aus tiefstem Herzen. Seine Frau hatte schon lange keine gemeinsame Reise vorgeschlagen. Entweder hatte er die Ziele ausgesucht und sich um alles gekümmert und sie war mehr oder weniger missmutig mitgefahren. Oder sie waren zu Hause geblieben, Nicola hatte gearbeitet und hin und wieder eine sarkastische Bemerkung über die Dauer der Schulferien fallen gelassen. »Was sind die beiden besten Gründe, um Lehrer zu werden? Juli und August.« Über diesen Witz konnte er schon lange nicht mehr lachen. Jetzt aber freute er sich, dass sie so entspannt war. Er wünschte, es wäre bei ihm genauso, wenn nur dieser Schock gestern Morgen nicht gewesen wäre. Entweder, er hatte sich das alles eingebildet, und dann hatte er wirklich ein Problem in seinem Oberstübchen. Oder er hatte sich das nicht eingebildet – und dann verbrachten sie den ersten für Nicola seit Jahren erholsamen Urlaub ausgerechnet in einem Dorf, in dem irgendjemand Leichen verschwinden ließ. Er nahm sich trotzdem vor, sich nichts anmerken zu lassen. Vielleicht war es ja nur ein psychisches Problem, dann war ein Spaziergang im Schnee garantiert nicht die schlechteste Therapie. Und alles andere würde sich finden, wenn sie wieder in Hamburg wären.

Später schlenderten sie Hand in Hand zur Burgruine. Hinter der kleinen Kunstgalerie, die immer noch geschlossen war, entdeckten sie zwischen drei oder vier Meter hohen

Mauern einen gotischen Spitzbogen. Vielleicht war das mal ein Fenster der Burgkapelle gewesen, vermutete Andreas, und die Mauerreste darum waren alles, was noch von dem Gotteshaus übrig geblieben war. Sie schritten hindurch. Kein Dach, kein Kreuz, schon gar keine bunten Fenstergläser mehr – nur ein kleines Weihwasserbecken hatte die Zeiten überdauert, eine steinerne, in die Wand gemauerte Schale, kaum größer als eine Hand. Andreas betrachtete sie. Ein feines Relief zierte diese Schale, eine in den Stein gemeißelte Girlande. Statt Weihwasser schimmerte nun eine winzige Eisfläche im Becken. Er fragte sich, wie diese Kirche so hatte zertrümmert werden können, als wäre hier eine Bombe explodiert, zugleich aber ausgerechnet diese fragile Wasserschale nahezu perfekt erhalten geblieben war. Einige Steine im Mauerwerk waren schwarz – vielleicht hatte es hier mal gebrannt. Oder es war bloß Schimmel, der auf dem feuchten Gemäuer wucherte.

Sie gelangten auf eine Art Plateau: eine von Mauern umschlossene natürliche Terrasse am Rand des Berges. Sie hatten hier die gegenüberliegende Seite der Anhöhe erklommen. Der Blick ging nicht nach Süden zum Étang de Berre, sondern reichte nach Norden bis zu den Alpilles. Die fernen Berge wirkten wie ein erstarrtes blaues Meer mit Schaumkronen auf den Wogen. Schnee, erkannte er, die Kuppen am Horizont waren schneebedeckt, der graue Himmel über ihnen wirkte so niedrig, als würden die Gipfel die Unterseite der Wolken aufschlitzen. Sie hörten ein fernes Grollen.

»Das kann doch kein Gewitter sein«, murmelte Nicola, »dafür ist es viel zu kalt.«

Andreas deutete auf eine Bewegung im Tal zu ihren Füßen; es war, als würde eine unsichtbare Riesenhand einen schwarzen Strich durch die weiße Ebene ziehen, eine schwarze Linie, die von links nach rechts die Landschaft zerteilte, etwas Dunkles, das eine Wolke aus Schneestaub aufwirbelte. »Das ist ein Zug«, erklärte er. »Die famose Eisenbahnlinie, der zuliebe die Bewohner von Miramas einst von ihrem Berg hinuntergestiegen sind.« Er fragte sich, ob der Zug nach Marseille fuhr. Und als er an Marseille dachte, dachte er an Zulesi. Er schüttelte sich.

»Ist dir kalt?«, fragte Nicola.

»Nein, ich …«

Da hörten sie ein Geräusch aus einer der Ruinen, nicht sehr laut, eher dumpf, es klang, als wäre etwas Schweres auf den Steinboden gefallen.

Sie gingen neugierig über das Plateau zurück und um jene Wand herum, in die das Weihwasserbecken eingelassen war. Dort war womöglich einst die Sakristei gewesen, jedenfalls bildete diese Wand zusammen mit drei weiteren Mauern nun einen düsteren, versteckt gelegenen Hof, denn das Dach, das sich einst hier befunden haben musste, war längst eingestürzt. In einer Ecke der Ruine arbeitete Dennis im Halbschatten. Er steckte in einem grauen Overall, hatte schwere Arbeitsschuhe mit Eisenkappen an, trug eine schwarze Wollmütze und lederne Arbeitshandschuhe. Mit einer Spitzhacke schlug er auf den Boden ein. In dieser Gebäudeecke, erkannte Andreas, bestand der Boden nicht aus dem blanken Fels, sondern aus Trümmerstücken, womöglich Teile des vor vielen Jahren zerfallenen Dachs, die nun durch Dreck und Schnee zu einer kompakten Masse verklebt waren. Er hätte diesem verweichlicht wirkenden jungen Mann eine derartige körperliche Arbeit nicht zugetraut. Dennis schlug verbissen auf die Steine ein, seine Wangen waren gerötet, auf der Stirn glänzte Schweiß. Steinchen und kleine, vereiste Dreckklumpen flogen unter der Wucht der Schläge durch die Luft, manche schlugen mit leisem Klacken gegen die Mauern und fielen in den Schnee wie Querschläger einer Schießerei. Hin und wieder hielt Dennis mit der Spitzhacke inne und räumte lose größere Steine beiseite. Er war so versunken in seine Arbeit, dass er gar nicht bemerkte, wie sie ihn beobachteten.

»Monsieur Baduel?«, rief Nicola irgendwann vorsichtig – so vorsichtig, als wollte sie ihn auf keinen Fall erschrecken. Ein Mann mit einer Spitzhacke, es war sicher besser, den nicht zu erschrecken, dachte Andreas. Er fragte sich, was zur Hölle der Typ hier tat.

Obwohl Nicola nur behutsam gerufen hatte, zuckte Dennis trotzdem zusammen. Er drehte sich um, die Röte auf seinen Wangen wurde noch eine Spur intensiver, er hustete verlegen. Er nahm seine Brille ab und rieb die vom Schweiß beschlagenen Gläser an seinem Overall sauber, setzte sie wieder auf, betrachtete sie durch die nun schlierigen, mit Dreckspritzern gesprenkelten Gläser und sagte bloß: »Ach, Sie sind es.« Als hätte er jemand anderen erwartet – allerdings jemanden, dem er hier nicht gern begegnet wäre.

»Gehört das zu Ihrer Arbeit als Heimatforscher?«, versuchte Andreas scherzhaft die aufkommende Verlegenheit zu mildern und deutete auf die Spitzhacke.

Dennis starrte das Werkzeug einen Moment lang an, als fragte er sich selbst, wie es in seine Hände gelangt sein konnte. »Ja, ja«, erwiderte er dann fahrig, »gewissermaßen ist es das.« Er straffte sich. »Ich suche Münzen oder altes Geschirr, Schmuck, Waffen oder was man sonst noch unter diesen Trümmern finden mag. Sie glauben gar nicht, was man hier alles entdecken kann.«

»Ich habe da schon ein paar Ideen«, murmelte Andreas.

»Warum machen Sie sich die Mühe, im Winter zu suchen?«, fragte Nicola rasch und etwas zu laut – so als wollte sie ihren Mann übertönen. »Es ist doch eine Heidenarbeit, die gefrorenen Steine zu lösen.«

Dennis blickte wieder auf die Spitzhacke. »In anderen Monaten wäre es einfacher«, gab er zu. »Aber inzwischen kommen wieder so viele Fremde nach Miramas-le-Vieux, dass man nur noch im Winter ungestört graben kann. Beinahe ungestört.« Er lächelte sie verlegen an.

Andreas fragte sich, ob ein Profi, der Geschichte studiert hatte, tatsächlich mit einer Spitzhacke auf Münzsuche ging. Würde man das nicht eher mit einem Metalldetektor machen? Oder hatte Dennis in dieser entlegenen, versteckten Ruine nicht etwas ganz anderes vorgehabt? Vielleicht wollte er eine Grube ausheben, um dort etwas verschwinden zu lassen? Vielleicht etwas, das so groß war wie ein Sarg?

In diesem Moment hörten sie einen asthmatischen Automotor, der in hoher Drehzahl die verschneite Gasse bis zur Burg hinaufgequält wurde.

»Das kann nur meine Tante sein, ihren alten Kangoo könnte ich unter tausend Wagen heraushören«, erklärte Dennis. Er klang irgendwie erleichtert.

Andreas und Nicola folgten ihm bis auf die Gasse, die zur Burg hinaufführte. Ein angerosteter, an vielen Stellen eingedellter grüner Lieferwagen kämpfte sich schlingernd durch den Schnee. Hin und wieder drehte ein Rad durch, einmal schlidderte der Kangoo so bedrohlich nahe an die Felswand, dass Andreas schon fürchtete, die Beifahrerseite würde vom Stein verbeult werden. Das Auto grub zwei schlangenförmige Spuren in den tiefen Schnee der Rue Frédéric Mistral. Er fragte sich, ob dieses Auto auch die Spuren hinterlassen hatte, die er in den vergangenen Tagen vor ihrem Haus bemerkt hatte, versuchte abzuschätzen, ob die Breite der Reifen übereinstimmte. Könnte passen, dachte er.

Obwohl Valéria nur ganz langsam fuhr, quietschten die Bremsen, als sie vor ihnen anhielt, irgendwo aus dem Wageninnern drang ein seltsam knirschender Laut. Vielleicht die Federung, vermutete Andreas. So eine Schrottkarre kommt immer noch durch den Schnee, und wir müssen den Tesla stehen lassen, das nennt man wohl Fortschritt. Valéria ließ den Motor laufen und kurbelte bloß die Seitenscheibe herunter. Sie trug einen schweren, blauen Wintermantel, eine Wollmütze in derselben Farbe und Skihandschuhe – offenbar funktionierte auch die Heizung in ihrem Wagen nicht mehr. Sie begrüßte sie mit einem angedeuteten Winken und zeigte dann auf die Spitzhacke in der Hand ihres Neffen. »Leg das bitte für einen Augenblick beiseite. Du kannst nachher mit deiner Schatzsuche weitermachen.«

»Wieso hast du dich überhaupt hier hochgequält und den Wagen nicht vor dem Restaurant geparkt?«, fragte Dennis.

»Weil Météo-France weitere schwere Schneefälle bis Heiligabend vorhersagt. Ich bin gerade noch so bis zum Großmarkt durchgekommen. Der ganze Laderaum ist voll mit Vorräten für die Tage bis nach Weihnachten. Ich habe mir gedacht, dass du dich hier oben herumtreibst, deshalb bin ich hochgefahren, um dich mitzunehmen. Ich brauche dich zum Ausladen. Ich habe fast vierhundert Kilogramm Lebensmittel eingekauft.«

Dennis verzog den Mund und wirkte plötzlich wie ein verwöhnter, missgelaunter Zehnjähriger. »In dieser Kälte kannst du die Sachen im Auto lassen, das ist eine fahrende Tiefkühltruhe.«

»Dafür, dass du keine Miete zahlst, kannst Du wenigstens einmal am Tag mit anpacken. Vielen Dank.« Valéria lächelte immer noch, doch in ihrer Stimme schwang plötzlich eine unüberhörbare Schärfe mit. Andreas musste unwillkürlich an irgendeinen halb vergessenen amerikanischen Star denken, der in einem Siebzigerjahre-Thriller einen Killer gespielt hatte oder vielleicht auch einen nicht ganz so korrekten Cop, jedenfalls einen Kerl, der freundlich redete, aber dabei mit lässiger Bewegung sein Jackett öffnete, damit man die Pistole in seinem Schulterhalfter sah. Genauso war Valéria: nette Fassade und eine Waffe neben dem Herzen.

»*D'accord*«, erwiderte ihr Neffe resigniert. Er öffnete umständlich die Beifahrertür, zwängte seinen fülligen Körper hinein und stellte die Spitzhacke zwischen seinen Beinen ab.

»Wir können auch mithelfen«, bot Andreas spontan an. Er fühlte sich Valéria gegenüber irgendwie zu einer nachbarschaftlichen Geste verpflichtet, schließlich hielt sie als einzige Restaurantbesitzerin mitten im Winter tapfer durch, und ihr Cassoulet und das gebratene Lamm waren ein paar Handreichungen wert, fand er. Nicola hob die Achseln in einer Geste, die wohl andeuten sollte: »Warum nicht?«

Valéria schien einen Moment lang ablehnen zu wollen, doch dann imitierte sie Nicolas Geste. »Ich kann Sie aber nicht im Auto bis zum Restaurant mitnehmen«, entschuldigte sie sich. »Hinten gibt es keine Rückbank.«

»Wir sind bei diesem Schnee zu Fuß wahrscheinlich genauso schnell wie Sie mit dem Wagen«, antwortete Nicola.

Was nicht übertrieben war. Valéria wendete den Kangoo vorsichtig und ließ ihn die Gasse hinunterrollen. Sie folgten ihm ohne Schwierigkeiten bis zum Table du Roy. Der Schnee fiel in Schleiern vom Himmel, mal so dicht wie ein weißer Vorhang, dann nur einzelne Flocken. Die

Luft war feucht und kalt und eigentlich klar, nur hatten sie jetzt einen leichten Gestank nach Benzin und verbranntem Öl vom Kangoo in der Nase. Das Auto hielt vor der Terrasse, Valéria stieg aus, ließ jedoch den Motor weiterlaufen. »Ich bin so froh, dass der alte Wagen bei dieser Kälte überhaupt angesprungen ist, dass ich ihn erst abstelle, wenn er wieder sicher in der Garage steht«, erklärte sie entschuldigend. Sie öffnete die beiden Hecktüren, und Andreas sah, dass sie nicht übertrieben hatte. Wie viel konnte so eine Klapperkiste schleppen? Tatsächlich beinahe eine halbe Tonne? Der hohe, fensterlose Laderaum jedenfalls war bis unter das Blechdach gefüllt mit gefrorenen Koteletts und Hühnerbeinen, mit ganzen Schinken und Bündeln von zusammengebundenen trockenen korsischen Würsten, mit Kisten voller Blumenkohl, Lauch, Bohnen, Karotten, Tomaten. Sie zerrten eimergroße Konservendosen mit Oliven hervor und trugen sie durch den Speisesaal, durch die Schwingtür und die Küche bis in den Lagerraum an der Rückseite des Restaurants. Sie schleppten kiloschwere Netze voller Zwiebeln und Säcke mit rotem Reis aus der Camargue, mit Linsen und Nudeln und Kartoffeln. Andreas wurde warm, und er bewunderte Valéria, denn das, was sie jetzt zu viert aus dem Wagen schafften, das musste sie zuvor alles allein dort verstaut haben. Es hätte ihn nicht gewundert, wenn sie mehr Muskeln in den Armen gehabt hätte als die meisten Männer ihres Alters.

Nach und nach leerte sich der Lieferwagen. Hinter zwei Eimern mit Oliven waren einige Weihnachtsgeschenke versteckt, die Valéria nahm, als Dennis gerade im Restaurant verschwunden war. Sie zwinkerte Andreas und Nicola zu. »Manchmal ist er noch wie ein kleiner Junge«, flüsterte sie.

Schließlich lagen nur noch einige Säcke mit Reis im Innern, jeder einen halben Zentner schwer. »Kommen Sie!«, sagte Valéria lächelnd und nahm Nicola am Arm. »Die Säcke können unsere Männer schleppen. Ich mache uns schon mal einen Kaffee.« Die beiden Frauen verschwanden in der Küche.

Dennis schaute Andreas mit einem leidenden Blick an. »Ich bin doch kein Kuli«, sagte er halblaut.

Stimmt, dachte Andreas, du siehst wirklich nicht aus, als müsstest du jeden Tag Reissäcke schleppen. Aber er war höflich genug, dem Neffen einen solidarischen Klaps auf die Schulter zu geben und fröhlich zu rufen: »Das schaffen wir in drei Minuten!«

Am Ende waren es ein paar Minuten mehr und sechs Säcke, von denen Andreas die letzten vier allein schleppte, denn Dennis hatte sich ziemlich rasch zu den beiden Frauen an einen Tisch gesetzt und sich eine Tasse dampfenden Kaffees einschenken lassen. Andreas war nicht verstimmt, im Gegenteil: Er fühlte sich auf seltsame Art erleichtert und befriedigt. Er schwitzte, seine Arme und Handgelenke schmerzten, aber er musste bei dieser Arbeit nicht nachdenken. Und zugleich leerte sich das Auto mit jedem Gang, auf dem er eine Last forttrug. Er konnte den Fortschritt seines Tuns verfolgen, er konnte bereits dessen Ende absehen, und es kam ihm zutiefst sinnvoll vor, mitten in Kälte und Schnee zentnerweise Vorräte in ein warmes Haus zu schleppen. Die Arbeit war anstrengend, aber sie fühlte sich, nun ja, irgendwie *richtig* an.

Als er den letzten Sack mühsam aus dem Laderaum zog, hielt er inne. Dahinter hatte eine gefaltete, olivgrüne Plastikplane gelegen, die man bis dahin nicht hatte sehen können, eine von jenen großen, robusten Planen, mit denen Bauarbeiter Löcher abdeckten oder die sie über die Pritschen von Lastwagen warfen, um darunter etwas zu verzurren. Die Plane war rissig und zerknittert, sie musste wohl schon länger im Auto liegen. Und es klebte Dreck an ihr. Ein wenig schwarzbraune Erde, ein paar Steinchen.

Und noch etwas anderes.

Andreas blickte sich rasch um. Valéria, Nicola und Dennis saßen an einem Tisch am Fenster des Restaurants und unterhielten sich angeregt, der Neffe vollführte gerade eine Geste mit seinem rechten Arm, die Frauen lachten. Niemand achtete auf ihn. Niemand sonst war auf der Gasse zu sehen. Er kroch wieder ganz in den Laderaum hinein und hob die Plane an, bis in das milchige Licht, das durch die geöffneten Heckklappen fiel. Er betastete den Dreck auf dem Plastik. Das waren nicht nur Erdklumpen und Steine, er fand auch zwei kleine, rötliche, etwas mürbe Bröckchen. Das könnten Reste von Ziegeln sein, dachte er – Ziegel wie die, aus denen das eingestürzte Gewölbe gemauert war. Und in der Erde steckten drei Holzsplitter, kaum größer als Nähnadeln.

Aber ohne Zweifel hatten die Splitter dieselbe Farbe wie das Holz des Sarges.

Andreas gesellte sich kurz darauf zu den anderen dreien und ließ sich vom Kaffee aufwärmen. Er hoffte, dass niemand bemerkte, wie seine Hand zitterte, als er die Tasse an die Lippen hob, und falls doch, dass man es auf die ungewohnt anstrengende Arbeit schob. Vielleicht war das alles Unsinn, ein Streich seiner überreizten Sinne. Eine alte Plane mit ein bisschen Dreck, was hatte das schon zu sagen? Wer weiß, welche Sachen Valéria bereits mit ihrem antiquierten Lieferwagen transportiert hatte. Und doch … Er dachte an die Reifenspuren im Schnee vor dem Haus. An Dennis' Spitzhacke. An Valérias Kraft. Doch was sollten diese beiden freundlichen und harmlosen Menschen mit diesem Sarg zu schaffen haben? Warum hätten sie einen Toten verschwinden lassen sollen? Und: wohin? Diese Gedanken waren so verrückt, er konnte mit niemandem darüber reden. Also trank er seinen Kaffee und gab sich so heiter, wie es ihm möglich war.

Als sie eine Viertelstunde später vor dem Table du Roy im Schneetreiben standen, sagte Nicola: »Der Anblick dieser ganzen Köstlichkeiten hat mich hungrig gemacht.« Sie kicherte. »Ich glaube, so hungrig war ich nicht mehr, seit ich ein kleines Mädchen war. Ich hätte den ganzen Lieferwagen alleine leeressen können! Lass uns zurückgehen und ein gewaltiges Mittagessen kochen.«

Andreas zog sein Handy hervor und blickte auf das Display. »Es ist noch vor zwölf«, erwiderte er. »Geh du schon vor, ich komme gleich nach. Ich will nur noch kurz hoch zu dem Laden, bevor er vielleicht zur Mittagspause schließt.«

»Zu welchem Laden?«

»Wir wollten doch ein paar Santons kaufen.«

»*Du* wolltest Santons kaufen.« Nicola lächelte nicht länger.

Andreas hob beruhigend die Hände. »Ich flirte nicht, versprochen! Und nach meinem Auftritt gestern Morgen kann ich froh sein, wenn Madame Tanguy mir nicht die Tür vor der Nase zuknallt. Ich will wirklich nur ein paar Santons haben, wäre das nicht ein schönes Souvenir? Wir müssen uns aber beeilen. Ich fürchte nämlich, dass Madame Tanguy ihren Laden für diese Saison bald endgültig schließt, denn wenn der Schnee weiter so fällt wie jetzt, kommt sowieso niemand mehr bis zu ihr hin.«

»Na gut«, gab Nicola nach, »aber beeil dich.« Jetzt lächelte sie doch wieder. »Du kannst für mich die beiden Gelbwesten-Santons kaufen. Die zwei winzigen Demonstranten werden sich gut auf meinem Schreibtisch machen.«

Andreas stapfte durch den Schnee bis zur Impasse Suffren. In der engen Gasse führten einige mehr oder weniger verwischte Fußspuren bis zum Laden, also hatte es doch vielleicht schon Besucher gegeben, oder zumindest war Milène da. Oder ihr Mann, aber an den wollte Andreas jetzt lieber nicht denken. Die Tür zum Geschäft war tatsächlich nicht verschlossen, im Innern war allerdings niemand zu sehen. Andreas trat ein, die Glocke über der

Tür schellte leise. Nach ein paar Augenblicken kam Milène aus einem Zimmer hinter dem Ladenlokal. Im ersten Moment sah sie so aus, als wäre sie am liebsten gleich wieder verschwunden.

»Ich habe diesmal keine Leiche im Keller«, sagte Andreas rasch und bemühte sich, möglichst heiter und selbstironisch zu klingen.

Sie lächelte erleichtert. »Ihnen geht es heute wieder besser, das sieht man.«

»Vielleicht habe ich das wirklich alles nur geträumt.«

»Das glaube ich, ehrlich gesagt, auch. Oder hat Jean-Michel etwas herausgefunden?« Als sie seinen verwunderten Gesichtsausdruck bemerkte, setzte sie rasch hinzu. »Monsieur Zulesi, unser Dorfpolizist.«

»Wir haben noch nicht wieder über diesen …«, Andreas wog seine Worte sorgfältig ab, » … Vorfall gesprochen. Ich bin sicher, wenn da doch etwas dran ist, dann wird er mich informieren. Monsieur Zulesi kennt in Miramas-le-Vieux doch sicher jeden Stein, oder?« Seinen Anruf bei der Polizei in Marseille wollte er lieber nicht erwähnen.

»Na ja, Jean-Michel ist halt ein Flic. Er kennt sich sehr gut aus. Dabei ist er eigentlich noch gar nicht so lange bei uns.« Milène zuckte mit den Schultern. »Ich habe zum Beispiel seine Frau nie kennengelernt. Seine Exfrau. Er war schon alleinstehend, als er vor zwei Jahren in das Haus an der Place Castagne eingezogen ist.«

Zwei Jahre, dachte Andreas. Vor zwei Jahren hat Zulesi den jungen Kriminellen in Marseille erschossen. Aber da war noch etwas … »Zwei Jahre? Dann muss Zulesi genau zur Zeit der *Affaire David Brown* nach Miramas-le-Vieux gekommen sein!«

Milène wurde ernst. »Ein paar Tage davor, genau genommen. David war schon etwa eine Woche hier. Jeder im Dorf kannte ihn bereits. Einen so fröhlichen und so gut aussehenden jungen Mann sehen wir hier auch nicht alle Tage.« Sie räusperte sich. »Na, jedenfalls war Davids Verschwinden dann der erste Fall, mit dem Jean-Michel es zu tun hatte. Das hatte er sich sicher anders vorgestellt: Da kommst du aus dem gefährlichen Marseille ins verschlafene Miramas-le-Vieux, aber ausgerechnet dort hast du eine solche Affäre am Hals.«

»Hat Monsieur Zulesi je irgendetwas über David Browns Schicksal herausgefunden? Etwas, das vielleicht nicht im Internet steht und nur Einheimische wissen?«

Milène schüttelte den Kopf. »Hier gibt es kein Geheimnis im Dorf, wenn Sie das meinen. David ist spurlos verschwunden, und niemand von uns weiß mehr als das, was man auch überall im Netz lesen kann, nämlich nichts.«

Andreas dachte daran, dass Zulesi einen Dealer niedergeschossen hatte, bevor er nicht sehr freiwillig nach Miramas-le-Vieux kam. »Hatte David Brown vielleicht etwas mit Drogen zu tun?«

Milène wurde blass. »Nein, nein«, wehrte sie hastig ab. »Na ja, doch«, sie versuchte sich an einem Lächeln, was ihr aber nicht sehr überzeugend gelang. »Sie wissen doch, wie diese jungen Leute sind. Die rauchen zusammen Cannabis, so wie wir in unserer Jugend hin und wieder mal eine Flasche Wein geleert haben. David hat vielleicht auch etwas geraucht. Aber das war sicher ganz harmlos.«

»Hat David …«

»Monsieur Kantor, ich schließe gleich. Möchten Sie sich nicht noch rasch ein paar Santons ansehen?«

Andreas wunderte sich, dass Milène seine Fragen nach David Brown auf einmal abwürgte, aber vielleicht war das auch verständlich: Wer würde sich schon gern an so eine düstere Affäre vor der eigenen Haustür erinnern lassen? Und womöglich war diese mysteriöse Geschichte für Milène sogar geschäftsschädigend gewesen, denn zumindest amerikanische Touristen hatten danach sicherlich eine Zeit lang Miramas-le-Vieux gemieden.

Er besah sich die Auslagen und erstand schließlich eine tönerne Krippe mit einem winzigen Jesuskind, nicht größer als ein Fingernagel. Dazu eine kniende Maria in blauem Gewand, einen etwas ratlos dastehenden Joseph und einen provenzalischen Schafhirten. Dann griff er noch nach einer Figur von Vincent van Gogh, er stellte sich schon vor, wie er die Heilige Familie zu Hause in Hamburg auf der Fensterbank des Wohnzimmers platzieren würde und daneben den Santon des Malers – so als ob van Gogh gerade die weihnachtliche Szene malte. Ihre Freunde würden sich darüber amüsieren. Schließlich ließ er sich auch noch das Paar der Gelbwesten in einen Pappkarton einpacken.

»Ich wusste gar nicht, dass Sie ein Rebell sind«, sagte Milène nonchalant.

»Das wusste ich auch nicht«, erwiderte er und reichte ihr die Kreditkarte. Andreas fühlte sich plötzlich wohl und zehn, ach was, zwanzig Jahre jünger. Die Santonnière war wieder heiter. Vielleicht, weil sie an diesem späten Vormittag so unverhofft noch so viele Figuren verkauft hatte. Oder vielleicht hatte sie ihm seinen Auftritt von gestern ja wirklich vergeben. Jedenfalls fühlte es sich gut an, mit ihr zu reden. Sie plauderten noch etwas über den Schnee, über Santons und Miramas-le-Vieux und Gott und die Welt. Milène hatte es nun auf einmal nicht mehr so eilig, den Laden zu schließen und ihn vor die Tür zu setzen.

Andreas beschloss, die Gunst des Augenblicks zu nutzen. Er hatte die dreckige Plane in Valérias Lieferwagen, die Reifenspuren vor seinem Haus und die aufgeschlossene Gartenpforte keineswegs vergessen. Unauffällig brachte er ihr Gespräch auf das Ferienhaus, erzählte, wie gemütlich es sei und dass sein Kollege Martin es vor einem Jahr erstanden habe. »Eigentlich schade, dass so ein Haus die meiste Zeit des Jahres unbewohnt ist«, sagte er. »Man sollte zumindest hin und wieder lüften. Martin hat mir davon nichts gesagt, aber ist es vielleicht nicht doch so, dass jemand von hier nach dem Rechten sieht? Hat vielleicht irgendeiner einen Schlüssel zum Haus?«

Milène schüttelte den Kopf. »Nicht, dass ich wüsste. Ich kenne Ihren Kollegen flüchtig. Martin hat auch schon mal bei mir ein paar Santons gekauft. Und im Sommer begegnet man sich ja ständig im Eiscafé oder Restaurant.«

»Dann kennt Martin sicherlich auch Valéria Lozach.«

»Wir alle essen bei Valéria.«

»Ich werde Martin nach meiner Rückkehr von Valérias Kochkünsten vorschwärmen. Er ist ein Bonvivant. Wahrscheinlich wird er mir sagen, dass es im Sommer noch viel köstlicher bei ihr schmeckt.«

»Da hat er recht. Martin und Valéria haben sich schon immer gut verstanden.«

Andreas erinnerte sich daran, dass sein Kollege schon drei Frauen vor den Traualtar geführt hatte. »Kein Wunder«, erwiderte er ein ganz klein wenig neidisch. »Martin ist ein sehr charmanter Zeitgenosse.«

»Charmant genug, um sogar Dennis' endlose Vorträge mit Haltung zu ertragen.« Milène lachte auf und schüttelte den Kopf. »Ich glaube, Ihr Kollege hat Valérias Neffen sogar gerne zugehört.«

»Mein Kollege unterrichtet Geschichte. Da haben sich zwei Nerds gefunden.«

»*Mais oui*! Die beiden sind sogar an einem Sommerabend durch das ganze Haus gegangen und haben jeden Stein umgedreht. Selbst auf dem Dachboden sind sie herumgekrochen!«

Andreas spürte, wie ihm plötzlich kalt wurde. »Dennis ist in dem Haus gewesen?«, fragte er nach und bemühte sich, es möglichst beiläufig klingen zu lassen.

»Sie haben Valérias Neffen doch inzwischen auch schon kennengelernt: Er ist ein unverbesserlicher Heimatforscher. Das Haus ist alt, aber die Vorbesitzer, die es renoviert haben, haben Dennis nie herumschnüffeln lassen. Ihr Kollege Martin hat das lockerer gesehen. Also sind die beiden durch alle Zimmer gekrochen auf der Suche nach irgendwelchen alten Inschriften auf Balken oder Steinen, solche Sachen. Ich glaube nicht, dass sie einen Schatz gefunden haben, aber am Ende des Tages waren sie verstaubt und glücklich.«

»Ich ...«

In diesem Moment ging die Tür zum Hinterraum auf und René trat herein. Er ignorierte Andreas, sah seine Frau an und tippte dabei mit dem Zeigefinger der Rechten auf seine Armbanduhr. Eine stählerne Rolex, wie Andreas erkannte. »Es ist Zeit«, brummte er. »Der Laden sollte eigentlich schon seit zehn Minuten geschlossen sein. Wir haben noch etwas vor.« Dann richtete er seinen Blick auf Andreas, die dunklen Augen waren hinter den dicken Brillengläsern so groß wie die einer Eule. »Sie können sich ein anderes Mal mit meiner Frau weiter über Zulesi und Valérias Neffen unterhalten, bis Sie alle Dorfbewohner durchgehechelt haben, Monsieur Kantor.«

Durchgehechelt, was erlaubt der sich? Dann wurde Andreas bewusst, dass René Tanguy soeben Zulesi erwähnt hatte – was bedeutete, dass er sein Gespräch mit Miléne *schon die ganze Zeit* belauscht hatte. Seine Fragen nach dem Polizisten und der Affäre David Brown, nach Dennis und dem Ferienhaus. Und natürlich musste René auch gehört haben, wie Milène und er gescherzt und gelacht hatten. Andreas verzichtete auf eine Erwiderung und griff sich die Pappkartons mit den Santons.

»*Merci beaucoup*. Es war mir ein Vergnügen.«

»Es tut mir leid, aber René hat recht, ich muss jetzt

wirklich schließen.« Täuschte er sich, oder schwang in Milènes Stimme ein ganz leiser, flehender Unterton mit?

Nachmittags ging Andreas allein durch die Gassen und über die schneeüberkrustete Seufzertreppe den Hügel hinunter. Nicola war doch nach Salon-de-Provence gefahren, um Melonen und Orangen zu kaufen. Während sich seine Frau um die provenzalischen Desserts kümmerte, wollte er für die provenzalische Weihnachtsdekoration sorgen. Seit einem Studienjahr in Südfrankreich wusste Andreas, dass die Leute hier zu den Feiertagen Ilexzweige aus den Wäldern holten und damit die Zimmer schmückten.

Er kam noch ganz gut bis zum Parkplatz. Doch sobald er von dort in den Wald kam, versank er beinahe bis zu den Knien im Schnee. Ihm war, als würde er durch kalten, zähen Brei waten. Jeder Schritt war anstrengend; er spürte, wie eisiges Wasser zwischen seine Hosenbeine und die Wanderschuhe bis zu seinen Knöcheln drang. Es war still im Wald. Kein Vogel sang, die Äste wurden von ihrer weißen Last gebeugt. Das Licht war auf seltsame Weise diffus und doch so grell, dass er die Augen zusammenkneifen musste. Er suchte Ilexsträucher im Unterholz, zwischen duftendem Wacholder, den dünnen, beinahe ätherisch wirkenden Blätterfächern von wildem Spargel, vertrocknetem Rosmarin und dornengespickten Schlingpflanzen.

Endlich sah er einen Ilex, die kleinen roten Beeren leuchteten wie Blutstropfen im Schnee, die einzigen Winterfrüchte im Wald – wahrscheinlich wurden sie deshalb in der Provence als Weihnachtsschmuck geschätzt: ein Relikt uralter heidnischer Zeiten, ein Brauch für die kürzesten, kältesten Tage des Jahres, der symbolisierte, dass selbst dann das Leben weiterging. Er schnitt die Zweige dicht über dem Boden ab. Die spitzen Enden der Blätter stachen ihm in die Hände, doch er spürte das kaum noch, ihm war inzwischen so kalt, dass seine Gliedmaßen ertaubten. Erschöpft richtete er sich mit einem Armvoll Zweige auf und beschloss, dass es gut sei. Ein weißer, stummer Wald, das hätte auch Alaska sein können. Er schaffte es keinen Schritt weiter hinein, das war eine Barriere, die er nicht überwinden konnte – zumindest so lange nicht, wie hier Schnee lag.

Er schleppte sich aus dem Gestrüpp und erblickte auf dem Parkplatz den Tesla. Nicola musste sich beeilt haben. Tatsächlich fand er seine Gattin oben vor dem Kaminfeuer, eine Tasse Tee in der Hand. Sie schüttelte bedauernd den Kopf.

»Ich bin nicht mal bis zum Ende der Zufahrtsstraße gekommen«, erklärte sie. »Eine Schneewehe hat den Weg blockiert. Ich habe eine halbe Ewigkeit gebraucht, um den Wagen auf der engen Straße zu wenden, ich dachte, ich schaffe es nie.«

»Sieht so aus, als wäre Miramas-le-Vieux von der Welt abgeschnitten«, erwiderte Andreas und wollte das scherzhaft klingen lassen, aber der lockere Ton gelang ihm nicht ganz. »Ich lege die Ilexzweige auf das Holz im Hof, so bleiben sie frisch. Lass uns das Haus später dekorieren. Ich glaube, ich brauche auch erst mal einen Tee.«

Am Abend hatte sich Andreas dann in die Küche gestellt und Nicola mehr oder weniger befohlen, sich mit einem Glas Weißwein wieder vor das Kaminfeuer zu setzen und sich zu entspannen. Seine Frau hielt nicht allzu viel von seinen Kochkünsten, und das durchaus aus guten Gründen. Doch er war fest entschlossen, ein paar Dinge in seinem Leben zu ändern, und warum sollten seine Leistungen am Herd nicht auch dazugehören? Außerdem musste sein iPhone endlich zu irgendetwas nützlich sein. Er hatte die Vorräte, die Nicola eingekauft hatte – nicht so viel wie Valérias gigantische Mengen, doch ausreichend, um Ehrfurcht in ihm auszulösen –, durchgesehen und beschlossen, dass ihn nur das Internet retten konnte. Nun stand er in der Küche, angetan mit einer von Martins kitschigen Schürzen (»Der Grill-Chef bin ich!«), die ihm bis auf die Schuhe fiel. Neben dem Herd lag das iPhone, auf dem inzwischen fettschlierigen Display studierte er ein Rezept für Couscous: einst eine maghrebinische Spezialität, inzwischen so etwas wie das provenzalische Nationalgericht. Er kochte Grieß, mischte Kichererbsen, Weißkohl, Karotten und Zwiebeln darunter, briet Lammfleisch und Merguez dazu und beträufelte alles mit einer roten, scharfen arabischen Sauce. Das Pulver dazu hatte er in einem Küchenschrank entdeckt.

»Das duftet so gut, dass ich gleich ohnmächtig werde!«, rief Nicola irgendwann.

»Das ist nur der Wein«, wehrte Andreas bescheiden ab. Tatsächlich verblüffte ihn das Ergebnis seiner Arbeit aber noch mehr als seine Frau. Als er den großen, irdenen

Topf mit dem dampfenden Couscous auf den Holztisch stellte, musste er sich zwingen, ihn nicht mit seinem Handy wie eine Trophäe zu fotografieren.

Während des Essens sprachen sie über Nicolas Zukunft. »Vielleicht ist es gar nicht so schlecht, wenn ich mal als freie Journalistin arbeite«, sagte sie und rührte nachdenklich im Couscous auf ihrem Teller. »Ich könnte sogar ein Buch schreiben.«

»Einen Krimi?« Das Skelett in dem verfallenen Gewölbe – das wäre doch was, aber daran wollte Andreas seine Gattin lieber nicht erinnern, zumal sie das höchstwahrscheinlich ja alles für die Einbildung eines erschöpften Mannes hielt.

»Nein«, sagte sie entschieden, als würde sie nicht eine Sekunde an einen Krimi oder überhaupt einen Roman denken. »Eher ein Sachbuch. Ich habe so viele Jahre heitere Geschichten für das Magazin geschrieben. Da kann ich zur Abwechslung ja mal etwas Ernstes schreiben. Etwas Relevantes. Ich bin eine hartnäckige Rechercheurin, wenn es sein muss, weißt du? Ich könnte etwas über Flüchtlinge schreiben. Oder«, sie deutete auf die beiden tönernen Gelbwesten-Santons, die sie auf den Kaminsims gestellt hatte, »über all die Ungerechtigkeiten unserer Gesellschaft, die wir uns nicht länger bieten lassen sollten.«

»Du müsstest Monate daran arbeiten oder sogar Jahre.«

»Ja, und das schreckt mich überhaupt nicht. Monate in so einem Haus wie diesem. Irgendwo im Süden. Hier wird ja nicht ewig Schnee fallen.« Sie lachte und blickte ihm über den Rand ihres Weinglases hinweg in die Augen. »Dir würden ein paar Monate in so einem Haus auch guttun. Einfach ausspannen. Oder du könntest ebenfalls ein Buch schreiben. Über das, was in der Erziehung und Bildung alles falschläuft, zum Beispiel. Du hast fünfundzwanzig Jahre Erfahrung aus erster Hand. Oder«, sie grinste schelmisch, »du könntest selbstverständlich auch deine neu entdeckten Kochkünste verfeinern.«

Auszeit … Andreas hatte in seinen geheimsten Hoffnungen von einem Sabbatical in Hamburg geträumt, hatte sich als höchstes der Gefühle einen ungestörten Rückzug in ihre Wohnung gewünscht, während Nicola weiter jeden Morgen zur Arbeit gehen müsste. Dass sie beide gemeinsam aus dem Alltagstrott freikommen könnten, noch dazu in einem Haus in der Provence … »Das sind Träume, die man als Zwanzigjähriger hat«, murmelte er ohne allzu große Hoffnung.

»Träume haben kein Verfallsdatum.« Nicola hob das Glas und prostete ihm zu. »Denk mal darüber nach.«

Ein paar Stunden später fand sich Andreas erneut vor dem inzwischen bis zu einem Glimmen niedergebrannten Feuer wieder. Das Haus war dunkel, aber es war nicht still: Hin und wieder knackte es irgendwo über ihm – die alten Balken vom Dachstuhl, die sich in der Kälte zusammenzogen, vermutete er. Einmal fiel mit einem leisen, dumpfen Schlag ein Stück verkohltes Holz durch den gusseisernen Rost hinunter in den Aschebehälter des Kamins. Ein anderes Mal glaubte er, ein leises Fiepen zu vernehmen, womöglich versteckte sich hier irgendwo eine Maus. Es duftete nach Couscous und Wein, Holzfeuer und altem Haus. Er fühlte sich wohl. Träume haben kein Verfallsdatum.

Das einzige Problem – und auch die Ursache für seine Schlaflosigkeit – war die verschwundene Leiche. Er konnte sie weder vergessen noch sich selbst zu hundert Prozent überzeugen, dass er sich das bloß eingebildet hatte. Er wusste, dass er dieses Rätsel lösen musste, wenn nötig, auch allein. Träume mochten kein Verfallsdatum haben, aber sie brauchten Platz. Und diesen Platz würden sie in seinem Kopf und in seinem Herzen erst finden, wenn er zuvor ein Gespenst daraus vertrieben hatte.

Er dachte an Valéria und ihren Neffen. Dennis war in diesem Haus gewesen, er kannte hier jeden Stein. Ob er, der leidenschaftliche Heimatforscher, vielleicht schon seit diesem Besuch gewusst hatte, welch schauriges Geheimnis unter dem Hof verborgen lag? Und ob er von damals nicht doch einen Schlüssel behalten hatte, zumindest den der Gartenpforte, vielleicht ohne dass Martin oder sonst jemand etwas davon ahnte? Aber warum hätte er den Toten jetzt fortschaffen sollen? Und wohin? Während Andreas grübelte, fiel ihm auf einmal wieder ein, was Milène über David Brown gesagt hatte: *Einen so fröhlichen und so gut aussehenden jungen Mann sehen wir hier ja auch nicht alle Tage.* Dennis war nicht viel älter als dieser amerikanische Student, sicherlich einer der wenigen Bewohner von Miramas-le-Vieux unter dreißig. Wie wirkte der neben dem blonden, tätowierten, lebenslustigen

Amerikaner, der plötzlich in ihrer Mitte aufgetaucht war? Wie ein verschrobener Greis. War Dennis eifersüchtig auf den Neuankömmling gewesen? Eine maßlose, irrationale Eifersucht, aber so etwas passierte immer wieder, die Zeitungen waren voll mit solchen Verbrechen. Andreas sah wieder die Spitzhacke in Dennis' Händen und stellte sich einen Schlag auf den Kopf vor ... Wer wüsste besser, wo man eine Leiche in Miramas-le-Vieux verstecken könnte, als der Heimatforscher, der hier jeden Stein kannte? Und der auch bei niemandem mehr Verdacht erregte, wenn er mal hier, mal dort durch Häuser und Ruinen streifte? Womöglich hatte Dennis selbst David Brown in jenem Gewölbe verborgen? Und womöglich hatte er später nur deshalb zusammen mit Martin das Haus erforscht, um sich unauffällig davon zu überzeugen, dass sein Opfer noch immer gut versteckt war? Doch als durch den Schneefall das Gewölbe einstürzte, da musste Dennis handeln. Er hatte den Lieferwagen seiner Tante genommen, den Toten dort hineingewuchtet und war davongefahren, um ... Um was zu tun? Dennis hätte nicht stundenlang mit dem Auto durch die Gegend fahren können. Das wäre seiner Tante aufgefallen; außerdem kam man in diesem Schnee nicht mehr aus dem Ort. Er hätte die Leiche irgendwo in Miramas-le-Vieux versteckt haben müssen.

Da er sowieso nicht einschlafen konnte, beschloss Andreas, zum Table du Roy zu schleichen. Vielleicht würde er irgendwo dort die Garage entdecken, in der Valéria den Lieferwagen parkte. Vielleicht würde er in dem alten

Kangoo ein paar entscheidende Spuren finden, wenn er noch einmal gründlicher suchte. Oder er würde beim Restaurant etwas entdecken, zum Beispiel auf der Terrasse. Ein paar lockere Steinplatten auf dem Boden? Frisch umgegrabene Erde neben dem Baumstamm? Wenn er sich traute und irgendeine Tür nicht verschlossen war, könnte er sogar ins Restaurant einbrechen und in den Räumen suchen. Eine Leiche würde er da wohl kaum finden, aber möglicherweise Werkzeuge oder andere Indizien.

Oder er würde Dennis überraschen.

Denn wenn Valérias Neffe wirklich ein Geheimnis hatte, dann müsste er früher oder später auch nachts unterwegs sein. Selbst in einem Kaff wie Miramas-le-Vieux konnte man Tote nicht am helllichten Tag durch die Gassen schleifen. Falls der Neffe diese Nacht loszog, dann würde er ihm heimlich folgen – bis zu der Stelle, wo sich die Leiche verbarg, wer immer der Unbekannte auch sein mochte.

Er zog sich Wanderschuhe und die schwere Winterjacke an. Leise, um Nicola nicht zu wecken, durchsuchte er die Garage, wo er tatsächlich eine alte, große Taschenlampe fand. Deren Lichtstrahl erschien ihm gelb und schwächlich, wahrscheinlich waren die Batterien beinahe hinüber, aber das war immer noch besser als nichts. Andreas trat hinaus.

Eigentlich hätte er bloß die Rue Frédéric Mistral ein Stück weit hinuntergehen und dann rechts abbiegen müssen, um das Table du Roy zu erreichen. Doch er zögerte. Seine Fußspuren – die einzigen auf der Gasse – würden direkt vom Haus bis zum Restaurant führen. Selbst wenn ihn weder Dennis noch Valéria in dieser Nacht bemerkten, sie würden die Fußabdrücke vielleicht am nächsten Morgen sehen, zumindest die Restaurantbesitzerin war ja offenbar früh auf den Beinen. Würden sie dann nicht sofort ahnen, dass er bis zum Table du Roy gegangen war, und sich nach den Gründen dafür fragen? Andreas beschloss, nach oben bis zur Burgruine und von dort durch das Dorf bis zum Restaurant zu gehen. Irgendwo, hoffte er, würden seine Fußabdrücke zwischen anderen Spuren nicht mehr auffallen, denn womöglich waren ja im Dorf noch ein oder zwei andere spätabendliche Spaziergänger unterwegs oder am nächsten Morgen würde jemand einen Hund in aller Frühe ausführen. Er war auf eine beinahe kindliche Art stolz auf seine Vorsicht. Ich kann mich ja zum Privatdetektiv umschulen lassen, wenn ich zum Lehrer nicht mehr tauge, dachte er, und war das nicht schon ein gutes Zeichen, dass er über seinen Frust im Job wenigstens noch Witze machen konnte?

Ein paar Minuten später war ihm allerdings nicht mehr zum Lachen zumute. Er hatte den Aufstieg bis zur Burg geschafft. Die absurde elektrische Weihnachtsgirlande an der Innenseite der großen Mauer leuchtete grün und weiß. Andreas fühlte sich, als würde er von einem halben Dutzend Spots angestrahlt, sein Schatten tanzte riesengroß über den Schnee, während er selbst geblendet war und kaum noch etwas sah. Rasch trat er wieder aus dem Lichtschimmer der Girlande heraus, stieß dabei jedoch gegen einen halb aus dem Boden ragenden Pflasterstein, stolperte und fiel. Fluchend richtete er sich mühsam auf. Sein rechter Knöchel schmerzte, er schüttelte Schnee aus seinen Ärmeln. Seine Hände, mit denen er sich abgestützt hatte, wurden schon taub vor Kälte.

Da fiel mit einem leisen Klacken irgendwo eine Tür ins Schloss.

Andreas hielt mitten in der Bewegung inne, er hatte den Laut ganz deutlich gehört: eine Tür, die behutsam zugezogen worden war, so als wollte jemand so geräuschlos wie möglich in ein Haus schlüpfen – oder aus einem hinausschleichen. Er humpelte so schnell wie möglich in den versteckten Hof, in dem Stunden zuvor Dennis mit seiner Spitzhacke den Boden bearbeitet hatte. Er hielt den Atem an und lauschte. Nichts. Aber es *war* eine Tür ins Schloss gezogen worden. Ein anderer Schlafloser, der von seinem nächtlichen Spaziergang zurückgekehrt und nun in irgendeinem Haus verschwunden war? Oder schlich noch jemand zwischen diesen Ruinen herum? Er zwang sich, so lange im Schatten der Wand auszuharren, bis sich sein Atem beruhigt hatte. Er betastete seinen Knöchel und verzog sein Gesicht. Ganz sicher war nichts gebrochen, aber wenn er morgen humpelte, musste er Nicola irgendeine Erklärung dafür auftischen. Irgendwo flatterte ein Vogel durch die Nacht, vielleicht eine Taube. War er aufgescheucht worden? Von einer Katze? Oder von einem Menschen? In manchen Romanen, die Andreas über all die Jahre mit seinen Schülern durchgesprochen hatte, wurden die zahllosen Geräusche der Nacht beschrieben, all das Rauschen, Murmeln, Knarren,

Heulen, das ein aufmerksamer Mensch hören konnte, wenn er still war und sich konzentrierte. Andreas war still, und er konzentrierte sich, doch er hörte so gut wie nichts, verdammte Scheiße, und das, was er hörte, waren vielleicht nur Einbildungen. Selbst die Taschenlampe kam ihm nun lächerlich vor. Wenn er diesen müden Lichtstrahl aufflackern ließ, würde er kaum mehr erkennen als zuvor – doch wenn hier tatsächlich jemand herumging, würde der *ihn* bemerken.

Andreas schlich an der dunklen Kunstgalerie vorbei. Jetzt war er dankbar für diesen ewigen Schneefall, die Flocken fielen dicht wie Vorhänge, die ihn verbargen. Er ließ die Terrasse des verlassenen Eiscafés rechts von ihm zurück. Nun hatte er Häuser zu beiden Seiten, der Schnee war grau, nur weit vor ihm, dreißig, fünfzig Meter oder mehr, leuchtete eine Straßenlaterne. In ihrem Lichtkegel ... Er hielt den Atem an und drängte sich instinktiv an die nächste Hauswand.

Im Lichtkegel der Straßenlaterne war eindeutig eine Fußspur zu sehen. Jemand musste aus der Gegenrichtung, aus Richtung des Stadttores kommend, dort vorbeigegangen sein. Die Spuren wirkten frisch, erst wenige Flocken waren in die Abdrücke gefallen, und sie sahen ziemlich groß aus, auch wenn das auf diese Entfernung schwer zu schätzen war. Ein Mann, dachte Andreas, allein, ohne Begleiter, ohne Hund. Wo mochte er jetzt sein? Irgendwo im Dunkeln zwischen ihm und dem Lichtkegel der Laterne? Er lauschte. Kein Atemzug zu hören, doch ihm dröhnte das Blut so sehr in den Ohren, dass er sich darauf nicht verlassen konnte. Er kam näher, erkannte schließlich die Spuren im Schnee auch jenseits des Lichtkreises. Wer immer sie hinterlassen hatte – er war in eine Seitengasse abgebogen, nicht mehr als eine düstere Kerbe zwischen zwei Hausmauern. Hinter keinem Fenster leuchtete Licht. Andreas zögerte, der Spur in die Dunkelheit zu folgen. Aber warum sonst war er hier draußen? Vielleicht war es Dennis. Und wenn nicht: Was sollte ihm hier schon passieren? Er war in der Provence, es war Weihnachten, verdammt!

Er machte den ersten Schritt hinein in die Seitengasse. Den zweiten. Den …

Der Schlag gegen die Stirn traf ihn völlig unvorbereitet. Er hatte nichts gesehen, nichts gehört, spürte im ersten Moment nicht einmal Schmerz. Ein harter Stoß dicht über der linken Augenbraue, sein Schädel dröhnte, ihn schwindelte, und bevor er auch nur klar denken konnte, fand er sich der Länge nach im Schnee wieder. Instinktiv wollte er sofort wieder aufstehen, er stemmte sich hoch, doch irgendwie waren seine Beine weich, er kippte nach rechts zurück. Das rettete ihn vor dem zweiten Schlag, er nahm nur etwas Hartes, Schweres wahr, das an seiner Stirn vorbeisauste, spürte den Luftzug, mehr nicht. Er blinzelte. Blut. Blut lief über sein Auge. Jetzt kam auch der Schmerz, flutete wie ein Strom Lava in seinen Kopf und von dort aus bis in alle seine Glieder. Er wollte aufstöhnen, doch biss sich gerade noch rechtzeitig auf die Lippen. Bloß keinen Laut!

Andreas robbte durch den Schnee, zurück auf die Gasse, durch die er gekommen war. Den Berg hinunter, Richtung Licht? Aber im Schein der Straßenlaterne würde ihn sein Angreifer klar erkennen. Also bergauf. Er kam wieder hoch, taumelte auf die Gasse, nahm alle Kraft zusammen und lief los. Sein Fußgelenk pochte, doch das ignorierte er grimmig. Er hörte Schritte hinter sich. Nicht umdrehen. Es wurde etwas heller, er stolperte, blickte zu Boden, rannte weiter. Blut tropfte von seiner Stirn in den Schnee, eine Linie roter Punkte. Gierig sog er die kalte Luft ein. Die Schritte hinter ihm wurden leiser, er war trotz des schmerzenden Knöchels schneller als sein Verfolger.

Zu seiner Rechten öffnete sich plötzlich eine Seitengasse – so eng und dunkel wie diejenige, in der er überfallen worden war. Er sprang hinein, ohne sein Tempo zu verlangsamen. Er konnte nur beten, dass er nirgendwo gegen eine Mauer laufen oder über irgendetwas stolpern würde. Aber vielleicht könnte er hier den Angreifer abschütteln. Zehn Meter. Zwanzig Meter. Dann zuckte er im letzten Moment zurück: eine Hauswand vor ihm, düster, hoch, massiv, eher zu erahnen als zu sehen. Eine große hölzerne Tür, solide wie ein Burgtor. Kein Licht. Er tastete sich nach links, nach rechts: überall Mauern. Er war in eine Sackgasse gelaufen, war in eine Falle gestolpert. Schritte in der Gasse hinter ihm, langsamer jetzt. Der Unbekannte war vorsichtig. Der wusste, erkannte Andreas verzweifelt, dass er hier nicht mehr entkommen konnte. Sollte er um Hilfe rufen? Aber wer würde ihn hören? Andreas zog sich in eine düstere Ecke zwischen zwei Hauswänden zurück. Seine Gedanken rasten. Er spürte Blut auf den Lippen, es schmeckte nach Eisen und

Salz. Die Taschenlampe! Sie war recht groß, bestand aus Metall und war mit schweren Batterien gefüllt. Er packte die Lampe und ging vorsichtig in die Knie, machte sich ganz klein. So dicht über dem Boden konnte er mehr erkennen, Schemen immerhin, es war, als würde der Schnee aus sich selbst heraus glimmen. Er sah die Beine des Unbekannten; so wie er dort kauerte, kamen sie ihm riesenhaft vor. Der Mann näherte sich langsam. Abwarten, ermahnte sich Andreas, bloß nicht die Nerven verlieren, du hast nur einen Schlag. Er packte die Taschenlampe fester. Der Mann kam noch näher, war jetzt fast vor ihm, aber Andreas spürte, dass ihn der Unbekannte in der Dunkelheit noch nicht bemerkt hatte. Er holte aus und schlug die Taschenlampe mit aller Kraft gegen das linke Knie des Angreifers. Die Gewalt war so heftig, dass ihm der Schmerz des Schlags durch das Handgelenk und den Unterarm bis in den Ellenbogen schoss. Ihm kamen unwillkürlich die Tränen. Der Unbekannte stieß einen dumpfen Laut aus, ein Grunzen, halb Schmerz, halb Überraschung, dann fiel er rücklings um wie ein gefällter Baum.

Andreas sprang hoch. Er trat mit vollem Schwung nach dem Liegenden, spürte auch, wie sein schwerer Trekkingschuh etwas Hartes traf, hörte ein weiteres Grunzen. Dann rannte er durch die Seitengasse, bog ab, eilte zur Burg und von dort hinunter zum Haus. Keine Schritte mehr hinter ihm, und es war ihm egal, ob der Unbekannte später seine Fuß- und Blutspuren bis zum Haus verfolgen konnte. Die Tür. Er riss sie auf, knallte sie zu, verriegelte sie zweimal – und sank im Flur erschöpft zu Boden.

Ein Schatten über ihm.

»Was ist denn mit dir los?«

Nicola. Er war so erleichtert, dass er beinahe hysterisch auflachte.

Später saßen sie am Küchentisch. Nicola hatte in einem kleinen Schrank im Badezimmer einen alten Autoverbandskasten gefunden. Das Verfallsdatum all der Verbände und Pflaster war längst abgelaufen, aber das war immer noch besser als nichts. Sie säuberte die Platzwunde über seiner Augenbraue und klebte mit Pflastern eine Mullbinde darüber, um die Blutung zu stillen. Sie arbeitete schweigend und mit so ruhigen, sicheren Bewegungen, als hätte sie schon tausend Mal Verletzte versorgt.

»Es könnte sein, dass du eine Narbe behältst«, sagte sie schließlich und lehnte sich auf dem Stuhl zurück. Andreas sah ihr an, wie erschöpft sie war.

»Das ist im Moment nicht meine größte Sorge«, erwiderte er.

»Du schuldest mir eine Erklärung.«

Andreas wusste, dass er nicht länger mit Lügen oder Halbwahrheiten davonkam. Er gestand ihr endlich, dass er noch immer nach der verschwundenen Leiche suchte. Sie nahm die Neuigkeit erstaunlich gelassen auf, vielleicht hatte sie es insgeheim die ganze Zeit vermutet. Er erzählte ihr von der Plane in Valérias Lieferwagen und den Spuren daran, von seinem Verdacht gegen Dennis, berichtete, dass das Table du Roy das Ziel seiner nächtlichen Erkundung gewesen war, er es aber nie erreicht hatte. »Ich habe keine Ahnung, wer mich niedergeschlagen hat«, endete er schließlich.

»Du hast sein Gesicht nicht gesehen?« Nicola strich ihm über die Hand.

Er lachte freudlos auf. »Nur seine Schuhe und sein Knie. In Umrissen. Die schienen mir zu einem Mann zu gehören.«

»Immerhin das«, meinte Nicola nachdenklich.

»Wie meinst du das?«

Sie blickte ihn an. »Wenn an deiner Theorie, dass Dennis etwas mit dieser ganzen Sache zu tun hat, auch nur irgendetwas dran ist, dann ist auch seine Tante vielleicht darin verwickelt. Er ist so etwas wie Valérias Ziehsohn. Die Plane lag in Valérias Auto. Wer weiß, welche Rolle sie spielt. Falls sie eine Rolle in diesem Drama spielt.«

Andreas starrte auf das Feuer. Nicola hatte zwei frische Scheite auf die Glut gelegt. Die Wärme tat ihm gut, aber in seinem Kopf pochte der Schmerz. Er spürte einen leichten Schwindel und fürchtete, dass ihm übel werden würde, wenn er eine allzu rasche Bewegung machte. »Das war kein Zufall«, sagte er. »Miramas-le-Vieux ist ja nicht Marseille. Ich meine, hier lauert kein Straßenräuber nachts auf zufällig vorbeikommende Leute. Der Angreifer hatte es gezielt auf mich abgesehen. Es muss jemand sein, der mich kennt.«

»Dennis?«

»Das würde zu meiner Theorie passen, nicht wahr?« Andreas hob die Hand und zählte an den Fingern ab.

»Dennis kennt mich. Aber wer sonst könnte es noch getan haben?« Er streckte den zweiten Finger. »René Tanguy. Nicht gerade ein sympathischer Zeitgenosse.« Er atmete tief durch und erzählte Nicola nun auch, dass der Mann der Santonnière vermutlich der Fahrer jenes schwarzen Geländewagens war, der sie beinahe von der Straße gedrängt hätte.

»Das hättest du mir auch etwas früher sagen können«, entgegnete sie leicht ungehalten.

»Ich wollte die Stimmung nicht verderben«, entschuldigte er sich. »Es fing an … nun ja, es fing an, schön zu werden hier in der Provence. Schön mit uns, meine ich. Ich wollte dich nicht unnötig aufregen.«

»Es ist schön hier«, erwiderte sie lächelnd. »Und ich werde mich nicht unnötig aufregen. Dieser René Tanguy ist auf jeden Fall ein Rüpel. Vielleicht ist er einfach bloß unhöflich und ein rücksichtsloser Fahrer. Oder er hat etwas gegen uns beide: Er drängt mich beinahe von der Straße und schlägt dich nieder. Aber warum sollte er das tun?«

»Ich habe keinen blassen Schimmer. Der Typ war von Anfang an unhöflich, und er ist groß und sicherlich auch ziemlich stark. Außerdem hat er heute gelauscht, als ich bei Milène die Santons gekauft habe. Ich habe versucht, sie über die Affäre David Brown auszufragen. Aber, mein Gott, René ist mindestens sechzig Jahre alt! Welcher Sechzigjährige schleicht mitten im Winter durch die Gassen und schlägt Leute nieder?«

Nicola hielt ihm ihre Hand mit drei abgespreizten Fingern vor das Gesicht. »Du musst noch einen Mann auf deine Liste setzen: den Polizisten, Zulesi.«

Andreas seufzte. »Den habe ich nicht vergessen.« Nun musste er auch noch sein Telefonat mit der Polizei in Marseille beichten und den Skandal, in den Zulesi verwickelt gewesen war, bevor er nach Miramas-le-Vieux versetzt wurde.

»Der Mann hat einen Sechzehnjährigen erschossen?«, fragte Nicola fassungslos. »Und das sagst du mir erst jetzt?! Wieso darf der überhaupt weiter Polizist sein?«

»Das weiß ich nicht. Milène und Valéria scheinen jedenfalls große Stücke auf ihn zu halten, aber eigentlich können sie ihn noch gar nicht so gut kennen, er ist ja erst seit kaum mehr als zwei Jahren hier. Es würde mich nicht wundern, wenn die Leute keine Ahnung haben, wer der Polizist ist, der in ihrer Mitte lebt.«

»Was hätte Zulesi für einen Grund haben können, dich anzugreifen? Du hast ihm die Geschichte mit dem verschwundenen Toten erzählt, mehr nicht.«

»Ja.« Andreas nickte nachdenklich. »Aber wenn es genau das ist und Zulesi irgendwie darin verwickelt ist? Vielleicht will er einen lästigen Zeugen ausschalten. Wer einen Teenager niederschießt, der hat wohl auch keine Skrupel, einen Fünfzigjährigen zu erledigen.«

»Wir sollten von hier verschwinden«, schlug Nicola vor. »Wir packen unsere Sachen und fahren los, noch in dieser Nacht!«

Er schüttelte den Kopf. »Der Schnee ist viel zu hoch. Du hast es doch heute selbst erlebt: Wir kommen nicht mehr durch. Wir können nicht einmal zu Fuß weg, der Wald ist unpassierbar. Und außerdem ...«, er holte tief Luft, »... außerdem muss ich dieser Sache auf den Grund gehen! Ich habe den Toten gesehen, verstehst du?« Er sah sie eindringlich an. »Wenn wir jetzt wegfahren, dann werde ich immer denken, dass ich diesen Toten, nun ja, irgendwie verraten habe. Dass ich ihn seinem Schicksal überlassen habe. Ich weiß«, er wehrte ihren Einwand mit einer schnellen Geste ab, »das ist absurd. Aber ich weiß auch, dass ich bis ans Ende meiner Tage die schreckliche Fratze der Leiche vor mir sehen werde, wenn ich dieses Rätsel nicht löse. Wenn ich mein Leben ändern will – und ich *will* mein Leben ändern, dir und mir zuliebe –, dann muss ich diesem Toten einen Namen geben. Muss sein Schicksal aufklären. Und dafür sorgen, dass er anständig beerdigt wird. Ich kann nicht anders.«

Nicola blickte ihn lange an. Ihr Gesichtsausdruck war unergründlich. Dann straffte sie sich und nahm seine Hand in die ihre. »Du willst kämpfen«, sagte sie. Keine Frage, eine Feststellung.

»Ja, ich will kämpfen.«

»Gut. Dann kämpfen wir gemeinsam.«

22. Dezember
Verbotener Besuch

Sie hatten den Schlüssel im Türschloss zweimal gedreht und Stühle unter die Klinken der Haustür, der Tür zum Hof und der zur Garage gestellt. Obwohl das Haus so verbarrikadiert war, hatte Andreas befürchtet, dass er trotzdem nicht würde einschlafen können. Tatsächlich jedoch war er, kaum im Bett, in einen Schlaf gefallen, der verdächtig einem Koma geähnelt hatte. Erst am nächsten Vormittag war er wieder aufgewacht, und auch das nur, weil Nicola unten in der Küche Kaffee aufgesetzt hatte, dessen Duft das Zimmer durchzog. Er schwang seine Beine aus dem Bett und stand vorsichtig auf, weil er seinem Körper nicht traute. Doch das Fußgelenk war nur noch leicht geschwollen und tat nicht weh, als er auftrat. Er betastete vorsichtig die Platzwunde über der Augenbraue und besah sich danach im Spiegel: Sie war verkrustet und sah exakt so aus, wie man sich die Blessur nach einer Prügelei vorstellte; er kam sich vor wie ein Boxer nach zehn Runden, die er nicht gewonnen hatte. Aber ihm war nicht länger schwindelig, er hatte nicht einmal richtige Kopfschmerzen. Nur die Wunde selbst zog unangenehm, mit seinem Gehirn schien jedoch wieder alles in Ordnung zu sein.

Nicola begrüßte ihn in der Küche mit einem Kuss. »Es ist mir direkt peinlich, das zu gestehen: Aber ich habe auch diese Nacht wieder so tief geschlafen wie seit Monaten nicht mehr.«

Andreas nickte. »Ich auch. Ist das nicht verrückt? Vielleicht kann man nur dann gut schlafen, wenn man gefährlich lebt.« Er blickte überrascht auf den Esstisch. »Wo hast du denn das her?«

Auf der Tischplatte stand ein kleiner Adventskranz, alle vier Kerzen brannten.

Nicola lächelte stolz. »Den habe ich in meinem Koffer hierher geschmuggelt. Ich wollte dich überraschen. Weihnachtszeit ohne Adventskranz geht gar nicht, nicht einmal in der Provence.«

Andreas schloss sie wortlos in die Arme, ihn wunderte selbst, wie sehr ihn diese Geste rührte.

Sie räusperte sich. »Was machen wir jetzt?«

Er zuckte mit den Achseln. »Wir tun das, was Zulesi eigentlich tun sollte, schätze ich: Wir hören uns um, wir sehen uns um. Nur verhaften können wir niemanden. Ich halte es für das Beste, wir sagen nicht, was letzte Nacht geschehen ist, sondern tun so, als ob alles normal wäre, und beobachten die anderen. Vielleicht macht sich ja jemand verdächtig.«

Sie schlossen erst am späten Vormittag die Tür auf. Vor dem Haus waren noch schwach die Spuren von Andreas' Flucht zu erkennen: ineinanderfließende Fußabdrücke, ein wirres Muster, zum Gutteil bereits mit Neuschnee gefüllt und mancherorts bereits beinahe unkenntlich. Die Blutstropfen waren eingedunkelt, sodass man sie für Dreckspritzer halten konnte. Ob noch eine zweite Person bis hierher gelaufen war? Es war für Andreas unmöglich, das zu erkennen. Er hatte die Taschenlampe unter der Winterjacke verborgen. Nicola hatte die kleine Dose Pfefferspray aus ihrer Handtasche mitgenommen. »Hoffentlich funktioniert sie überhaupt noch«, sagte sie, »die trage ich seit mindestens fünf Jahren mit mir herum.«

Sie folgten dem Weg, den Andreas letzte Nacht genommen hatte. Es war nicht schwer, die Sackgasse wiederzufinden, die ihm beinahe zum Verhängnis geworden war: Impasse du Presbytère, ein enger Weg zwischen düsteren, feuchten Fassaden verlassener Häuser, der nach etwa zwanzig Metern bis zum ehemaligen Presbyterium führte. Das Gebäude war ein zweigeschossiges Haus, die große, rot gestrichene Holztür hing in einem kunstvoll gemeißelten Steinrahmen, das letzte Zeichen einstigen Wohlstands. Alle Fensterläden waren geschlossen, die Fassade wirkte, als hätte sich seit Jahren niemand mehr um das Gebäude gekümmert.

Vor dem Presbyterium hatte sich die Gasse zu einem kleinen Platz verbreitert, der kaum größer war als ein Wohnzimmer und bedrückend still, dunkel, feucht. Selbst kurz vor der Mittagsstunde fiel Licht nur durch eine Fensterhöhle in einer halb zerstörten Mauer des Nachbarhauses. In die Ecke zwischen Presbyterium und diesem Nachbarhaus hatte sich Andreas gekauert, sie konnten die Stelle leicht wiederfinden, überall war der Schnee zertrampelt, und trotz des neuen Schneefalls waren sogar noch einige Blutstropfen sichtbar. Ob es nur seine waren oder ob er auch den Angreifer verwundet hatte, konnte man allerdings nicht erkennen. Und auch sonst gab es an diesem düsteren Platz nichts, das ihnen mehr über die Identität des Unbekannten verraten hätte.

Sie gingen durch den Ort. Eine sicherlich schon siebzigjährige, noch immer schöne, schlanke Frau führte einen schwarzen Hund aus. Sie grüßte höflich, doch Andreas entging nicht, dass sie seine Kopfwunde verstohlen musterte. Das Tier brachte ihn auf eine Idee.

»Wir suchen unseren Hund, Madame«, improvisierte er. »Er ist uns vergangene Nacht davongelaufen. Sie haben nicht zufällig etwas gehört oder gesehen?«

Nicola warf ihm einen überraschten Blick zu und lächelte dann. Der älteren Dame war anzusehen, dass sie sich zwingen musste, nicht weiter auf die Verletzung zu starren. »Das könnten Sie mich im Sommer fragen«, erwiderte sie schließlich in einem Tonfall, der verriet, dass sie Andreas doch vielleicht nicht ganz so schlimm fand, wie er aussah. »Da schlafe ich bei offenem Fenster und werde manchmal schon wach, wenn sich zwei Hunde beschnüffeln. Aber im Winter?« Sie lachte. »Da schließe ich Fenster und Fensterläden und ziehe auch noch die Vorhänge zu, Monsieur. Wer will denn schon erfrieren? Da höre und sehe ich leider nicht, was draußen vor sich geht.«

Sie verabschiedeten sich. »Viel Glück!«, rief ihnen die Frau noch nach.

»Wobei?«, fragte Andreas verwirrt.

»Na, bei der Suche nach Ihrem Hund.«

»Oh. Ja. Den finden wir schon wieder, der kann nicht weit sein. Unser Hund hat … kurze Beine.« Er lächelte gezwungen.

Nachdem sie einige Schritte fortgegangen waren, rammte ihm Nicola spöttisch den Ellenbogen in die Seite. »Du bist mir ja ein schöner Hundefänger«, kicherte sie. »Hoffentlich ist der Dame nicht aufgefallen, dass du nicht einmal eine Leine dabeihast.«

Sie erreichten die Place Castagne. Im alten Lavoir glitzerte eine sicher zehn Zentimeter dicke Eisschicht. In den Ästen der Platane hockten Dohlen, die wütend krächzend aufflatterten, als sie darunter hindurchgingen. Wenn Andreas nicht schon in Zulesis Haus gewesen wäre, hätte er es ebenfalls für verlassen gehalten. Die Fensterläden waren geschlossen, nichts schien sich dort zu rühren. Von dem kleinen Platz bogen sie in die Rue Mireille ein, die sie bis zum Table du Roy führen würde. Zu ihrer Linken standen niedrige, alte Häuser Mauer an Mauer. Rechts erhob sich eine gut zwanzig Meter hohe Felswand. Der Sandstein war gelb und von zahllosen Rissen, Rillen und winzigen Höhlen zernarbt. Dutzende dunkelgraue Punkte sprenkelten den Fels, von weitem sahen sie wie seltsam traurige Blüten aus. Tatsächlich waren es Tauben, die aufgeplustert und mit eingezogenem Kopf reglos auf winzigen Vorsprüngen hockten und darauf warteten, dass die Kälte endlich nachließ. Andreas dachte an den Vogel, den er letzte Nacht gehört hatte. Ob der Unbekannte hier vorbeigekommen war und eine Taube aufgescheucht hatte? Der Schnee auf der Straße war von Dutzenden Spuren zermatscht, Fußabdrücke und Autoreifen.

Das Restaurant war überraschend gut besucht, mehr als die Hälfte der Tische war besetzt. »Vielleicht haben die alle nicht rechtzeitig vor dem Schnee eingekauft«, flüsterte Nicola.

Milène und René Tanguy speisten hier, Zulesi saß am selben Tisch wie beim letzten Mal. Sie grüßten die Anwesenden mit einem Kopfnicken. Bilde ich mir das nur ein, dachte Andreas, oder starren die mich alle seltsam an? Ob das nur an seiner Wunde lag und sie sich fragten, wie er sich die wohl zugezogen hatte? Er hatte den Eindruck, die drei wüssten schon, was ihm zugestoßen war. Mach dich nicht verrückt, ermahnte er sich dann. Es sind bloß die Wunde und Mitleid und Neugier, sonst nichts.

Als Valéria zu ihnen kam, hielt sie überrascht inne. »Was ist mit Ihnen passiert?«, fragte sie leise.

»Ich habe gestern Abend noch einen kleinen Spaziergang gemacht und bin unglücklich gestürzt«, erwiderte Andreas. »Die Dunkelheit, der Schnee … « Er hob die Schultern und machte mit den Händen eine Geste, wie um zu sagen: Da kann man nichts machen.

»Da haben Sie aber Pech gehabt. Das tut mir leid.« Man konnte ihr anhören, dass sie die Geschichte nicht recht glaubte.

»Das ist ja nicht Ihre Schuld, Madame.«

Sie hüstelte. »Wollen Sie sich nicht besser untersuchen lassen?«

Warum will Valéria mich unbedingt zum Doktor schicken?, wunderte sich Andreas. War das bloß eine freundliche Floskel oder hoffte sie, dass er zum Arzt, gar ins Krankenhaus musste, auf jeden Fall fort aus Miramas-le-Vieux? Oder wurde er langsam paranoid, das war doch nur eine harmlose Frage. »Mir geht es ausgezeichnet«, versicherte er liebenswürdig.

In diesem Moment kam Dennis aus der Küche. Er sah einen Moment lang so aus, als wollte er sich zu ihnen gesellen, doch dann bog er mitten im Raum nach rechts ab und steuerte einen der letzten noch freien Tische an. Er grüßte sie nur mit einem vagen Winken.

Andreas musterte ihn. Ein Schlag mit der Taschenlampe gegen das Knie. Ein Tritt irgendwo gegen Kopf oder Körper. Dennis wirkte jedoch nicht so, als hätte er auch nur einen winzigen blauen Fleck. Der Neffe hatte ohne zu hinken das Restaurant durchquert, und zumindest sein weiches Gesicht war unverletzt. Allerdings trug er heute eine andere Brille als in den letzten Tagen.

Sein Blick wanderte unauffällig weiter zu René Tanguy. Keine sichtbare Verletzung. Zulesi. Auch der sah aus wie immer. Die beiden Männer beachteten ihn auch nicht weiter, sondern widmeten sich ihren Mahlzeiten – während Dennis hin und wieder rasch zu ihnen sah und gleich darauf wieder auf seinen Teller blickte, so als wollte er nicht dabei ertappt werden, wie er sie beobachtete.

Nicola und Andreas aßen schnell und achteten kaum auf die Köstlichkeiten, die vor ihnen dampften. Sie sprachen auch wenig, dafür musterten sie regelmäßig alle Anwesenden. Das muss den anderen doch auffallen, dachte Andreas. Er wurde immer nervöser. Er fühlte sich, als würden ihn alle anstarren, obwohl er – außer Dennis – niemanden dabei ertappte, wie er zu ihnen hinübersah. Er bildete sich ein, sie würden ihn mitleidig mustern, nein misstrauisch, nein feindselig.

»Wollen wir noch einen Espresso trinken?«, fragte Nicola.

»Dann werde ich endgültig paranoid«, flüsterte er. »Ich muss hier raus.«

Er drehte sich um und suchte Valéria, damit er ihr das Zeichen zum Zahlen geben konnte. Während er so dasaß, spürte er auf einmal einen Tritt gegen das Schienbein. Nicola. Sie deutete mit dem Kopf Richtung Tür. Milène und René Tanguy hatten das Restaurant verlassen, als er sich nach Valéria umgesehen hatte. Er erkannte bloß noch, wie sie, jenseits der Fensterscheiben, hinter dem Schneegestöber verschwanden.

»Was ist los?«, fragte er leise.

»Ich habe René beobachtet, als er die drei, vier Meter bis zur Tür gegangen ist«, erwiderte Nicola flüsternd. »Ich bin mir nicht hundertprozentig sicher – aber ich glaube, er hat gehinkt!«

Andreas spürte, wie sich sein Puls beschleunigte. »Mit welchem Bein?«

»Er hat das linke Bein ein bisschen nachgezogen. Zumindest zwei, drei Schritte. Dann hat er bemerkt, wie ich ihn angestarrt habe. Hat mich dann ebenfalls direkt angeblickt. Der Typ hat mit der Brille Augen wie ein Roboter.

Ich habe mich ertappt gefühlt. Die nächsten Schritte bis zur Tür hat er dann nicht mehr gehinkt. Oder nur noch ein ganz klein wenig, ich bin mir, wie gesagt, nicht sicher.«

Sie wollten nicht auffallen, indem sie überstürzt aufbrachen, und warteten deshalb auf Valéria, obwohl sie wie auf glühenden Kohlen saßen. Als die Restaurantbesitzerin endlich bei ihnen war, waren mindestens zwei Minuten vergangen. Und als sie endlich in Jacke und Mütze vor dem Restaurant standen, war von dem Ehepaar Tanguy nichts mehr zu sehen. »Wir könnten ihren Fußspuren folgen«, schlug Andreas vor.

»Bis zu einer dunklen Gasse, in der wir dann niedergeschlagen werden?«, fragte Nicola ironisch.

Bevor er etwas darauf erwidern konnte, hörten sie, wie hinter ihnen die Tür aufging. Zulesi trat hinaus und zündete sich eine Gitanes an. »Schön, dass wir zufällig zur selben Zeit mit dem Essen fertig sind«, meinte er gut gelaunt. »Könnten Sie mir bitte kurz helfen? Valéria hat mir verraten, dass sie gut anpacken können. Es dauert nur ein paar Minuten. Kommen Sie!«

Andreas wechselte einen raschen Blick mit Nicola. Zufällig zur selben Zeit fertig? Oder hatte der Polizist nur auf diese Gelegenheit gewartet? Und wenn es Zulesi gewesen war? Würde er ihn unter einem Vorwand fortlocken und das zu Ende bringen, was ihm letzte Nacht nicht gelungen war? Aber doch nicht mitten am Tag und vor Nicola als Zeugin, oder?

»Selbstverständlich«, erwiderte Andreas mit wenig Begeisterung, »ich helfe Ihnen gern.«

»Na, wenn ihr Männer was zu erledigen habt, dann gehe ich doch noch mal ins warme Restaurant und genieße einen Espresso«, sagte Nicola munter. Etwas *zu* munter, fand Andreas. Lautlos formte sie noch ein Wort, von dem er glaubte, dass es »Dennis« sein könnte. Dann war sie wieder im Table du Roy verschwunden.

Zulesi führte ihn zur *Escalier des Soupirs*. Die Stufen der »Seufzertreppe« waren unter einer tückischen Schneedecke verborgen. Andreas war nicht der Einzige gewesen, der in den letzten Tagen hier hinauf- und hinuntergegangen war, zahlreiche Fußgänger hatten den Schnee zusammengepresst, sodass er stellenweise zu einer eisigen Masse gefroren war.

»Seien Sie vorsichtig«, mahnte Zulesi, »nicht dass Sie ausrutschen und sich das Genick brechen.« Er lachte gutmütig.

Andreas war ganz und gar nicht nach Lachen zumute. Ein tragischer Unfall mitten in Miramas-le-Vieux, ein tödlicher Sturz auf der Treppe, niemand würde Zulesi verdächtigen ... So nicht, dachte er kämpferisch, so nicht! Seine Rechte glitt unauffällig in die Jackentasche und packte die schwere Taschenlampe. Mit der Linken klammerte er sich an das eiserne Geländer, das die Treppe in der Mitte teilte. »Gehen Sie vor«, bat er. »Ich bin ein bisschen kurzsichtig. Wenn ich Treppen hinuntersteigen muss, kann ich die Stufen kaum sehen, deshalb bin ich sehr langsam. Sie sind garantiert schneller.« Immer wieder erstaunlich, wie leicht es ihm fiel zu lügen, wenn er musste.

Sollte Zulesi tatsächlich einen finsteren Plan gehabt haben, dann gelang es ihm jedenfalls sehr gut, sich seine Enttäuschung nicht anmerken zu lassen. Der Polizist zuckte bloß mit den Achseln und ging voraus. »Halten Sie sich gut fest und lassen Sie sich Zeit«, wiederholte er. »Es eilt nicht.« Und dann sagte er über die Schulter hinweg, während er die Treppe hinunterging, so als wäre es eigentlich gar nicht wichtig: »Ich habe mich übrigens in Ihrer Angelegenheit umgehört. Niemand hat etwas von einem Toten in einem Sarg bemerkt, der im Dorf herumgeistern soll.«

»Vielleicht habe ich mir das alles auch nur eingebildet«, erwiderte Andreas vorsichtig. »Ich war in letzter Zeit … beruflich etwas überlastet. Müde. Urlaubsreif. Meine Frau meint, dass ich deshalb gewissermaßen wie ein Schlafwandler in den Hof gegangen bin und das alles bloß geträumt habe.«

»Ihre Frau hat womöglich recht. Wenn Sie meinen Rat hören wollen: Vergessen Sie die Sache und genießen Sie die Weihnachtszeit.«

Andreas nickte bloß.

Sie gingen schließlich bis zum Parkplatz am Fuß des Hügels. Das eiserne Kreuz auf dem hohen Sockel war mit Schnee bepudert. Vier, fünf Autos standen diesmal hier, verborgen unter dicken Schneekappen, eines davon war ihr Tesla. Um das äußerste Ende des Platzes, dort wo schon das Gestrüpp der Garrigue vor dem Waldrand wucherte, war ein knietiefer Entwässerungsgraben gezogen worden, der nun mit Schnee angefüllt war. Ein Streifenwagen war dort mit dem rechten Hinterrad hineingerutscht, das Auto stand in einem gefährlich aussehenden schrägen Winkel an dieser Stelle, so als könnte es in jedem Moment ganz in den Graben rutschen und umkippen. Es war ein leichter Geländewagen, ein weißer Dacia Duster mit der rot-blauen Beschriftung *Police Municipale*, was unschwer zu erkennen war, denn als einziges Fahrzeug war es nicht unter einer Schneedecke verborgen.

»Ich fahre jede Nacht noch eine Runde«, erklärte Zulesi, plötzlich etwas verlegen, »auch wenn ich in Urlaub bin. Das beruhigt mich, dann kann ich besser einschlafen. Andere meditieren, ich fahre Streife.« Er schnippte die Zigarettenkippe achtlos fort und räusperte sich. »Na, jedenfalls habe ich letzte Nacht am Ende meiner Runde nicht mehr richtig aufgepasst. Mir geht es wie Ihnen: Ich bin urlaubsreif, obwohl ich Urlaub habe. *Eh bien*, ich brauche jemanden, der mir hilft, die Karre freizubekommen.«

Letzte Nacht? Andreas schwindelte, seine Gedanken rasten. Zulesi war letzte Nacht unterwegs gewesen! Eine Runde im Streifenwagen auf den dunklen Straßen und was noch? Zu Fuß in den Gassen oben in Miramas-le-Vieux? Er musste irgendetwas sagen, doch das Einzige, was ihm in seiner Verwirrung einfiel, klang ziemlich schwachsinnig: »Hat das Auto denn nicht Vierradantrieb?«

Zulesi grinste. »Deshalb brauchen wir auch keinen Abschleppwagen, um die Kiste wieder auf die Straße zu kriegen. Das schaffen wir allein. Nur Sie und ich. Kommen Sie!«

Andreas folgte dem Polizisten quer über den Platz. Unauffällig blickte er sich um, hoffte, dass noch irgendjemand zufällig vorbeikäme. Dann gäbe es Zeugen. Aber es war niemand zu sehen. Wer weiß, was Zulesi gleich tun würde, wenn sie den Streifenwagen erreicht hatten. Und den tiefen Graben.

Der Polizist deutete auf die Räder, als sie neben dem Dacia standen. »Was nützt dir Vierradantrieb, wenn die Stadtverwaltung kein Geld hat, um dir einen Satz Winterreifen zu spendieren? Mit Sommerreifen rutscht auch ein Geländewagen mal von der Straße.« Er seufzte.

Andreas betrachtete die Reifen. Sie wirkten tatsächlich weder besonders grobstollig noch breit. Auch dieses Auto hätte die Spuren vor seinem Haus hinterlassen können, die er gesehen hatte, als er nach dem Fund des Toten durch das Dorf geirrt war.

»Was soll ich tun?« Sicherheitshalber hielt er zwei Meter Abstand zum Polizisten.

»Setzen Sie sich vorne links auf die Motorhaube, wenn ich losfahre. Ihr Gewicht wird das rechte Hinterrad entlasten. Den Rest erledigt der Vierradantrieb.«

»Ich soll auf der Motorhaube hocken, während Sie Gas geben?«, vergewisserte sich Andreas. »Ich bin doch kein Stuntman!«

»Ich fahre ja nur einen Meter, dann bin ich schon aus dem Graben raus.«

Andreas wusste nicht, wie er aus dieser Situation wieder entkommen könnte. Sollte er sich einfach umdrehen und gehen? Das wäre irgendwie feige. Und außerdem:

Wenn Zulesi wirklich etwas im Schilde führte, dann würde so ein Rückzieher die Sache nur aufschieben, bis dem Mann etwas Neues eingefallen war. Es war besser, hier und jetzt zu testen, ob er dem Polizisten trauen konnte oder nicht. Er setzte sich also auf die Motorhaube und stützte sich mit den Füßen auf der Stoßstange ab. Mit beiden Händen klammerte er sich am Wagen fest. »Ich bin bereit«, meldete er und bemühte sich, das leichthin zu sagen.

Zulesi hatte seinen mächtigen Körper inzwischen hinter das Lenkrad gewuchtet. Er startete den Motor. Andreas spürte, wie die Metallhaube unter ihm vibrierte. Wenn der Typ jetzt kräftig Gas gab, würde er vom Kühler fallen und direkt vor das linke Vorderrad stürzen, und dann …

Der Polizist hatte das Seitenfenster hinuntergefahren und beugte sich hinaus. »Ich lasse jetzt die Kupplung kommen«, sagte er. »Gut festhalten!«

Ein Ruck fuhr durch das Auto. Andreas' Herzschlag setzte aus. Doch der Dacia rollte nur ganz langsam los, nicht schneller als ein Fußgänger. Schnee knirschte unter den Reifen, die Federung ächzte. Weißlicher Qualm aus dem Auspuff füllte den Graben. Es stank nach Abgasen und irgendeinem heißen Motoröl oder Fett oder was auch immer. Auf einmal wühlte sich das rechte Hinterrad aus dem Loch, und in einer ganz unspektakulären, ja beinahe sanften Bewegung kippte das Auto wieder in die Waagerechte. Zulesi bremste behutsam ab und reckte die Hand mit dem gestreckten Daumen aus dem Fenster. »*Très bien*! Wir haben es geschafft!«

Andreas atmete tief durch. Er war so erleichtert, dass er noch ein paar Sekunden lang auf der Motorhaube sitzen blieb. Ganz harmlos, sagte er sich immer wieder, das war doch alles ganz harmlos, klar war das harmlos, der Mann ist Polizist, verdammt.

»Ich habe einen Schlüssel für die Schranke. Soll ich Sie im Wagen bis zum Restaurant mitnehmen? Dann müssen Sie den Weg nicht zu Fuß hoch«, bot Zulesi an.

Andreas stieg endlich vom Auto hinunter. Einen Moment lang wollte er das Angebot ablehnen, doch dann beschloss er, dem Polizisten zu trauen. Zumindest ein Stück weit. Zulesi hätte vorhin auf der Treppe und gerade mit dem Geländewagen Gelegenheiten gehabt, um ihn fertigzumachen, aber nichts war geschehen. Er öffnete die rechte Tür und ließ sich auf den Beifahrersitz fallen. »Ich war noch nie in einem Streifenwagen«, gestand er.

»Ich kenne Kollegen, die sind nur deshalb Flics geworden, um mit Blaulicht durch die Gegend zu rasen«, erwiderte Zulesi gut gelaunt. »Danke, dass Sie mir geholfen haben.«

Andreas hoffte, die Gelegenheit nutzen und allein mit dem Polizisten reden zu können. »Das hätte doch jeder getan«, sagte er, während sie langsam über den verschneiten Parkplatz auf die Schranke zurumpelten. »Sie hätten zum Beispiel auch Dennis fragen können.«

Zulesi schüttelte den Kopf. »Der hat es im Mund und weniger in den Händen. Valéria hat mir erzählt, dass Sie ihren Lieferwagen praktisch allein leergeräumt haben, während ihr Neffe sich schnell zu einem Kaffee abgesetzt hatte. Typisch für ihn.«

»Das ist übertrieben.« Andreas dachte an die Spitzhacke in Dennis' Händen. Der Neffe war körperlicher Arbeit trotz seiner verweichlichten Erscheinung vielleicht weniger abgeneigt, als der Polizist glaubte. Sie stoppten vor der Schranke und er wartete, während Zulesi ausstieg und die Barriere öffnete. Als sie schließlich die steile Gasse in Miramas-le-Vieux hinauffuhren, sagte Zulesi unvermittelt: »Dennis nutzt die Großzügigkeit seiner Tante ganz schön aus. Aber ich an seiner Stelle hätte das nicht gemacht.«

»Was gemacht?«

»Hat Dennis Ihnen davon nichts erzählt?« Der Polizist warf ihm einen überraschten Blick zu. »Valéria hat mir berichtet, dass er Ihnen an Ihrem ersten Abend beim Essen einen seiner Vorträge gehalten hat. Es war ihr peinlich, aber wenn ihr Neffe erstmal in Fahrt ist, dann hält ihn nichts mehr auf. Hat Dennis Ihnen denn nichts von *L'Affaire David Brown* erzählt?«

Andreas tat einen Moment lang so, als blickte er durch das Seitenfenster auf irgendetwas Interessantes im Dorf, um sich seinerseits die Überraschung nicht anmerken zu lassen. »Von der Affäre habe ich gehört«, erwiderte er. »Und Dennis hat sie uns gegenüber auch erwähnt, das ja. Aber dann hat ihn seine Tante unterbrochen.«

Zulesi lachte. »Kein Wunder!« Inzwischen konnten sie das Table du Roy sehen. Der Polizist ließ den Wagen vor dem Restaurant ausrollen und deutete auf dessen

Obergeschoss. »Die kleine Ferienwohnung, die Valéria jetzt ihrem Neffen überlässt, hat sie früher immer an Gäste vermietet. Und jetzt raten Sie, an wen.«

»David Brown!«, rief Andreas fassungslos.

»Genau. David hat bei Valéria gewohnt. Hatte für zwei Wochen reserviert, aber er ist schon nach der ersten Woche spurlos verschwunden. Ich habe damals die beiden Zimmer durchsucht und seine Sachen sichergestellt. Ungewaschene Klamotten überall, leere Coladosen, dreckiges Geschirr in der Spüle, das übliche Chaos eines jungen Mannes, der nur mal eben kurz aus dem Haus geht. Nur dass David nie wieder zurückgekehrt ist. Wir haben die Sachen später seinen Eltern in Amerika geschickt, selbst die leeren Coladosen.« Zulesi schüttelte nachdenklich den Kopf. »Na, jedenfalls hätte ich meinen einzigen Neffen da nicht einziehen lassen. Nennen Sie es von mir aus Aberglauben.« Er blickte Andreas nun an. »Aber ist so eine Wohnung nicht irgendwie verhext? Ich meine: Würden Sie jemanden aus Ihrer Familie, jemanden, den Sie wie Ihr einziges Kind lieben, ausgerechnet dort wohnen lassen, wo zuvor ein Mann gelebt hat, dem etwas Schreckliches zugestoßen ist? Irgendetwas Schreckliches, das wir nicht kennen? David Brown hat nicht einmal ein Grab. Ich würde mir einbilden, dass er dort herumspukt, und würde niemals auch nur eine Nacht dort verbringen. Ich weiß, dass das Schauergeschichten sind, Ammenmärchen, billiger Horror – aber das ändert nichts daran, dass man nachts trotzdem nicht schlafen kann, oder? Dennis scheint das allerdings nicht zu stören. Der wollte in die

Wohnung, sobald wir unsere Ermittlungen beendet und die Räume wieder freigegeben hatten. Und da hat Valéria nachgegeben.«

Andreas versuchte, das Chaos in seinem Kopf zu ordnen, versuchte nun, die Sekunden hinauszuzögern, bis er aus dem Streifenwagen steigen und ins Restaurant gehen musste, versuchte, möglichst unauffällig noch ein paar Fragen loszuwerden. »Vielleicht ist Dennis sentimental«, sagte er. »Vielleicht waren die beiden jungen Männer befreundet.«

Zulesi grinste. »Dennis wäre gern mit jungen Männern befreundet, wenn es das ist, was Sie meinen. Aber David war nicht so ein Typ, ganz und gar nicht!«

»Sie kannten ihn?«

»So gut, wie man einen Touristen kennenlernen konnte, der erst seit ein paar Tagen hier war. Außerdem hatte ich damals auch gerade erst«, er zögerte, »meinen Posten in Miramas-le-Vieux angetreten und kannte nichts und niemanden. David Brown war zwar noch sehr jung, aber auch … charismatisch. Irgendwie hat der Junge die Menschen angezogen wie ein Magnet. Jeder mochte ihn. Sein Lachen, seine Art, obwohl der nicht einmal gut Französisch konnte, aber selbst sein grauenhafter Akzent und seine lustigen Vokabeln haben die Leute fasziniert. Vor allem die Frauen, aber nicht nur die. David wäre nach dem Studium sicher zum Fernsehen gegangen oder Politiker geworden, wenn er nicht … *eh bien*. Jedenfalls bin ich jeden Abend, wenn ich ein Restaurant oder ein Eiscafé besucht habe, ich war ja neu hier und wollte alles ausprobieren, praktisch über David gestolpert. Der war niemals allein. Sehen Sie.« Zulesi öffnete eine Seitentasche seiner schweren Jacke, zog sein Handy hervor und zeigte ihm Fotos.

Andreas entdeckte ein ganz anderes Miramas-le-Vieux: Gelb leuchteten die Steine im Abendlicht eines langen Sommertages, die Fensterläden der Häuser standen offen, auf vielen Fensterbänken standen Töpfe, aus denen Blumen üppig wucherten. Und überall Menschen auf den Gassen, die Terrassen zugestellt mit Bistrotischen und Stühlen, und die Gäste beugten sich über riesige Portionen von buntem Eis und lachten. Auf dem ersten Foto, das Zulesi ihm zeigte, stand David Brown neben dem Polizisten, und beide hielten je einen kelchgroßen Becher mit Eiskaffee in Händen. Der Student trug khakifarbene Shorts und ein grünes T-Shirt mit dem Aufdruck »George Mason University«, und er ging Zulesi kaum bis zur Schulter, doch er war athletisch und lächelte auf eine Weise, dass Andreas dem Polizisten im Geiste recht gab: ein Kennedy-Lächeln, ein charmanter Sieger, dem alle Türen offen standen und der das auch wusste. David Brown war oft im Mittelpunkt auf den Fotos. Stets posierte er mit jemandem oder stand Arm in Arm mit ein, zwei Begleitern da. Andreas erkannte die elegante Dame, die ihnen heute Morgen begegnet war, als sie ihren Hund ausgeführt hatte, dann noch zweimal Zulesi, dann Milène, Arm in Arm, sie und David wirkten schon beinahe wie ein verliebtes Paar. Schließlich zeigte ihm der Polizist noch ein Foto von David mit Valéria. Die Vermieterin der Ferienwohnung und der Tourist. Doch sie hatte sich bei ihm untergehakt und strahlte, als würde sie David schon ewig kennen. Als würde er zur Familie gehören oder, Andreas schüttelte unwillkürlich den Kopf, nun ja, als wäre Valéria gar die Freundin jenes Mannes, der so jung war, dass er auch der Sohn hätte sein können, den sie nie gehabt hatte.

»Das ist das letzte Foto, das jemand von David Brown gemacht hat«, sagte Zulesi schließlich. »Das haben wir damals auch bei den Ermittlungen benutzt. Ich habe es an dem Morgen jenes Tages aufgenommen, an dem er verschwand. Er wollte zu einer Wanderung in die Alpilles aufbrechen. Es war acht Uhr morgens, ich bin den beiden zufällig über den Weg gelaufen.«

»Den beiden?« Andreas betrachtete das Bild besonders aufmerksam, das der Polizist ihm nun zeigte. Er erkannte das Lavoir auf der Place Castagne, gegenüber von Zulesis Haus. Schatten lagen auf dem Pflaster, vermutlich vom Laub der Platanen, auch wenn man die Bäume auf der Aufnahme nicht sehen konnte. David Brown hatte die Augen zusammengekniffen, weil er gegen die noch tief stehende Sonne blicken musste, um in die Kamera zu sehen. Er trug Wanderschuhe, eine olivfarbene Trekkinghose und ein weißes T-Shirt. Mit dem Zeigefinger der Rechten deutete er mit einer triumphierenden Geste auf eine wuchtige dunkle Uhr an seinem linken Handgelenk. Und neben ihm stand lächelnd, und ebenfalls auf diese Uhr deutend, Milène Tanguy.

»Was machen die beiden da?«, fragte Andreas erstaunt.

»Milène hat David an diesem Morgen eine Uhr geschenkt. Ein Outdoor-Modell, Casio G-Shock, die war damals ziemlich modern. Es war die erste Tour, die David damit unternehmen wollte.«

»Die beiden sind zusammen in die Alpilles gefahren?«

»Nein. Milène hat ihm die Uhr geschenkt und ist danach in den Laden zurückgegangen. Sie fertigt den Sommer über in ihrer Werkstatt die Santons für die Wintersaison. David wollte mit dem Bus nach Les Baux fahren. Es gibt eine Haltestelle unten, ein Stück jenseits des Parkplatzes an der Route Départementale. Nur: Da ist er nie angekommen. Wir haben später alle Busfahrer befragt: Niemand hat ihn mitgenommen. Auch sein Handy war noch etwa eine Stunde, nachdem ich das Foto mit ihm und Milène gemacht habe, mit dem hiesigen Sendemast verbunden, dann ist das Signal erloschen. Deshalb ist es ziemlich sicher, dass David zwischen acht und neun Uhr morgens in Miramas-le-Vieux geblieben sein muss, danach jedoch verliert sich jede Spur.«

Andreas kratzte sich am Kopf. »Finden Sie es nicht seltsam, dass Milène einem jungen amerikanischen Touristen, den sie kaum kennt, einfach so eine Uhr schenkt?«

»Wir haben sie das bei den Vernehmungen auch gefragt. Sie hat behauptet, dass sie diese Casio eigentlich als Geburtstagsgeschenk für einen Cousin gekauft hatte. Aber dann hatte ihr Mann schon ein anderes Geschenk besorgt, und so ist diese Uhr wohl ein paar Wochen lang unbeachtet bei ihr liegen geblieben. Bis sie sie dann spontan David gab, als der zu seiner Wanderung aufbrechen wollte. Ich habe das überprüft. Milène hat tatsächlich einen Cousin, und der hat tatsächlich ein Geschenk bekommen, das René zuvor gekauft hatte. Andererseits«, Zulesi grinste wieder, »hat Milène diese Uhr vielleicht nicht ganz so zufällig verschenkt. Vielleicht hat David ihr zuvor auch etwas geschenkt.« Er zwinkerte vielsagend.

Andreas verabschiedete sich vom Polizisten und stieg aus dem Streifenwagen. Durch das Fenster sah er, dass Nicola und Dennis die letzten Gäste im Restaurant waren, sie saßen gemeinsam an einem Tisch vor ihren Espressotassen und unterhielten sich. Als seine Frau ihn bemerkte, winkte sie und bedeutete ihm, draußen zu bleiben. Nicola erhob sich, wechselte noch einige Worte mit dem Neffen und verabschiedete sich mit zwei Wangenküssen, als wäre sie eine echte Französin.

»Ihr seid euch ja nähergekommen«, bemerkte Andreas, als sie auf die Terrasse kam.

Nicola küsste ihn auf den Mund, lange genug, dass Dennis es von drinnen aus sehen konnte. »Ich habe nur ein bisschen mit dem Jungen geflirtet, um mal etwas anderes von ihm zu hören als Heimatgeschichten.«

»Wenn ich Zulesi vorhin richtig verstanden habe, wirst du mit deinem Flirt bei Dennis nicht sehr weit gekommen sein.«

»Das habe ich auch ohne Nachhilfe eines Polizisten herausgefunden. Trotzdem hat es gewirkt. Dennis ist so ein verschrobener Typ, dass ihn selbst eine flirtende Fünfzigjährige verwirrt.«

»Du siehst noch immer fantastisch aus.«

»Das habe ich von dir auch schon lange nicht mehr gehört.« Nicola hakte sich bei ihm unter, während sie durch die Gassen schlenderten. Sie gingen mal hier-, mal dorthin. Miramas-le-Vieux schien Andreas heute einladender zu sein, wärmer, freundlicher. Vielleicht lag es daran, dass er zum ersten Mal Fotos dieser Stadt im Sommer gesehen hatte, mit Licht und Menschen. Vielleicht konnte er nun an diesem frühen Nachmittag die Sonne erahnen, die irgendwo jenseits der Schneeschauer brennen musste, jedenfalls schienen die Flocken, die lautlos zu Boden fielen, intensiver zu glitzern als sonst. Vielleicht lag es auch einfach daran, dass er anfing, Zulesi zu trauen. Ausgerechnet Zulesi. Aber irgendwie hatte er das Gefühl, dass sie zum ersten Mal einen Verbündeten im Ort hatten, einen freundlichen Geist, jemanden, der sie nicht ständig misstrauisch musterte.

Sie spazierten an einer geschlossenen Crêperie vorbei, Le Misto, an deren Fassade wilder Wein in Form eines großen Y bis zum Dachfirst wuchs. Die Ranken trugen noch Blätter, und die meisten leuchteten sogar noch grün, nur die Blätter an den Rändern waren gelb ausgeblichen. Frühherbst mitten im Winter, dachte er, wie ist das nur möglich? Kurz darauf passierten sie ein uraltes, winziges Haus, das zwischen mächtigeren Gebäuden stand wie eingeklemmt. Das Erdgeschoss war nicht viel breiter als die Eingangstür, ein einziges Fenster öffnete sich im Obergeschoss. In die Fugen zwischen den groben alten Steinen hatte jemand bunt glasierte Keramikscherben eingemauert, orangefarbene, gelbe, grüne, blaue, violette Splitter in der Fassade. Vor der Tür standen ein kleiner runder Blechtisch und ein mit lilafarbenem Stoff bezogener Klappstuhl. Das winzige Haus war eine bunte Insel in einem Meer aus Steinen.

Schließlich bogen sie in eine Quergasse ein, Impasse Repentance, die sich nach ein paar Schritten zu einem kleinen, versteckten Platz hin öffnete. Eine Sackgasse, wie die Impasse du Presbytère, die ihm beinahe zum Verhängnis geworden war, nur ein paar Dutzend Meter weiter und doch eine Welt entfernt. Die Impasse du Presbytère endete zwischen düsteren, verlassenen Ruinen. Hier hingegen fanden sie sich auf einem Platz wieder, der wirkte wie ein freundliches Wohnzimmer: umschlossen von kleinen, gut erhaltenen Häusern, deren Fensterläden fröhlich blau lackiert waren, in winzigen Vorgärten wucherten selbst im Dezember Blumen, und eine mächtige Zypresse strebte ins Licht, mit ihren vom Schnee behangenen Zweigen sah sie aus wie ein stromlinienförmiger Weihnachtsbaum.

»In so ein verstecktes Haus würde ich glatt einziehen«, sagte Nicola und drückte seine Hand. Sie verließen die Sackgasse wieder und erreichten die Rue Frédéric Mistral.

Andreas berichtete schließlich, was er von Zulesi erfahren hatte: David Brown, der Kennedy von Miramas-le-Vieux. Arm in Arm mit Valéria. Mit Eiskaffee prostend an Zulesis Seite. Das letzte Foto, Milènes Uhr. Die Wohnung, in der nun Dennis lebte. »Ich glaube, wir können dem Polizisten trauen«, schloss er, »auch wenn er in Marseille … nun ja, vielleicht war das ein tragischer Unfall.«

»Hoffen wir, dass wir nicht die nächsten Unfallopfer sind.«

»Du vertraust ihm nicht?«

»Ich werde aus den Leuten hier einfach nicht schlau.« Nicola blickte nachdenklich in den Himmel. »Ich wünschte, es würde wenigstens aufhören zu schneien.«

»Was hat dir Dennis denn erzählt?«

»Es war eher interessant, was er mir *nicht* erzählt hat.« Seine Frau ging nun schneller und zog ihn mit. »Komm, wir gehen ins Haus, mir wird langsam kalt. Also, Dennis hat mir nicht erzählt, dass er arbeitet. Ich glaube, er hat gar keinen Job. Hat nie einen gehabt, seitdem er mit dem Studium fertig ist. Heimatgeschichte ist tatsächlich seine große Leidenschaft, aber, hey, das ist eine noch brotlosere Kunst als Journalismus! Wenn du mich fragst: Der nette Neffe hat noch nie einen müden Cent selbst verdient. Der lebt vom Geld seiner Tante, und das nicht schlecht. Kostenlose Wohnung, kostenlose Mahlzeiten, und er kann das Auto benutzen, wann er will. Ich glaube, Valéria zahlt ihm sogar jeden Monat eine Art Taschengeld. Und wenn er dieses Parasitenleben lange genug durchhält, dann wird er das Restaurant mit der Ferienwohnung und Valérias Stadthaus und alles, was sie sonst noch hat, erben. Außerdem hat er mir nicht erzählt, dass er schwul ist. Vielleicht haben sie in Miramas-le-Vieux noch nie etwas von Coming-out gehört, das ist hier noch Mittelalter. Oder vielleicht weiß Dennis nicht einmal, dass er schwul ist. Jedenfalls ist er ein ziemlich verklemmter Bursche. Hat offenbar keine Freunde in seinem Alter, ich vermute, der hat auch schon auf der Schule und an der Uni nie Freunde gehabt. Das ist sicher einer der Gründe, warum er wie ein Wasserfall redet, wenn er dann doch mal jemanden findet, der ihm zuhört. Zuhören muss, denn irgendwie hat das schon was von Nötigung, wenn er sich zu dir an den Tisch setzt und dich zutextet.«

»Nötigung«, murmelte Andreas. »Meinst du, Dennis könnte auch Gewalt anwenden? Körperliche Gewalt, meine ich.«

Nicola schüttelte nachdenklich den Kopf. »Wie gesagt: Ich werde nicht recht schlau aus den Leuten. Er kann nerven, wenn er zu einem seiner Monologe ansetzt. Aber Gewalt? Ich weiß nicht … Ich finde ihn nicht bedrohlich.«

Sie waren an ihrem Haus angekommen. Andreas fummelte den unhandlichen Schlüssel aus der Tasche und öffnete die Tür. »Wenn du mit ihm allein wärst: Würdest du ihm den Rücken zuwenden?«

Sie zögerte und blieb noch draußen stehen. »Das vielleicht dann doch nicht.«

In diesem Moment hörten sie das Brummen eines schweren Dieselmotors. Aus Richtung der Burgruine kam ein Auto die Rue Frédéric Mistral hinuntergerollt.

Ein schwarzer Range Rover.

»Auch das noch«, murmelte Nicola.

Andreas hatte die Tür geöffnet. Er zog seine Frau von der Straße in den Flur. Nur um sicherzugehen. So standen sie nicht mehr wie Zielscheiben auf der Straße. Der schwere Geländewagen stoppte neben dem Haus, die getönte Seitenscheibe der Fahrerseite glitt lautlos nach unten. René Tanguy saß am Steuer, doch er bedachte sie bloß mit einem knappen Kopfnicken. Es war Milène, die offenbar hatte anhalten wollen. Sie beugte sich vom Beifahrersitz in ihre Richtung und winkte fröhlich. »Wir fahren zum Foire aux Santons nach Marseille«, rief sie über das Motorengeräusch hinweg. »Das ist der größte Markt für Santons in der Provence. Heute ist der letzte Tag.« Sie deutete nach hinten. Die Rückbank war umgelegt worden, so war im Auto eine imposante Ladefläche entstanden, auf der mehrere große Pappkartons gestapelt waren. »Ich hoffe, dass wir noch viele Figuren verkaufen. Soll ich Ihnen noch ein paar Santons reservieren? Möglicherweise«, sie lächelte verlegen, »verkaufe ich in Marseille ja meine ganze Kollektion. Wenn Sie dann noch welche haben wollen, ist es zu spät.«

Andreas hörte ihr zu, bemühte sich jedoch zugleich, René unauffällig zu mustern. Selbstverständlich sah man einem im Auto sitzenden Mann nicht an, ob ihm das Knie wehtat. Das Problem war, dass man René eigentlich überhaupt nichts ansah: Er starrte durch die Windschutzscheibe ins Schneetreiben, sein Gesichtsausdruck wie immer mürrisch, aber auch irgendwie gelangweilt. Er wirkte nicht, als hätte Andreas ihn verletzt und als hätte er noch eine Rechnung mit ihm offen. Andreas warf Nicola einen kurzen Blick zu. »Darüber haben wir noch nicht nachgedacht. Wir lassen es einfach darauf ankommen. Wenn noch Santons übrig sind, suchen wir uns vielleicht noch mal welche aus.«

»Sind Sie denn sicher, dass Sie es bis nach Marseille schaffen?«, fragte Nicola. »Ich habe es nicht einmal die Zufahrtsstraße hinuntergeschafft.«

»Mit diesem Wagen komme ich überall durch«, erklärte René. »Es gibt kein Hindernis, das man nicht überwinden kann.«

Ich bin doch nicht paranoid, dachte Andreas, das klingt doch wie eine Drohung. »Dann eine gute Fahrt«, erwiderte er verunsichert. »Wir verschanzen uns bei dieser Kälte lieber drinnen.« Sie winkten zum Abschied und sahen den Geländewagen davonrollen.

»So ein Mistkerl!«, fluchte Nicola, als sie im Haus waren. »Ich hätte ihn doch zur Rede stellen müssen! Aber dann starrt mich dieser Kerl mit seinen toten Augen an, und ich kriege die Lippen nicht auseinander. Es ist immer dasselbe: Ich gehe jedem Streit aus dem Weg. Deshalb konnten die mich in der Redaktion auch einfach so rausschmeißen. Ich wehre mich nicht. Ich ...«

Andreas legte ihr beruhigend die Hand auf den Arm. »Wer liebt schon streitsüchtige Menschen?« Er wusste, dass sich Nicola oft genug über ihn geärgert hatte. Und, ja doch, sie *hatten* sich gestritten. Aber nie so, dass sie etwas gesagt oder getan hatten, das man nie wieder zurücknehmen oder vergeben konnte. Und das war einzig das Verdienst seiner besonnenen Frau. »Du bist stärker als dieser Kerl. Du lässt dich nicht von ihm unterkriegen.«

Sie umarmten sich und standen eine Weile einfach so da. Es fühlte sich gut an, dachte Andreas. Schließlich löste sich Nicola aus seinen Armen und blickte ihm in die Augen. »Lass uns das Haus dekorieren.«

Er holte die Ilexzweige von draußen herein. Sie drapierten sie auf dem Kaminsims, hängten welche an die Deckenbalken oder flochten sie zwischen die Stäbe des Treppengeländers. Die Beeren, die ihn im Wald noch an Blutstropfen erinnert hatten, schienen nun fröhlich, ja irgendwie optimistisch zu leuchten. Die Blätter waren heller als Tannengrün. Ein paar Zweige, und das Haus sah nach Weihnachten aus, stellte Andreas erstaunt fest.

Nicola legte den letzten Ilex um die Gelbwesten-Santons, die auf dem Tisch standen. Nachdenklich betrachtete sie die Figuren. »Wir zahlen es diesen Leuten in ihrem fetten Geländewagen heim«, meinte sie unvermittelt.

Irgendetwas in ihrer Stimme machte Andreas leicht unruhig. »Heimzahlen? Wie?«

Nicola schenkte ihm ein bezauberndes Lächeln, so bezaubernd, wie sie es ihm schon seit Jahren nicht mehr geschenkt hatte. »Wir brechen bei ihnen ein.«

Nicola redete zwanzig Minuten lang auf ihn ein. Wies ihn darauf hin, dass Milène – neben Zulesi – die letzte Person gewesen war, die David Brown lebend gesehen hatte. Dass sie ihm aus irgendeinem Grund jene Uhr geschenkt hatte. Dass ihr Mann René ganz sicher derjenige war, der Nicola bedrängt und möglicherweise Andreas niedergeschlagen hatte. Sie hoffte, dass sie im Haus der Tanguys irgendeinen Beweis finden würden, eine Spur, ein Indiz, irgendetwas. Behauptete, dass es bei der Sache überhaupt kein Risiko gebe. Bei diesem Wetter würden Milène und René Stunden fort sein, und sonst wohnte ja gerade in diesem Kaff kaum jemand, der sie ertappen könnte, zumal es nun rasch dunkler wurde. Am Ende überzeugte keines ihrer Argumente Andreas – was ihn stattdessen, wenn auch widerstrebend, mitmachen ließ, war die fröhliche, beinahe schon kindliche Energie seiner Frau. Nicola hatte ihren Enthusiasmus wiedergefunden, den er längst erloschen geglaubt hatte, und ein Draufgängertum, das er sogar noch nie bei ihr erlebt hatte. Andreas fürchtete sich inzwischen vor jedem Schatten in den Gassen – doch seine Frau fing an, Spaß daran zu haben! Er fühlte sich auf eine schwer zu erklärende Art dem Toten gegenüber verpflichtet weiterzumachen, es war eine Pflicht, verdammt, mehr nicht. Sie hingegen, die die Leiche gar nicht gesehen hatte, wollte zum Vergnügen weitermachen, es war ein Abenteuer für sie, eine Verjüngungskur. Zumindest hatten sie so beide auf ihre Art den Eindruck, endlich einmal wieder etwas Sinnvolles zu tun.

»Also gut«, gab er schließlich nach. »Warten wir bis vier Uhr heute Nachmittag. Dann wird es draußen schon langsam dunkel, aber es ist noch nicht so finster, dass wir im Haus die Taschenlampe brauchen. Ich traue den Batterien nicht mehr.« Sie sahen sich in der kleinen Garage nach Einbruchwerkzeug um, aber da keiner von ihnen je zuvor im Leben daran gedacht hatte, in ein Haus einzusteigen, wussten sie nicht recht, wonach sie eigentlich suchen sollten. Andreas entschied sich schließlich für den kleinsten Schraubenzieher, mit dem er vielleicht ein Schloss aufbrechen konnte, und den größten Schraubenzieher, den er als Stemmeisen zu verwenden hoffte. Außerdem steckte er ein Teppichmesser ein. »Falls wir eine Tasche oder einen Rucksack aufschlitzen müssen«, erklärte er. Doch an Nicolas Blick erkannte er, dass sie genauso gut wusste wie er, was für eine fürchterliche Waffe ein derartiges Messer sein konnte.

»Das kann bestimmt nicht schaden«, erwiderte sie nur.

Als sie das Haus verließen, war niemand zu sehen. Gut so. Der Schneefall hatte noch zugenommen, selbst die Spuren des Range Rovers waren schon so gut wie unsichtbar. Genau als sie das Stadttor erreichten, schlug die alte Uhr vier Mal.

»Mein Gott«, keuchte Nicola, »dieses alte Ding jagt mir jedes Mal einen Schreck ein.«

Sie eilten die enge Impasse Suffren hoch bis zur Galerie. Das Schaufenster war dunkel, auf der Innenseite der Ladentür klebte ein Zettel: *Fermeture exceptionnelle.* Aus keinem der Fenster der beiden Obergeschosse drang Licht.

»Was jetzt?«, fragte Andreas leise, rüttelte an der Ladentür und kam sich mit seinen beiden Schraubenziehern und dem Teppichmesser auf einmal lächerlich vor. Damit würden sie diese Tür niemals aufbrechen. »Wir können ja wohl kaum eine Scheibe einschlagen, das macht zu viel Lärm.« Außerdem hatte er nicht an einen Hammer gedacht.

Die Uhr schlug zum zweiten Mal die Stunde. Nicola wartete, bis der Lärm verhallt war, und sah sich nervös in der Gasse um. Sie deutete auf das erste Haus in der Impasse Suffren, das Eckgebäude am Stadttor, in dem Tür und Fenster mit den bemalten Sperrholzplatten vernagelt waren. »Wir stemmen eine Holzplatte auf und schlüpfen dort hinein«, schlug sie vor. »Vielleicht gibt es Gänge zwischen diesen alten Häusern oder so etwas.«

Andreas machte sich an der Platte mit den aufgemalten Kapuzenmännern zu schaffen, während Nicola in der Gasse stand und aufpasste, ob sich jemand näherte. Es war überraschend leicht, mit dem großen Schraubenzieher eine Seite der aufgenagelten Platte aufzustemmen. Sie schlüpften hindurch und zogen von innen, so gut es ging, die Verkleidung wieder vor die Fensteröffnung. Es stank nach Schimmel, Staub und fauligem Holz. Nicola band ihren Schal vor Mund und Nase. Sie standen in einem kleinen, nahezu leeren Raum. In einer Ecke lagen alte Lappen oder Decken oder vielleicht auch Kleidungsstücke auf dem Boden, ein schmutziger Haufen unter einer dicken Staubschicht.

»Da haben sich garantiert Ratten ein Nest gebaut«, flüsterte Nicola und schüttelte sich.

Sie durchstreiften zwei weitere Räume und fanden eine Treppe, die nach oben führte – aber nirgendwo einen Gang oder eine Tür, die sich zum nächsten Haus hin öffnete. Andreas stieg die Stufen hoch bis auf den Speicher.

Es war eiskalt dort oben, er sah die von Holzwürmern zerfressenen Balken des Dachstuhls, auf denen Tonschindeln auflagen. Sie waren so alt, dass sie wie mürber Zwieback aussahen, manche waren gebrochen oder verrutscht, sodass das späte Sonnenlicht hindurchschimmerte. Schnee lag dort auf dem Speicher, wo das Dach undicht war. Andreas hatte eine Idee, eine schier wahnsinnige Idee, aber etwas Besseres wollte ihm nicht einfallen. Er hob einige Dachschindeln hoch und legte sie auf den Speicherboden. Nicola packte mit an. Nach wenigen Augenblicken hatten sie im Dach eine Lücke geöffnet, durch die ein Mensch schlüpfen konnte.

»Ich gehe zuerst«, sagte Andreas leise. »Wer weiß, ob die Schindeln mein Gewicht tragen.«

»Du musst nicht den Helden spielen.«

Aber da hatte er sich schon durch das Loch gezwängt und sich mit dem Oberkörper auf das Dach gelegt. Wie kalt die Schindeln waren. Schneeflocken trieben in seine Augen. Sein Herz hämmerte, er zwang sich, ruhig zu atmen. Er zog sich ganz heraus und robbte über das Dach. Mit einem leisen Knirschen brach eine Schindel, aber ansonsten schien alles zu halten.

»Okay«, keuchte er, »du kannst kommen.«

Ein paar Augenblicke später lag Nicola neben ihm. »Wir sind total meschugge«, flüsterte sie. Aber sie lächelte.

Sie blickten auf die Dächer von Miramas-le-Vieux, ein Auf und Ab schneebedeckter Flächen, wie ein aufgewühltes Meer, das mitten in der Bewegung erstarrt war. Aus einigen Kaminen stiegen Rauchfahnen in den verhangenen Himmel, der Geruch nach Asche und verkohltem Holz zog über die Firste. Hinter einem Fenster blinkte ein elektrischer Stern von Bethlehem. Die weiße Landschaft tief unter ihnen war im Schneetreiben eher zu ahnen als zu sehen. In der Ferne schimmerte der Étang de Berre grausilbern. Andreas fragte sich flüchtig, ob dort wohl schon Eisplatten das Wasser bedeckten. Jenseits des Gewässers verschwand die Sonne hinter den dicht bewaldeten Anhöhen von Istres, die Hügel waren schwarz wie Scherenschnitte. Am Himmel kreisten drei Vögel wie dunkle Geister, so hoch, dass sie nicht erkennen konnten, ob es Dohlen sein mochten, die aus der Platane aufgeflattert waren, oder eher Möwen vom nahen Meer.

Sie krochen über das Dach. Es war schräg, aber nicht ganz so abschüssig, wie Andreas befürchtet hatte. Er konnte das Gleichgewicht recht gut halten, allerdings merkte er schnell, wie anstrengend das für Arme und Beine war. Außerdem fing sein Rücken an zu schmerzen. Ich bin zu alt für diese Scheiße, dachte er. Sie wechselten auf das Dach des Nachbarhauses. Hoffentlich ist das verlassen, flehte er im Stillen, bitte, bitte, lass niemanden da unten sein, das muss doch im Zimmer darunter einen gewaltigen Lärm machen, wie wir über die Schindeln kriechen. Unbehelligt erreichten sie schließlich das nächste Gebäude: das Haus von Milène und René.

Nicola, die ihm bis dort gefolgt war, kroch neben ihn und deutete nach vorn. Vielleicht zwei Meter neben dem Kamin und kurz unterhalb des Firstes war eine kleine, gläserne Klappe mit Eisenrahmen ins Dach eingesetzt, eine jener Luken, aus denen Schornsteinfeger aussteigen konnten, um den Kamin von oben zu reinigen. »Vielleicht kriegen wir das auf«, flüsterte sie. Ihre Stirn und ihre Wangen waren vor Anstrengung gerötet, ihre Augen blitzten, in ihren Haaren glitzerten Eiskristalle, sie sah wunderschön aus.

Andreas kroch bis zur Luke. Der Rahmen war angerostet und eiskalt, wirkte aber nicht sehr stabil. Er setzte den großen Schraubenzieher über der Verriegelung an. Das Metall verbog sich schon unter leichtem Druck. Er hantierte herum, setzte die Spitze des Schraubenziehers mal hier, mal dort an – und hatte das Eisen nach zwei, drei Minuten so weit aufgebogen, dass der Riegel nicht länger im Rahmen steckte. Die Scharniere waren zugefroren und verrostet, doch als sie die Luke gemeinsam packten, gelang es ihnen, sie ein Stück weit nach oben zu stemmen – weit genug, dass sie hindurchschlüpfen konnten. Von unten kam ein Schwall warmer Luft hoch. Sie blickten sich an. Schließlich nickte Andreas. »Dann wollen wir mal«, murmelte er.

Er kletterte so behutsam wie möglich durch die Luke und fand sich auf einem Speicher wieder, der mit alten Koffern, zwei eisernen Bettgestellen und einer verschrammten Kommode, deren Schubladen halb ausgezogen waren, zugestellt war. Es war dämmrig, aber gerade noch so hell, dass Andreas seine Taschenlampe in der Jackentasche lassen konnte. Eine unberührte, dicke Staubschicht auf dem Boden verriet, dass hier seit Monaten niemand mehr gewesen war. Fünf, sechs Meter entfernt entdeckte er eine Bodenluke, die vermutlich auf die Treppe zu den unteren Geschossen führte. Er seufzte. Sie konnten nur hoffen, dass Milène und René auch in den nächsten Monaten den Speicher nicht betreten würden, denn um bis zur Luke zu gelangen, mussten sie unweigerlich Spuren in dieser dicken Staubschicht hinterlassen. Nicola schlüpfte durch die Öffnung und stellte sich leise neben ihn. Er deutete bloß zur Bodenluke. Auf Zehenspitzen schlichen sie dorthin. Unverschlossen. Mit einem leisen Knarren hob er die Platte an. Eine Leiter führte auf einen schmalen Flur im Obergeschoss: ockerfarbene Wände, an denen Aquarelle in Goldrahmen hingen, dichter dunkelroter Teppichboden, die Luft warm und schwer vom Aroma einer Duftkerze. Sie sahen sich im Dämmerlicht um.

»Was nun?«, flüsterte Andreas.

»Wir nehmen uns zuerst das Schlafzimmer vor«, erwiderte Nicola leise. »Wenn man etwas zu verbergen hat, dann am ehesten dort. Wenn wir nichts finden, durchsuchen wir die anderen Räume.«

»Das kann Stunden dauern.«

»Wir müssen uns eben beeilen.«

Dünne Handschuhe hatten sie auch vergessen, fiel Andreas nun auf. Sie würden tausend Fingerabdrücke hinterlassen und DNA-Spuren und was zum Teufel noch alles. Eigentlich könnten sie gleich ein Post-it an eine Tür kleben: *»Wir waren hier: Nicola und Andreas.«* Sie hatten nur eine Chance: Milène und René durften nicht einmal ahnen, dass sie ungebetene Besucher gehabt hatten. Wenn die Tanguys einen Einbruch anzeigten und die Polizei erst einmal hier auftauchte, dann waren sie verloren.

Der Flur führte sie zu drei weiß lackierten Holztüren, von denen keine verschlossen war. Ein Bad und zwei Schlafzimmer. In einem duftete es nach Parfum, Kleider lagen über einem Stuhl, auf einer Kommode stand ein offenes Schmuckkästchen. Im anderen Raum hing der kalte Rauch einer Zigarre in der Luft, Hosen und Hemden lagen auf dem ungemachten Bett, und auf dem Fußboden standen zwei Paar Schuhe von beeindruckender Größe.

»Madame und Monsieur Tanguy schlafen getrennt«, stellte Andreas fest.

»Du nimmst dir sein Schlafzimmer vor, ich ihres«, sagte Nicola und war schon in Milènes Raum verschwunden.

Andreas seufzte und trat in Renés Zimmer. Irgendwie war ihm das peinlich, er kam sich wie ein Voyeur vor, als er auf gut Glück die Tür eines alten Kleiderschranks öffnete und mehr oder weniger planlos einige an Bügeln aufgehängte Jacketts abtastete. Dann dachte er wieder an den Toten im Sarg und den Schlag, der ihm verpasst worden war. Verdammt, bringen wir es hinter uns. Rasch, aber nun systematischer, durchwühlte er die Schubladen im Schrank. Nichts. Er eilte zum Nachttisch, einem filigran wirkenden Stück mit Füßen aus gedrechseltem Holz und einer kleinen Platte aus weißem Marmor. Eine Nachttischlampe, eine Armbanduhr, ein paar achtlos abgelegte Manschettenknöpfe, eine leere Packung Doliprane. Er zog die Schublade auf – und hielt inne. Darin lag eine große Pistole, Lauf und Griff schimmerten metallisch schwarz. Neben der Waffe war in der Schublade nur noch Platz für einen kleinen Karton mit Munition. Er starrte auf das Ding, als wäre es eine schlafende Schlange, die er nicht wecken wollte. Er wusste nicht, was er tun sollte.

»Andreas!« Nicola hatte ihn so laut gerufen, dass er zusammenzuckte. Er eilte alarmiert in das andere Schlafzimmer. »Ich ...«

Sie gebot ihm mit einer Geste Schweigen. Nicola stand vor einem geöffneten Kleiderschrank, dessen unterste Schublade aufgezogen war. Andreas blickte hinein: Unterhosen und BHs, schwarz, rot, viele mit Spitze und ziemlich gewagt, soweit er das erkennen konnte. Nicola war blass geworden. Sie hob ihre Hand, die leicht zitterte. »Das habe ich gefunden«, flüsterte sie, »versteckt zwischen der Unterwäsche.«

Sie hielt eine große, dunkle, irgendwie militärisch wirkende Armbanduhr in der Hand. Er betrachtete den Markennamen auf dem Gehäuse. Casio G-Shock.

In diesem Moment hörten sie draußen das Brummen eines schweren Dieselmotors.

Andreas eilte zum Fenster und spähte vorsichtig hinaus. Der schwarze Range Rover rollte die Gasse hinauf. »Verdammt!«, stieß er fassungslos hervor. »Was machen die denn schon hier?! Wir müssen verschwinden!«

Nicola steckte die Uhr in ihre Jackentasche, schloss

die Schublade und die Türen des Kleiderschranks, warf hastig einen prüfenden Blick durch den Raum, ob sie auch nichts verriet, dann schlossen sie die Zimmertür. Sie eilten über die Treppe bis auf den Speicher. Als sie oben angekommen waren, hörten sie, wie sich unten ein Schlüssel in der Ladentür drehte. Behutsam schlossen sie die Bodenplatte und liefen auf Zehenspitzen zur Dachluke. Andreas kam es so vor, als wären sie in einer einzigen Sekunde von Milènes Schlafzimmer bis auf die eiskalten Schindeln geflogen. Er versuchte mit zitternden Händen, den verbogenen Rahmen der Dachluke so gut wie möglich wieder gerade zu richten.

»Vergiss es!«, drängte Nicola. »Wir müssen von diesem Dach runter, bevor sie im Haus sind. Sie werden uns sonst hören!«

Sie robbten zurück. Es war inzwischen dunkel geworden. Das Licht der wenigen Straßenlaternen leuchtete nach oben, wo es sich in Tausenden Schneeflocken brach und die Dächer in ein seltsam diffuses, gelbes Glimmen hüllte. Andreas sah nur ein paar Zentimeter weit, aber das reichte ihm, denn sie mussten bloß den Spuren folgen, die sie auf ihrem Hinweg hinterlassen hatten. Er hoffte, dass die Dächer bis zum nächsten Morgen wieder einheitlich weiß zugeschneit wären und keiner hier hochkäme. Besser noch: dass niemand bis zum nächsten Frühjahr auf das Dach käme, um nachzusehen. Sie kletterten in das verlassene Haus, eilten nach unten und atmeten erst in dem muffigen Raum durch.

Nicola hob die Sperrholzplatte vorsichtig an und spähte hinaus. »Ich kann das Auto nicht mehr sehen«, flüsterte sie. »Aber aus dem Ladenfenster leuchtet jetzt Licht. Sie sind hoffentlich beide drinnen.« Sie trat ins Freie, Andreas folgte ihr. Sie rannten ein paar Meter durch die stille Stadt, dann verlangsamten sie ihre Schritte. Sie waren jetzt zwei abendliche Spaziergänger, was könnte es Harmloseres geben?

»Hast du die Uhr auch nicht verloren?«, fragte Andreas leise.

Nicola deutete bloß auf ihre Jackentasche und nickte.

Später saßen sie vor dem Kaminfeuer und aßen ein einfaches Mahl: Baguettes, Camembert und dazu ein Glas Rotwein, ausnahmsweise auch für Nicola, aber was brauchte man schon mehr? Vor ihnen lag die Casio auf dem Tisch, unförmig wie eine kleine, böse Kröte, die sie nicht mehr anzufassen wagten.

»Ob es wirklich die ist, die Milène dem amerikanischen Studenten geschenkt hat?«, fragte Nicola.

»Ich glaube kaum, dass sie damals zwei solche Uhren gekauft hat«, erwiderte Andreas. »Und außerdem hat Milène sie zwischen ihrer intimsten Wäsche versteckt. Jede Wette, dass das genau die Uhr ist, die beide auf Zulesis Foto so stolz präsentiert haben.«

»Sollten wir damit zur Polizei gehen? Vielleicht sind noch DNA-Spuren von David Brown darauf.«

»Zumindest sind jetzt *unsere* Spuren darauf«, antwortete er und schüttelte den Kopf. »Und die Polizisten würden uns auch fragen, wie wir überhaupt an die Uhr gekommen sind. Wenn wir den Einbruch gestehen, dann verbringen wir Weihnachten in einer Zelle. Und nicht nur Weihnachten, fürchte ich.«

»Aber was machen wir jetzt?«

»Nachdenken.« Andreas schloss für einen Moment die Augen und blickte dann wieder ins Feuer. »Meiner Meinung nach könnten vier Menschen etwas mit dem Verschwinden von David Brown zu tun haben. Zunächst einmal Valéria Lozach und ihr Neffe Dennis. Valéria hat ihre Wohnung an den Studenten vermietet – einen jungen Mann, den sie, sieht man sich die Fotos an, offenbar ziemlich attraktiv findet. Sollte sie etwas mit ihm haben, dann würde Dennis, bislang ihr einziger Verwandter und Erbe, möglicherweise sein bequemes Leben auf Kosten seiner Tante aufgeben müssen. Dennis, der ein verklemmter Homosexueller ist, findet David zudem ebenfalls attraktiv – aber aller Wahrscheinlichkeit nach lässt der ihn abblitzen. Angst ums Erbe und verschmähte Liebe sind schon zwei ziemlich gute Motive, um jemandem etwas anzutun, finde ich. Dennis jedenfalls zieht dann in die Wohnung ein, sobald der Amerikaner verschwunden ist, das macht ihm nichts aus. Später durchsucht er mit Martin ausgerechnet das Haus von unten bis oben, in dessen Hof eine Leiche verborgen war. Seltsame Zufälle, nicht wahr?«

»Das schon«, sagte Nicola gedankenversunken, »aber nun haben wir das hier.« Sie deutete auf die Uhr. »Milène ist attraktiv. Sie teilt ihr Schlafzimmer nicht mehr mit ihrem deutlich älteren Mann. Sie schenkt dem gut aussehenden fremden Touristen eine Uhr und posiert Arm in Arm mit ihm. Wenn du mich fragst: *Sie* hat eine Affäre mit David Brown gehabt, nicht Valéria. Und du weißt, was für ein Grobian René ist …«

»Noch gröber, als du vielleicht denkst«, ergänzte Andreas düster und berichtete von der Pistole, die er in Renés Nachttisch gefunden hatte. »Meinst du, er könnte den Liebhaber seiner Frau getötet haben?«, schloss er.

»Das würde ich ihm zutrauen – und du auch, oder etwa nicht?«

»Ja«, gab er zu. »Vor allem, nachdem ich die Waffe gesehen habe. Aber die Uhr hast du in Milènes Schrank gefunden, nicht in Renés.«

»Vielleicht weiß Milène selbst nicht einmal, dass die Uhr da versteckt war?«, entgegnete Nicola. »Womöglich war es so: René erfährt, dass seine Frau eine Affäre mit David Brown hat, wofür er nicht einmal Sherlock Holmes zu sein braucht – Milène posiert ja ziemlich offen mit ihm vor der Kamera und macht auch kein Geheimnis daraus, dass sie ihm diese Uhr geschenkt hat. Zulesi hat die beiden fotografiert, und du weißt selbst, dass der alle möglichen Dinge sofort herumerzählt. An dem Morgen, an dem David zur Wanderung aufbrechen will, lauert ihm René auf, wahnsinnig vor Eifersucht, und ermordet ihn. Die Uhr seiner Frau nimmt er dem Opfer ab, bevor er den Toten ausgerechnet in den Hof unseres Hauses bringt. Diese Uhr versteckt er dann mitten zwischen Milènes sexy Unterwäsche, vielleicht ist das die höhnische Geste eines perversen Gewaltmenschen. Oder Milène hat diese Uhr doch entdeckt, und ihr Gatte hat das alles als Warnung inszeniert: Tu das nie wieder!«

»Und warum hat sie ihn dann nie angezeigt?«

»Was soll Milène denn tun? Niemand weiß ja, was mit David Brown passiert ist. Und eine Uhr zwischen deinen Schlüpfern beweist längst nicht, dass dein Mann der Mörder eines Vermissten ist. Eher machst du dich doch damit selbst verdächtig: die Uhr des Verschwundenen in deinem Schrank? Was hat das wohl zu bedeuten? Wäre Milène zur Polizei gegangen, wäre sie womöglich selbst ins Visier geraten. Und auf jeden Fall hätten alle Journalisten, die sich auf diese Affäre gestürzt haben, lang und breit über ihre Liebesbeziehung mit dem jungen Studenten berichtet. Das hat keine verheiratete Frau gerne, und schon gar nicht, wenn dir ein Laden gehört und du darauf angewiesen bist, dass die Kunden zu dir kommen.«

Andreas lächelte plötzlich. »Du bist auch Journalistin!«, rief er. »Lass uns morgen zu ihr gehen und noch ein paar Santons kaufen. Dabei lässt du wie zufällig einfließen, dass du eine Reportage über die mysteriöse Affäre David Brown schreiben willst. Vielleicht kannst du ihr sogar ein paar Fragen dazu stellen. Vielleicht fürchtet Milène dann, dass ihr Geheimnis nun also doch auffliegen wird. Wir müssen sie glauben machen, dass du für ein einflussreiches Magazin schreibst. Und sie weiß ja bereits, dass ich die Leiche gesehen habe. Sie wird denken, dass wir ganz dicht an der Wahrheit dran sind. Hoffen wir, dass sie dann von allein zur Polizei geht und alles sagt, was sie über die Affäre zu sagen hat. Oder vielleicht wird sie sich sogar dir anvertrauen.«

»Das halte ich für unwahrscheinlich.«

»Ich halte das für Psychologie: Sie mag uns, aber sie kennt uns kaum. Manchmal vertraut man sich Fremden eher an als Leuten, die man gut kennt. Du hast mir selbst geraten, zu einem Therapeuten zu gehen, den dir deine Kollegin empfehlen soll – einen Mann, den weder du noch ich kennen. Wenn das bei dem funktionieren könnte, warum dann nicht auch gewissermaßen andersrum? Wir hören zu, wie Milène ihre Seele erleichtert. Wir müssen nur dafür sorgen, dass ihr Mann nicht dabei ist, wenn wir in den Laden gehen.«

Nicola blickte ihn eine Zeit lang verblüfft an. »Das könnte ich tatsächlich tun«, murmelte sie schließlich, und dann lebhafter: »Ich könnte *tatsächlich* über die Affäre David Brown schreiben! Die Leser lieben solche Geschichten. Ich könnte sie Redaktionen anbieten, für die ich noch nie zuvor gearbeitet habe. Das wäre mein Start als freie Journalistin!«

»Und wir könnten auch ...«, hob Andreas an.

Nicola schlang ihre Arme um seinen Hals. »Wir könnten auch ein paar Dinge tun, die wir schon viel zu lange nicht mehr getan haben«, flüsterte sie.

Sie hatten die Jacken von den Haken gerissen, über die alten roten Fliesen gebreitet und sich voller Sehnsucht auf dem Boden vor dem Kaminfeuer geliebt. Dann waren sie Hand in Hand die Treppe hinaufgestiegen, ihre erhitzten nackten Körper spürten die kühle Luft nicht, und hatten sich im Bett ein zweites Mal in den Armen gelegen, behutsamer nun und zärtlicher.

Später war Nicola an seiner Seite eingeschlafen. Andreas hielt ihren schlanken Leib mit beiden Armen umschlungen, so als würde sie davonschweben, wenn er sie losließe. Er wusste nicht, wann er das letzte Mal so glücklich gewesen war. Alles wird gut, sagte er sich, alles wird gut, vielleicht sogar schöner als je zuvor, wir schaffen das gemeinsam, wir schaffen alles. Er atmete den Duft ihrer Haare ein, und es war wie eine Droge. Ihn schwindelte vor Glück.

Doch gerade, als er selbst langsam ins Reich des Schlafes hinüberglitt und er durch schon halb geschlossene Lider auf die Umrisse des Nachttisches blickte, tauchte in seinem Geist plötzlich ein hässliches Bild auf: ein ganz anderer Nachttisch.

Die Pistole.

Nicola hatte ihn ins andere Schlafzimmer gerufen, nur Sekunden, nachdem er die Waffe entdeckt hatte. Dann die Uhr, der Motorenlärm draußen, ihre Flucht über die Dächer. Nicola hatte den Schrank in Milènes Zimmer wieder geschlossen, bevor sie verschwunden waren. Aber er? Hatte er die Schublade in Renés Nachttisch zurückgeschoben? Sie waren so überstürzt geflohen, alles war so chaotisch gewesen. Er konnte sich nicht erinnern.

23. Dezember

Ein Friedhof im Schnee

Konnte man sich in eine Frau, mit der man seit mehr als fünfundzwanzig Jahren zusammenlebte, frisch verlieben? Andreas betrachtete Nicola, die im Schlaf murmelte und sich auf die Seite drehte. Ihre Haare schimmerten im Morgenlicht. Er zog ihr behutsam die Decke bis zu den Schultern hoch, damit sie nicht fror, dann schloss er sie in die Arme und verbrachte die nächste halbe Stunde mit nichts anderem, als ihren Atemzügen zu lauschen und ihre Haut unter seiner Hand zu spüren.

Später beim Frühstück fühlten sie sich, als wären sie wieder die jungen Studenten in ihrer ersten gemeinsamen Wohnung – zumindest beinahe war es so romantisch wie damals. Irgendwann musste Andreas aber doch mit seiner Sorge um die Nachttischschublade und die Pistole darin herausrücken.

»Na und?«, erwiderte Nicola und drückte seine Hand. »Selbst wenn es so war, vielleicht glaubt René, er selbst hätte vergessen, sie zu schließen. Oder er wird seine Frau verdächtigen. Warum sollte er an einen Einbruch denken? Es ist nur noch ein Grund mehr, heute Morgen zur Galerie zu gehen. Um herauszuhören, was bei ihnen wirklich los ist.«

Eine halbe Stunde darauf trafen sie Milène tatsächlich allein im Geschäft an. Sie war blass, zwei Falten hatten sich in ihre Wangen gegraben, unter ihren Augen lagen Schatten.

»Fühlen Sie sich nicht gut?«, fragte Andreas und war dabei mehr um Nicola und sich besorgt als um die Santonnière. Verdammt, dachte er, sie weiß doch etwas, verdammt, verdammt, verdammt.

»Ich bin nur ein wenig müde«, antwortete Milène und rang sich ein Lächeln ab. »Der Foire aux Santons war anstrengend. Und dann sind René und ich doch früher als geplant zurückgefahren, weil es immer stärker geschneit hat. Wir haben fast zwei Stunden von Marseille bis nach Hause gebraucht, und zwischendurch dachten wir schon, wir würden steckenbleiben.«

Andreas versuchte vergebens, aus ihren Worten mehr herauszuhören: Hatte Milène nun bemerkt, dass bei ihnen eingebrochen worden war, oder nicht? Machte sie sich deshalb Sorgen? Hatte sie etwas unternommen? Dann kam ihm der Gedanke, dass René ihr vielleicht gar nichts von der offenen Schublade in seinem Schlafzimmer erzählt haben könnte. Womöglich wusste nur er, dass sie ungebetenen Besuch gehabt hatten.

»Wir würden uns gern noch ein paar Santons ansehen. Als Mitbringsel für unsere Freunde«, sagte Nicola höflich. »Falls Sie noch welche übrig haben.«

»Einen Karton habe ich mit zurückgebracht. Ich habe die Figuren noch nicht wieder ausgepackt, einen Moment bitte.« Milène verschwand im Hinterzimmer und kam kurz darauf mit einem Pappkarton wieder. Darin lagen in Zeitungspapier eingewickelt drei, vier Dutzend Santons, schätzte Andreas. »Die Heilige Familie, die drei Könige und die Schäfer sind leider ausverkauft«, erklärte Milène.

Nicola pickte sich einen Santon heraus: einen dicklichen Mann mit Strohhut, der eine große Kamera vor seinem Bauch hielt. »Nicht gerade eine biblische Gestalt«, sagte sie.

Milène hüstelte. »*Eh bien,* das ist ein Tourist.«

»Den müssen wir natürlich nehmen!«, rief Nicola. Dann setzte sie ihr charmantestes Lächeln auf. »Wobei wir nicht nur als Touristen in die Provence gekommen sind. Ich bin nämlich Journalistin.«

Dann erzählte sie von ihrem Projekt, eine Reportage über die Affäre David Brown zu schreiben. »Ich habe schon mit meinem Chefredakteur telefoniert«, log sie sehr überzeugend. »Darf ich Ihnen zu diesem mysteriösen Fall einige Fragen stellen? Ich habe gehört, Sie waren die Letzte, die ihn lebend gesehen hat.« Das klang interessiert, ja drängend, aber doch auch so unbefangen, als wollte sie nur ein paar Öffnungszeiten wissen. Wie schafft Nicola das bloß?, dachte Andreas.

Milène jedoch war noch blasser geworden als zuvor. Sie war dabei, ein paar weitere Santons aus dem Karton zu holen, doch plötzlich schien sie nicht mehr zu wissen, was sie da tat, und legte die Figuren mit einer fahrigen Bewegung zurück. »An diese alte Geschichte erinnert sich hier niemand gerne«, murmelte sie.

»Und das aus gutem Grund!« Ohne dass sie ihn bemerkt hatten, war René aus dem Hinterzimmer gekommen. »Der Junge hat nichts getaugt«, fuhr er fort. »Der ist die Mühe nicht wert, dass Sie einen Artikel schreiben.« Er starrte sie herausfordernd an. Andreas kam es so vor, als wäre er angetrunken, obwohl er keine Alkoholfahne roch.

»Was glauben Sie denn, was mit David Brown geschehen ist?«, fragte Nicola freundlich und furchtlos.

René hatte sich an seiner Frau vorbeigeschoben, während er Nicola hinter seinen dicken Brillengläsern musterte. Zu spät bemerkte Andreas, dass er seinen mächtigen Körper jetzt zwischen sie und den Ausgang platziert hatte. Wir sitzen in der Falle, verdammte Scheiße. Er betastete unauffällig seine Jackentaschen, zumindest hoffte er, dass es Renés kalten Augen entging. Doch er hatte die Taschenlampe ebenso zu Hause gelassen wie das Teppichmesser.

»Dieser tätowierte Angeber hat Drogen genommen und ist garantiert irgendwo in einen Graben gefallen«, erwiderte René verächtlich. »Und da wird er noch heute liegen, oder zumindest das, was Krähen und Füchse von ihm übrig gelassen haben.« René musterte Milène. Seine Frau sah aus, als müsste sie sich gleich übergeben. Über sein Gesicht huschte ein sarkastisches Lächeln.

»Die Polizei hat aber keine Spur gefunden, habe ich gehört«, sagte Nicola.

»Haben Sie das gehört? Wollen Sie etwa auch zur Polizei gehen?« Er sah sie wieder an und machte einen Schritt auf sie zu. René stand jetzt kaum noch einen Meter vor ihnen, er stank leicht nach Schweiß. Irgendwo hatte Andreas das schon mal gerochen, das war noch nicht lange her. Er blickte dem großen Mann auf die Schuhe. Das waren dieselben Schuhe, die er gesehen hatte, als er sich verletzt in der Sackgasse zusammengekauert hatte.

»Wir können in bar zahlen«, sagte Andreas an Milène gewandt. »Das geht schneller als mit Kreditkarte.« Schneller … er hoffte, dass Milène das verstand. Er hoffte, dass Nicola und er so rasch wie möglich hier herauskamen, bevor die Situation eskalierte.

René war noch etwas näher gekommen. »Sie wollen wirklich zur Polizei gehen?«, wiederholte er seine Frage. Er sah dabei jedoch nicht länger Nicola an, sondern Andreas – so als spräche er nicht länger über die geplante Reportage, sondern über etwas ganz anderes. Der hat Angst, dass ich den Angriff anzeige, wurde Andreas klar. Er ertappte sich dabei, wie er sich mit der linken Hand an die Kopfwunde fassen wollte. Im letzten Augenblick senkte er den Arm. Doch René hatte ihn beobachtet. Der Kerl wusste ganz genau, was Andreas vorgehabt hatte. Der Kerl wusste alles. Und er stand noch immer zwischen ihnen und dem Ausgang.

In diesem Moment läutete die Klingel über der Ladentür. Andreas zuckte zusammen. Zulesi. Der Polizist war heute in Uniform, blaue Bomberjacke und eine passende Hose, schwere schwarze Stiefel, schusssichere Weste mit dem Aufdruck *Police Municipale*, am Gürtel baumelten Handschellen und Schlagstock.

»Milène, hast du auch noch ein paar Santons für mich?«,

fragte er. Er strahlte und nickte allen freundlich zur Begrüßung zu.

»Selbstverständlich, Jean-Michel!«, erwiderte sie, und es war zu hören, wie sie befreit aufatmete. Sie schob ihm den Karton über den Tisch.

René stand einen Moment lang bewegungslos im Raum, so als könnte er sich nicht entscheiden, was er jetzt tun sollte. Dann zog er sich grußlos in das Hinterzimmer zurück. Andreas merkte erst jetzt, dass er die ganze Zeit die Hände zu Fäusten geballt hatte. Er streckte die Finger.

Nicola plauderte mit Zulesi über Santons, als sei nichts vorgefallen. Woher hat sie bloß dieses Selbstvertrauen, wunderte sich Andreas im Stillen. Schließlich packte Milène drei Figuren für Zulesi ein. Er zahlte, und sie verließen gemeinsam den Laden. Unter Polizeischutz gewissermaßen, sagte sich Andreas und atmete erleichtert durch, als sie im Schatten des Hauses auf der Gasse standen. Ob es purer Zufall war, dass Zulesi im richtigen Moment in den Laden gekommen war – oder hatte er gewusst, in welcher Gefahr sie geschwebt hatten? Hatten sie denn überhaupt in Gefahr geschwebt? Genau genommen war ja nicht einmal ein einziges unfreundliches Wort gefallen. Und doch ...

Andreas wusste, dass er nun eine Entscheidung treffen musste. Diesmal waren sie wieder davongekommen, aber wie lange noch? Sie brauchten einen echten Verbündeten, und dafür mussten sie ihre Karten auf den Tisch legen. Er wechselte einen raschen Blick mit Nicola. Sie hatte verstanden, was ihm durch den Kopf gegangen war, und nickte fast unmerklich.

»Haben Sie noch ein paar Minuten Zeit für uns?«, fragte Andreas.

»Ich mache meine Runde durchs Dorf. Begleiten Sie mich doch«, erwiderte Zulesi. Sie gingen durch das Tor und folgten der Straße hinunter Richtung Place Castagne. Die Büste des Bürgermeisters auf dem Brunnen trug eine Kappe aus Schnee, er sah aus wie ein ernst dreinblickender Weihnachtsmann, sodass Andreas unwillkürlich lächeln musste, wenn auch bloß für einen Augenblick. Er deutete auf die Platzwunde über seinem Auge, die inzwischen eher juckte als schmerzte. »Das war gar kein Sturz«, begann er.

»Sondern eine Schlägerei.«

»Sie wissen das?«, rief er verblüfft.

»Ich bin seit zwanzig Jahren Flic. Wer hat Ihnen das verpasst?«

»Das weiß ich nicht sicher. Aber ich habe einen Verdacht.« Während sie um den Platz schlenderten, berichtete Andreas vom nächtlichen Überfall und dass er Milènes Mann für den Täter hielt.

»René hat keine Vorstrafen«, sagte Zulesi nachdenklich, nachdem Andreas geendet hatte. Er wirkte jedoch nicht überrascht. »Aber er ist ein Choleriker. Das weiß jeder hier. Haben Sie mit Milène geflirtet?«

Andreas hustete. »Wie kommen Sie denn darauf?«

»Es braucht nicht viel, um René eifersüchtig zu machen. Sehen Sie, Milène war nicht immer Santonnière, auch wenn sie vielleicht schon immer von diesem Beruf geträumt hat. Sie war Sekretärin in einem Bauunternehmen, René war ihr Patron. Ein guter Maurer, der seine eigene Firma aufgebaut und es dabei zu einem Vermögen gebracht hat. Ein harter Arbeiter, nicht der Typ, der sich irgendetwas gefallen lässt. Es war die älteste Geschichte der Welt: Die hübsche Sekretärin heiratet ihren vermögenden Chef. René hat für sie das Haus in der Impasse Suffren gekauft und renoviert, damit sie ihren Laden eröffnen und sich ganz den Santons widmen kann. Inzwischen hat Milène in der Gegend einen guten Ruf und etliche Kunden. Aber ich glaube, dass sie selbst heute noch nicht mit ihrem Laden allein über die Runden käme. Sie braucht Renés Geld. Aber, *eh bien*, sie haben den Kerl ja kennengelernt. Das Problem ist, dass einen Laden zu haben bedeutet, dass man auch Kunden hat: fremde Leute, die zu dir kommen und mit dir reden. Milène mag das, sie ist eine geborene Verkäuferin, lebhaft, schlagfertig, charmant. Aber René ist inzwischen Rentner und steht die ganze Zeit im Hinterzimmer, hört ihr zu und denkt, dass sie sich jedem Mann an den Hals wirft, der in ihren Laden stolpert.«

»Ich bezweifle, dass mein Mann ein Opfer blinder Eifersucht geworden ist«, fiel Nicola ins Gespräch ein. Und dann berichtete sie von ihrem Verdacht, dass die Tanguys etwas mit dem Verschwinden des amerikanischen Studenten zu tun hatten. Sie gestand auch den Einbruch letzte Nacht – erstaunlich gelassen, angesichts dessen, dass sie einem Polizisten soeben ein Verbrechen offenbarte.

Zulesi grinste. »Sie überraschen mich, Madame.«

»Mich hat sie auch überrascht«, murmelte Andreas.

Nicola holte die Uhr aus ihrer Jackentasche. »Die habe ich in Milènes Kleiderschrank gefunden.«

Zulesis Grinsen war wie fortgewischt. »*Mon Dieu*«, murmelte er. »Davids Uhr!«

»Sind Sie sicher?«, fragte Andreas.

»Heiße ich Zulesi?« Er nahm Nicola die Casio ab und betrachtete sie. Dann wollte er von ihnen alle Einzelheiten des Einbruchs wissen, es war ein regelrechtes Verhör, wohl eine halbe Stunde lang. Sie waren auf der Place Castagne geblieben und hatten sich ins Lavoir zurückgezogen, dessen Dach ihnen Schutz vor dem Schnee bot. Das Eis im Becken strahlte Kälte aus, der Atem stand in kleinen Wolken vor ihren Lippen, doch niemand von ihnen schien den Frost zu spüren. Ein Schwarm Dohlen kreiste am grauen Himmel. Wie kleine Geier, dachte Andreas unwillkürlich, sie warten darauf, dass jemand stirbt. Dann erzählte er von der Pistole in Renés Nachttisch.

»Werden Sie die Ermittlungen wieder aufnehmen?«, fragte Nicola schließlich.

»Das tue ich ja schon. Aber allein.« Er grinste schief. »Wir haben zwar Ihre Geschichte von der verschwundenen Leiche im Sarg, Monsieur Kantor, für die es sonst jedoch keinen Zeugen gibt. Dann ist da die Uhr, die auf äußerst dubiose Weise in Ihre Hände gelangt ist. Meine Kollegen werden nur aufgrund solcher Hinweise keine neuen Ermittlungen einleiten. Und schon gar nicht mit mir.«

Andreas räusperte sich. »Ich habe bei der Kriminalpolizei in Marseille angerufen, als …«

»Das spart mir immerhin lange Erklärungen.«

»Ich …«, Andreas suchte vergebens nach den richtigen Worten, »nun, es tut mir leid … die Sache mit diesem Jungen … sechzehn Jahre … aber Sie haben das sicher nicht gewusst.«

»Und ob ich das wusste!« Zulesi seufzte. »Der Dealer war bei uns in der Brigade seit vier Jahren bekannt. Seit vier Jahren! Der Typ war zwölf, als wir ihn das erste Mal mit Cannabis erwischt haben. Danach gab es immer wieder Drogengeschichten. Und Gewaltdelikte. Wäre er erwachsen gewesen, hätte er bereits wegen Körperverletzung gesessen. Und eines Abends gerät er in eine Razzia und zieht seine Pistole. Ich wusste ganz genau, dass er mich erschießen würde, wenn ich nichts tue! Also habe ich auch geschossen. Ich schwöre, ich habe auf seine Beine gezielt, aber der Junge hat sich genau in diesem Moment zu Boden geworfen, als wäre er die Hauptfigur in einem verdammten Computerspiel. Er ist praktisch in meine Kugel hineingesprungen, ich konnte nichts mehr machen … *Eh bien*. Die Zeitungen haben über mich geschrieben, als wäre ich der Jack the Ripper von Marseille, die Politiker haben mich so schnell wie möglich über die Klinge springen lassen, meine Kollegen haben mich behandelt, als hätte ich Aussatz, und meine Frau hat die Scheidung eingereicht, weil sie nicht mit einem Mörder zusammenleben wollte. Und ich denke jeden verdammten Tag an diese Razzia. Seither verkrieche ich mich in diesem Geisterort und hoffe, dass ich möglichst niemandem auffalle. Nicht gerade die beste Position bei der Polizei, um einen Tag vor Weihnachten die Ermittlungen im spektakulärsten Vermisstenfall wieder aufzunehmen, den diese Stadt in den letzten hundert Jahren gesehen hat.«

»Was wollen Sie also unternehmen?«, fragte Nicola.

»Ich werde René im Auge behalten, damit er keine weiteren Dummheiten macht. Und ich werde in diesem verdammten Miramas-le-Vieux noch einmal jeden Stein umdrehen, scheiß auf den Schnee und scheiß auf Weihnachten! Irgendwo muss der Tote ja versteckt sein. Wenn ich die Leiche erst einmal gefunden habe, dann sehen wir weiter. *Die* können die Kollegen ja nicht mehr ignorieren.« Zulesi blickte Andreas an. »Eine Sache ist allerdings seltsam«, fuhr er nachdenklich fort. »Sie sind absolut sicher, dass Sie diese Leiche gesehen haben?«

»Ja.«

»In einem Sarg?«

»Ja.«

»Dann kann der Tote nicht David Brown sein.«

Andreas und Nicola blickten einander fassungslos an.

»Denken Sie doch mal nach«, fuhr Zulesi fort. »David Brown verschwindet eines schönen Sommermorgens zwischen dem Dorf und der nächsten Bushaltestelle. *D'accord*, angenommen, er ist tatsächlich ermordet worden und der Täter will die Leiche verbergen. Dann wird er sie doch niemals in einen Sarg legen und diesen Sarg dann in einem Gewölbe mitten in Miramas-le-Vieux vergraben. Wo hat er den Sarg her? Und warum ein Versteck mitten in der Stadt wählen? Das ergibt doch überhaupt keinen Sinn.«

»Aber«, Nicola rang um Haltung, »wer könnte dieser Tote denn sonst sein?«

»Das ist eine sehr gute Frage, Madame. Es gab in den vergangenen Jahrzehnten in Miramas-le-Vieux keinen einzigen weiteren Vermisstenfall. Ich habe nicht die leiseste Ahnung, wer dieser Tote sein könnte. Und ich habe nicht die leiseste Ahnung, wer ihn in Ihrem Hof versteckt und wer ihn vor ein paar Tagen fortgeschafft hat.«

Nachdem sie Zulesi zur Sicherheit ihre Handynummern gegeben hatten, verabschiedeten sie sich von ihm und kehrten ins Haus zurück. Andreas schloss die Tür sorgfältig ab. Von seiner letzten Suche wusste er noch, dass ein Satz Schraubenschlüssel auf der Werkbank in der Garage lag. Er nahm die schwersten Schlüssel heraus und versteckte in jedem Raum einen – so würden sie überall eine Schlagwaffe zur Hand haben, falls das nötig werden sollte.

Nicola beobachtete ihn dabei kopfschüttelnd. »Wenn deine Schüler sehen könnten, dass sich ihr Französischlehrer in Bruce Willis verwandelt hat, wären sie stolz auf dich.«

»Und wenn die Eltern meiner Schüler das sehen könnten, würden sie für meine Entlassung sorgen. Ich muss dir übrigens noch etwas gestehen.«

Nicola blickte ihn alarmiert an. »Noch eine Leiche im Keller?«

»Schlimmer: Ich habe kein Weihnachtsgeschenk für dich. Ich wollte dir eigentlich hier etwas besorgen. Typisch provenzalisch, ich hatte da schon eine Idee. Tja, wie es aussieht, komme ich vor Heiligabend nicht mehr in einen Laden. Es tut mir wirklich leid.«

»Macht nichts. Ich hatte nämlich den gleichen Plan und komme nun auch nicht mehr in einen Laden, um dir etwas zu kaufen.« Sie küsste ihn. »Aber dieses Jahr wird unser Heiligabend sicher auch ohne Geschenke-Auspacken spannend.«

Die nächsten Stunden verbrachten sie hauptsächlich am Schlafzimmerfenster. Zuerst stand Andreas dort, während sich Nicola eine Zeit lang auf dem Bett ausruhte. Später löste sie ihn ab. Doch er war zu unruhig, um lange liegen zu bleiben, und gesellte sich bald wieder zu ihr. Von dort oben hatten sie einen guten Blick auf die Gasse und einen Teil von Miramas-le-Vieux. Falls René ihnen einen ungebetenen Besuch abstatten wollte, würden sie ihn schon von weitem sehen. Observation. Andreas kam sich vor wie ein Polizist in einem Krimi. In Krimis war auch immer zu lesen, dass solche Beobachtungen langweilig waren – und es stimmte: Es war langweilig. Zwischendurch warf er einen Blick aufs Handy, um zu schauen, ob Zulesi ihnen eine Nachricht geschickt hatte. Aber jede SMS, die mit einem leisen Bling angekündigt wurde, war entweder Werbung für Weihnachtseinkäufe in letzter Minute oder irgendein mehr oder weniger witziger oder besinnlicher Weihnachtswunsch eines Kollegen. Je später es wurde, desto stärker ebbte die Flut der Werbung ab und desto mehr Grüße kamen an. »Umgekehrt proportional«, hätte Martin das wohl genannt.

»Sieh mal«, flüsterte Nicola auf einmal und deutete hinaus. »Das könnte ein Auto sein, oder nicht?« Vom Table du Roy konnten sie durch das Schneetreiben zwar nur das Dach sehen und die Krone des Ahorns, der die Terrasse überwölbte. Doch vor dem Restaurant stieg eine leicht bläulich schimmernde Wolke auf, die in den Ästen des Baumes hängen zu bleiben schien. »Vielleicht Valérias alter Lieferwagen? Der qualmt so stark.«

»Wo will die denn jetzt noch hin? Bei dem Schnee kommt sie doch keinen Kilometer weit.« Andreas warf sich seine Jacke über und ging auf die Terrasse. Von dort aus konnte er noch einige weitere Straßen einsehen. Er hoffte, dass er den grünen Kangoo irgendwo entdecken würde. Und tatsächlich erhaschte er einen Blick auf das Auto, das langsam bis zur Schranke rollte – direkt dahinter jedoch links abbog und nicht geradeaus bis zum Parkplatz und der Landstraße weiterfuhr. Er hatte nicht erkennen können, wer am Steuer saß.

»Wir sollten ihr folgen«, sagte Nicola, die neben ihn getreten war. »Ich habe ein seltsames Gefühl. Ich glaube, sie führt etwas im Schilde.«

»Gut«, sagte Andreas. »Valéria kann bei diesem Wetter nicht schnell fahren, wir werden sie hoffentlich einholen.« Er grinste. »Wir nehmen aber zwei Schraubenschlüssel mit.«

Selbstverständlich war der Lieferwagen nicht mehr zu sehen, als sie endlich die Schranke erreicht hatten. Doch es war nicht schwer, den Reifenspuren zu folgen, es waren die einzigen auf der schmalen Straße. Sie zuckten erschrocken zusammen, als plötzlich von irgendwoher ein Grollen erklang. Ein Gewitter, dachte Andreas, das kann doch gar nicht sein. Er blickte nach oben und sah ein geisterhaftes Licht, das durch die Schneeflocken drang. Zwei Lichter. Ein Flugzeug, das über ihre Köpfe hinwegdonnerte, und dann erinnerte er sich daran, dass irgendwo hier in der Nähe der Flughafen von Marseille sein musste. Ein ganz normales Flugzeug ... das kam ihm tausend Kilometer und tausend Jahre entfernt vor. Sie folgten der schmalen Straße, die sich, nach links wendend, um den Fuß des Hügels von Miramas-le-Vieux schlang. Die Häuser am steilen Felsen waren kaum noch zu erkennen. Rechts blickten sie auf einen Olivenhain. Es mussten Dutzende Bäume sein, vielleicht Hunderte, sie verloren sich im Schnee. Ihr dunkelgrünes Laub schimmerte durch die Schneedecke, in ihren knotigen, faltigen Stämmen hatten sich Flocken in weißen Linien abgesetzt. Unter den Baumkronen war der Boden frei geblieben, eine sattgrüne Wiese voller weißer Punkte. Die Punkte waren Rauken, die mitten im Winter blühten. Ein Elsternpaar hüpfte dicht neben ihnen über das Gras und beachtete sie nicht einmal. Sie eilten an einem Olivenbaum vorbei, der doppelt so groß war wie die anderen, ein riesenhaftes, schwarzes, laubloses Skelett von einem Baum. Andreas fragte sich, warum der Besitzer des Hains ihn nicht gefällt hatte.

Er spürte Nicolas Hand auf seinem Arm. »Da vorn!« Sie flüsterte jetzt.

Am Rand der kleinen Straße stand der Wagen. Der Motor lief, Qualmwolken quollen aus dem Auspuff, die Warnblinker pulsierten, doch niemand saß am Steuer. Hinter dem Auto führte eine in den Felsen gehauene Treppe ein paar Schritte hoch bis zu einem uralten Friedhof. Eine Fußspur reichte vom Kangoo bis dorthin.

Sie bemühten sich auf den letzten Metern bis zum Lieferwagen, ihre Schuhe genau in die Reifenspuren zu setzen, damit sie keine auffälligen Spuren auf der Straße hinterließen. Sie mussten verhindern, dass Valéria oder Dennis oder wer auch immer diesen verdammten Wagen fuhr, sah, dass noch jemand diesen abgelegenen Friedhof besuchte. Zum Glück dämmerte es schon, bald würde man kaum noch etwas erkennen können. Vom Lieferwagen aus setzten sie ihre Sohlen genau in die Fußabdrücke, die der Fahrer hinterlassen hatte. Valéria? Dennis? Es war unmöglich zu sagen, ob eine Frau oder ein Mann hier langgegangen war. Sie kamen nur quälend langsam voran, aber Andreas hoffte, dass sie so unentdeckt blieben.

Die beiden Flügel eines schwarzen Eisentores in der mannshohen Friedhofsmauer standen einen Spalt weit offen. Dahinter lag ein Weg unter dem Schnee, links und rechts standen jeweils drei Zypressen wie stumme, grünschwarze Wächter. Die Allee führte an einigen Gräbern vorbei auf eine gedrungen wirkende Kapelle zu. Über ihr Portal wölbte sich ein halbkreisförmiger Bogen, ein Relief wie eine Ranke aus Stein, und darüber stand in einer Nische ein steinerner weißer Jesus, der auf sein Herz wies, als wollte er sich für etwas entschuldigen.

Die Fußabdrücke waren in der Allee klar zu sehen. Sie gingen bis fast zur Kapelle, bogen jedoch kurz vor dem Portal nach links ab. Nicola und er hatten sich im Schatten der Mauer versteckt, doch von dort aus konnten sie nicht mehr erkennen als diese Spur. Zypressen und Grabsteine versperrten die Sicht auf die weiter entfernten Bereiche des Gottesackers.

»Na gut«, sagte Nicola leise, »dann müssen wir aus der Deckung raus und quer über den Friedhof. Hoffentlich steht unser Unbekannter nicht mit gezücktem Messer hinter dem nächsten Grab wie in einem miesen Horrorfilm.«

Es fiel ihnen immer schwerer, genau in die Fußstapfen zu treten, die vor ihnen den Schnee bis zum Kies durchgedrückt hatten. Irgendwie waren die Fußabdrücke jetzt weiter auseinander, so als wäre ihr Verursacher auf einmal schneller gegangen. Spürte er, dass ihn jemand verfolgte? Andreas wurde nervös und machte Nicola ein Zeichen, anzuhalten. Sie hatten ungefähr die Hälfte der Allee hinter sich und musterten misstrauisch die Umgebung. Zu ihrer Rechten stand ein Monument zu Ehren der Gefallenen beider Weltkriege, ein mit weißer Ölfarbe gestrichener Gedenkstein, darum herum trugen dunkelgrüne Granaten eine schmiedeeiserne Kette als Zaun. Auf dem Stein war ein großes Medaillon mit dem Bildnis eines Soldaten befestigt, sein Helm war schwarz angemalt – und seine Gesichtszüge erinnerten Andreas auf irritierende Weise an die eines jungen Amerikaners, dem allerdings niemand je ein Denkmal gesetzt hatte. Auf dem Boden des Monuments, zwischen der Kette und dem Stein, lag ein von

Schnee und Wind zerzauster Kranz mit großer Schärpe in den schon etwas verblichenen Farben der Trikolore.

»Ich hoffe, die Toten werden mir verzeihen«, murmelte Andreas. Dann machte er einen großen Schritt über die Kette hinweg direkt bis auf den Kranz. Von dort ging er zur Rückseite des Gedenksteins. Nicola tat es ihm gleich. Sie keuchten und sahen sich um. Der Kranz hatte noch etwas mehr gelitten als zuvor. Doch nach Fußspuren sah das alles nicht aus. Wenn jemand flüchtig hinschaute, mochte er das bloß für das Werk einer Windböe oder einiger frecher Vögel halten. Und mit ein bisschen Glück würde das Kriegerdenkmal die Spuren, die dahinter waren, verbergen.

»Wir verstecken uns erst einmal und warten, bis es dunkel ist«, flüsterte Andreas. »Das kann nicht mehr lange dauern, höchstens eine Viertelstunde.«

Sie eilten nur ein paar Schritte weit bis zur größten Gruft, die sie im Dämmerlicht noch sehen konnten. Es war ein seltsam unproportioniertes altes Grab, zu hoch und zu schmal, wie ein antiker Tempel, der an den Seiten zusammengequetscht worden war. *»Famille J. B. Simian«* war stolz in den Giebel eingemeißelt, doch die Simians mussten längst ausgestorben sein. Weiße Flechten und schwarze Feuchtigkeitsschlieren überzogen die mürben Mauern. Die rostrote Eisentür zur Gruft war aus den Angeln gefallen und im Innern auf einen Altar aus weißem Marmor aufgeschlagen. Andreas und Nicola kauerten sich hier nebeneinander; zumindest schützte sie das alte Grab vor Schnee und neugierigen Blicken.

»Ich hatte mir unseren Weihnachtsurlaub anders vorgestellt«, flüsterte Nicola.

»Ich kann nicht sagen, dass ich mich langweile«, erwiderte Andreas leise. Sie mussten beide grinsen.

»Wenn uns nun jemand erwischt ...«, sagte sie.

»Der Dorfpolizist ist unser Freund.«

»Hoffentlich.«

Sie warteten, bis es draußen dunkel war. Andreas tastete einmal zur Sicherheit nach dem Schraubenschlüssel in seiner Tasche. Das Metall war eiskalt. Sie lauschten. Aber außer dem gelegentlichen Grollen anfliegender Flugzeuge hörten sie nichts. Irgendwann räusperte Andreas sich. »Ich glaube, wir können uns jetzt umsehen.«

Sie verließen die Gruft. Doch sie kamen kaum zwei, drei Meter weit, als sie von jenseits der Mauer Lärm hörten: ein kleiner Automotor in hoher Drehzahl.

»Verdammter Mist!«, zischte Nicola. »Das ist Valérias Lieferwagen.« Sie lief bis zur Friedhofsmauer und spähte darüber. Doch sie sah nur noch zwei Rücklichter, die Richtung Miramas-le-Vieux verschwanden.

»Jetzt wissen wir zwar nicht, wer am Steuer gesessen hat«, meinte Andreas. »Aber wir können ungestört herausfinden, wo der Unbekannte gewesen ist.« Er schaltete die Lampe seines Handys ein und leuchtete den Weg bis zurück zur Allee ab. Dort folgten sie der Fußspur. Sie bogen vor dem Portal des Gotteshauses nach links ab. An der Seite der Kapelle lag ein uraltes, einst sicher prachtvolles Grab, eine Steinplatte mit drei antik aussehenden Stelen. Aber die Inschriften fehlten oder waren längst verwittert, die Stelen selbst waren beschädigt, Moos wuchs auf den Steinplatten. Andreas fragte sich, wer hier wohl seine letzte Ruhe gefunden haben mochte. Keine Familie lag der Friedhofskapelle näher als diese, die Stelen lehnten an der Mauer des Gotteshauses. Und doch waren diese Toten namenlos und vergessen.

Sie eilten weiter und kamen nach etwa zwanzig Metern an ein Grab, vor dem die Spuren endeten. Es war ein schlichter Erdhügel, dahinter ein Stein mit einem einzigen Namen darauf.

Charles Lozach.

Auf dem Hügel leuchteten Dutzende Kunstblumen aus lackierter Keramik und aus Plastik, ein irrealer bunter Mini-Dschungel mitten im Schnee. Zwischen den falschen Blüten standen drei unterschiedlich große Marienstatuen mit zum Gebet zusammengelegten Händen, sie wirkten wie eine Mutter, die mit ihren Zwillingstöchtern eine fromme Hymne singt.

»Ich hätte nicht gedacht, dass Valérias Mann unter einem Berg aus Kitsch begraben ist«, sagte Nicola.

»Unter einem Berg aus nagelneuem Kitsch«, erwiderte Andreas nachdenklich. Er war in die Hocke gegangen und hatte den Lichtstrahl des Handys auf das Grab gerichtet. »An den Madonnen kleben sogar noch Preisschilder. Sie sind nicht einmal richtig feucht vom Schnee.«

»Vielleicht hat sie das Grab für Weihnachten dekoriert«, vermutete Nicola.

Andreas schüttelte zweifelnd den Kopf. »Das ist doch kein Weihnachtsschmuck. Wer kauft schon drei Madonnen auf einmal? Und alle diese Kunstblumen?« Er ließ den Lichtstrahl wandern. »Sieh mal: Die Erde unter dem Schmuck ist frisch umgewühlt.« Andreas richtete sich auf und blickte Nicola fassungslos an. »Der ganze Kitsch ist nichts als Tarnung. Niemand soll sehen, dass das Grab in den letzten Tagen geöffnet und wieder zugeschüttet wurde.«

24. Dezember

Ein Grab in der Provence

Sie hatten Zulesi mehrmals angerufen, waren aber stets auf die Mailbox umgeleitet worden. Sein Haus war dunkel und verschlossen geblieben, so heftig sie auch gegen die Tür geklopft hatten. Nicola und Andreas verbrachten wohl oder übel eine unruhige Nacht. Am nächsten Tag eilten sie schon früh durch die Gassen von Miramas-le-Vieux. Heiliger Abend, dachte Andreas, doch man mochte fast glauben, dieser Ort fürchtete sich vor Weihnachten. Hinter einigen Fenstern blinkten zwar künstliche Sterne. Und vom Dachfirst eines Hauses hing eine Strickleiter, auf der ein fröhlich lächelnder, mit Geschenken beladener Plastik-Weihnachtsmann hinunterkletterte. Aber die meisten Gebäude waren ungeschmückt, dunkel, still. Und auf den Straßen und Wegen war kein Mensch zu sehen. Vielleicht ist das nur die Morgenstunde, machte sich Andreas Mut, und später werden wir Weihnachtsmusik hören und leuchtende Gesichter sehen.

Schließlich standen sie wieder vor dem ungepflegten Haus an der Place Castagne.

Und auch jetzt wollten sie schon beinahe wieder gehen, als endlich doch schwere Schritte hinter der Tür zu vernehmen waren. Knirschend öffnete sich der Riegel, und Zulesi stand vor ihnen, im Trainingsanzug von Olympique Marseille und mit wirrem Haar und blutunterlaufenen Augen. Er roch ungewaschen und nach Pastis. Andreas fragte sich, wie man am Heiligen Abend bereits so früh in einer derartigen Verfassung sein konnte, aber dann dachte er, dass der Polizist womöglich über Weihnachten niemanden sehen würde und dass das die Ursache für seinen beklagenswerten Zustand sein könnte.

Zulesi führte sie in den Salon, der auch seit mindestens einem Tag nicht mehr gelüftet worden war. Es stank nach kaltem Tabak und Alkohol. Über den Fernsehschirm flimmerten die Bilder eines hyperaktiven Moderatorenpaars irgendeiner Morgenshow, zum Glück ohne Ton. Der Polizist bot ihnen einen Platz an. »Ich brauche erst einmal einen Espresso. Sie auch?« Er wartete ihre Antwort gar nicht erst ab, sondern verschwand in die Küche. Kurz darauf balancierte er ein Tablett mit drei winzigen Bechern hinein. Sie waren aus weißem Porzellan, sahen aber aus wie kleine Pappbecher, die man aus Automaten zog und die bereits an vielen Stellen eingedellt waren. Andreas hätte ihm solche verspielten Designerstücke nicht zugetraut.

Zulesi bemerkte seinen erstaunten Blick und grinste schief. »Meine Exfrau mochte diese Dinger, aber sie hat sie beim Auszug vergessen. Unsere Trennung war etwas heftig. Was kann ich für Sie tun?«

Nicola räusperte sich und erzählte von dem seltsamen Grab, das sie gestern Abend entdeckt hatten. »Wir sind allerdings nicht sicher, ob Valéria oder Dennis am Steuer des Lieferwagens saß.«

»Es könnten auch beide gewesen sein«, ergänzte Andreas.

»Nun ja, wir haben nur eine Fußspur gesehen«, meinte seine Frau skeptisch.

Er nickte. »Stimmt. Auf jeden Fall war einer von ihnen dort – und irgendetwas stimmt nicht mit diesem Grab.«

Der Polizist strich sich nachdenklich über den Kopf. Er kippte seinen Espresso in einem Zug herunter und, als er sah, dass seine Besucher ihre Tassen nicht anrührten, noch den zweiten und den dritten hinterher. Danach schien er langsam zu sich zu kommen. »Wir hatten zuletzt Anfang September eine Beerdigung«, sagte er, »und garantiert nicht im Grab von Charles Lozach.«

»Wir müssen nachsehen!«, forderte Nicola.

»Wie stellen Sie sich das vor?« Zulesi seufzte resigniert. »Wollen Sie eine Leiche exhumieren? Am Heiligen Abend? Charles Lozach war Valérias Mann und Dennis' Onkel. Was gibt es Normaleres, als dass einer von beiden kurz vor Weihnachten sein Grab besucht? Das ist nicht gerade verdächtig, um es noch vorsichtig zu formulieren. Kein Richter Frankreichs würde deshalb die Öffnung des Grabes anordnen. Und schon gar nicht, wenn der Antrag dazu von mir kommt.«

Andreas hatte genug von all den Bedenken und Hindernissen. Er wollte endlich wissen, was hier vor sich ging, und scheiß auf irgendwelche Vorschriften! »Dann machen wir das eben selbst«, verkündete er.

»Sind Sie wahnsinnig geworden?!«, rief der Polizist. Plötzlich schien er hellwach zu sein.

»Diese Nacht«, fuhr Andreas ungerührt fort. »Niemand wird uns sehen. Wer ist am Heiligen Abend schon auf dem Friedhof?«

»Das ganze Dorf!«, erwiderte Zulesi und stand auf. Erregt ging er durch das Zimmer. »Haben Sie nicht die Kapelle gesehen? Saint-Julien ist mehr als tausend Jahre alt, Sie finden in der Provence keine schönere Kapelle. Normalerweise ist sie immer verschlossen. Nur ausgerechnet Weihnachten …«

» … wird in Saint-Julien die Christmette gefeiert«, riet Nicola.

»Genau. Der Priester aus Miramas liest die Messe, und es kommen Menschen aus Miramas-le-Vieux und aus den Nachbarstädten. Das ist seit Jahrzehnten so Brauch. Dieses Mal kommen vielleicht weniger als sonst, weil der Schnee die Straßen blockiert, aber es werden immer noch genügend Leute da sein, verlassen Sie sich darauf.«

»Umso besser«, entgegnete Andreas. Er würde jetzt nicht aufgeben. »Dann achtet doch niemand auf uns. Wir mischen uns unter die Menge der Kirchgänger und verstecken uns im letzten Moment zwischen den Gräbern, bis alle in der Kapelle sind und die Messe begonnen hat. Dann haben wir mindestens eine Stunde, um ungestört nachzusehen.«

»Und wenn uns doch jemand erwischt, was machen wir dann?« Zulesi hatte aufgehört, wie ein gefangener Tiger durch den Salon zu laufen, und sich vor ihn hingestellt, die Arme in die Hüften gestemmt. Doch Andreas merkte dem Polizisten an, dass ihm die Sache nicht mehr ganz so wahnsinnig vorkam wie noch vor ein paar Augenblicken. Was haben Sie denn sonst am Heiligen Abend vor?, hätte er ihn fragen können, doch das hätte Zulesi bloß unnötig verletzt. Aber es war die Wahrheit: Dieser abgehalfterte Polizist hatte nichts vor. So ein nächtliches Abenteuer wäre die beste Art, ihn davon abzuhalten, sich heute Abend besinnungslos zu betrinken, und das ahnte Zulesi in diesem Moment auch schon.

»Niemand wird uns erwischen«, versicherte Andreas. »Selbst wenn wir es nicht rechtzeitig bis zum Ende der Messe schaffen sollten, wer wird uns schon sehen? Die Leute werden nach Mitternacht aus der Kapelle strömen und nach Hause fahren, wo die Santons und die Geschenke auf sie warten. Wer wird sich mitten in so einer kalten Nacht Gräber ansehen? Wir dürfen nur keinen Lärm machen.«

»Es ist sowieso das Letzte, was wir noch tun können«, gab Nicola zu bedenken. »Wenn in dem Grab wirklich nur ein unberührter alter Sarg liegt, dann müssen wir doch gar nicht weitersuchen; wenn man es genau nimmt, stören wir nicht mal die Totenruhe. Wir schaufeln die Erde wieder zurück auf den Sarg und vergessen die Sache. Nach Weihnachten fahren wir nach Hause, und die verrückte Geschichte von den deutschen Touristen, die in ihrem Keller eine Leiche gesehen haben, können Sie irgendwann Ihren Enkeln erzählen.«

»Ich habe nicht mal Kinder, wie soll ich da Enkel bekommen?«, brummte Zulesi. Doch man sah ihm an, dass

Nicola ihn endgültig überzeugt hatte. »*D'accord*«, fuhr er fort. »Ich mache mit. Aber«, er hob die Hand, um Andreas' begeisterten Ausruf direkt zu ersticken, »ich mache das nicht Ihnen zuliebe, sondern mir. Ich bin immer noch ein Flic, *merde*, egal, was die Leute über mich denken. Wenn ich Ermittlungen anfange, dann führe ich die auch zu Ende, und wenn ich dafür am Heiligen Abend ein Grab öffnen muss!«

Sie hatten sich für elf Uhr nachts mit Zulesi vor dem Friedhofstor verabredet. Sie würden nicht gemeinsam mit dem Polizisten hinuntergehen, damit kein Beobachter denken könnte, sie würden etwas im Schilde führen. Ein zufälliges Treffen in der Menge der wartenden Gläubigen, mehr nicht. Andreas hatte dem Polizisten die Gruft der Familie Simian beschrieben. Zulesi hatte versprochen, im Lauf des Tages dort Schaufeln und Lampen zu verstecken, sodass sie nicht mit Werkzeug zur Weihnachtsmesse gehen mussten.

Nicola und Andreas hatten früh zu Abend gegessen, das seltsamste Festmahl ihres Lebens: eine Gemüsesuppe, um sich aufzuwärmen. Und danach hatten sie sich über die elf Desserts hergemacht: Nougat, Fougasse, Rosinen, Mandeln, kandierte Früchte ... Andreas kam es schließlich so vor, als hätte er Lippen, Zähne und Mund mit Klebstoff bestrichen. Doch er war satt, zufrieden und, ja doch, sogar euphorisch. Wenn Zucker optimistisch stimmte, dann war er nun geradezu gefährlich optimistisch. Nach dem Essen hatten Nicola und er sich in warme Kleidung gehüllt – in möglichst dunkle warme Kleidung, damit sie unsichtbar blieben.

»Bist du wirklich sicher, dass wir das durchziehen sollten?«, fragte Nicola. Sie hatte in der Küche eine Thermoskanne entdeckt und füllte heißen Tee ein.

»Ich bin mir seit ewigen Zeiten nicht mehr so sicher gewesen wie heute, dass ich das Richtige tue«, erwiderte Andreas. Wer hätte gedacht, dass eine Leiche auf einem Friedhof auszugraben ihn um zehn Jahre jünger machen würde?

Gegen Mittag hatte der Schneefall endlich nachgelassen. Nachmittags setzte ein eisiger Nordwind ein: der Mistral. Er zerriss die Wolken, bis sie nur noch wie lange graue Stofffetzen aussahen, die hinaus aufs Meer getrieben wurden. Der Himmel wurde weit und schimmerte wie blaues Glas. Am späten Nachmittag stand die Sonne als roter Feuerball über dem Horizont, so groß und irreal wie in einem Science-Fiction-Film, doch trotz des Lichts war es nicht wärmer geworden, im Gegenteil. Der Mistral schnitt in die Haut, die Augen tränten, die Lippen trockneten aus, bis sie schmerzten. Die Windstöße rissen die Schneekappen von den Dächern, die Flocken tanzten wie glitzernde Kristalle durch die Luft und wurden Hunderte Meter weit getrieben. An exponierten Stellen schmirgelte der Mistral den Schnee bis auf die Pflastersteine ab und schob ihn vor Hauswänden oder Büschen zu mannshohen Wehen zusammen. Obwohl sie die Fensterläden mit schmiedeeisernen Haken verriegelt hatten, klapperten sie im Rhythmus der Böen so laut, dass draußen eine Armee hätte vorbeimarschieren können und sie es nicht gehört hätten.

Als sie um kurz vor elf Uhr ihr Haus verließen und die Tür sorgfältig hinter sich abschlossen, funkelten Tausende Sterne am Firmament. Andreas legte den Kopf in den Nacken und kam sich einen Moment vor wie ein Raumschiffkapitän, so nah wirkten die Galaxien. Unendliche Weiten … Doch nirgendwo war der Mond zu sehen. Mit vor Kälte bereits ertaubenden Fingern checkte er sein Handy: Neumond. Es würde die ganze Nacht so dunkel bleiben wie jetzt.

Als sie die Gassen hinuntergingen, bemerkten sie endlich Schatten auf den Wegen: Menschen, die zur Kapelle Saint-Julien strebten, schweigend im eisigen Mistral, vermummte Gestalten, und selbst bei denen, die Taschenlampen dabeihatten, waren die Gesichter hinter Schals, hochgeschlagenen Mantelkragen und tief in die Stirn gezogenen Mützen nicht zu erkennen. Andreas versuchte unterwegs vergebens, Valéria und Dennis, Milène und René auszumachen, selbst Zulesi konnte er zuerst nirgends erblicken.

Nicola zupfte ihn schließlich am Ärmel und deutete auf eine massige Gestalt unter der ersten Zypresse rechts in der Friedhofsallee. »Da ist er«, flüsterte sie.

Sie grüßten ihn nicht, ließen sich überhaupt nichts anmerken, taten bloß so, als würden sie, einige Meter vom Polizisten entfernt, das Monument für die Kriegstoten betrachten, während die Gläubigen langsam an ihnen vorbeiflanierten und durch das geöffnete Portal im Innern der Kapelle verschwanden. Es waren sicher hundert oder mehr, schätzte Andreas, so viele Menschen hatte er in Miramas-le-Vieux noch nie gesehen. Oder so viele Geister – ihm kam das alles irgendwie irreal vor.

Nach und nach verschwanden die Schatten im Gotteshaus, ein paar Nachzügler eilten durch die Allee, irgendwann schloss jemand von Innen das Portal. Da war Zulesi längst nicht mehr zu sehen. Und auch Nicola und Andreas hatten sich unauffällig um das Kriegerdenkmal herum bewegt und eilten nun zur großen Gruft der Familie Simian. Musik wehte aus der Kirche, ein Choral, Andreas konnte weder die Melodie erkennen noch die Worte verstehen, der Mistral zerstob den Klang. Die Böen peitschten die Zypressen, ihr an- und abschwellendes Rauschen übertönte die meisten anderen Laute.

Sie trafen Zulesi in der Gruft und grüßten ihn mit einem Nicken. Niemand verlor ein Wort. Der Polizist drückte Nicola und Andreas jeweils eine mächtige schwarze Stabtaschenlampe und einen Spaten in die Hand, er selbst hatte sich eine Maglite mit einem Karabinerhaken an den Gürtel gehängt und trug einen Spaten über der Schulter. Einen Spaten, fuhr es Andreas durch den Kopf. Eine fürchterliche Sekunde lang überkam ihn Angst: Was, wenn sie sich getäuscht hatten? Wenn Zulesi doch für alles verantwortlich war? Dann würden sie sich gleich ihr eigenes Grab schaufeln, und der Polizist müsste sie im geeigneten Augenblick bloß noch mit seinem Spaten erschlagen und die Erde auf ihre Körper schaufeln …

Nimm dich zusammen, ermahnte er sich. Zulesi ist unser Freund, er *muss* unser Freund sein.

Sie liefen an der Rückseite der Kapelle entlang. Dort war ein Chor angebaut, er sah aus wie ein runder Turm mit einem Dach aus Tonschindeln. Überhaupt wirkte die Kapelle in der Nacht massig und abweisend wie eine Burg. Ihre Mauern waren beinahe fensterlos. Bloß eine kaum kopfgroße, kreisrunde Öffnung war unterhalb des Glockengestells in die Wand eingelassen. Und im Chor öffnete sich ein Fenster, das so schmal war, als hätte es einst der Baumeister mit einer Axt hineingekerbt. Gelbe Lichtschleier fielen aus den beiden kleinen Öffnungen auf den Schnee und ein winziges Grab hinter einem weiß lackierten Eisengitter. Andreas eilte dort vorüber und blickte kurz auf ein Namensschild: Yvonne, 1927 gestorben, fünf Jahre alt. Ihn schauderte. Wen würden sie gleich in dem Grab vorfinden, das sie öffnen wollten?

Wenige Augenblicke darauf standen sie vor der letzten Ruhestätte von Charles Lozach. Andreas und Nicola wollten schon die Statuen der drei Madonnen packen und beiseiteräumen, doch Zulesi hatte innegehalten und bekreuzigte sich. Einen verlegenen Moment lang standen sie alle drei stumm vor dem Grab, Zulesi sprach vielleicht ein stilles Gebet, Nicola und Andreas taten so als ob. Dann nickte der Polizist. »Also los«, flüsterte er.

Sie schafften die Figuren und die künstlichen Blumen hinter den Grabstein. Andreas packte den Spaten und stieß ihn in den Boden. Es war viel leichter, als er befürchtet hatte. Die Erde war mürbe. Schwer, das ja, jeder

Schwung, mit dem er ein Spatenblatt voll Erde wegschaufelte, schmerzte in seinen Handgelenken und in seiner Schulter. Doch der Boden fühlte sich locker an wie Sand. Nicola und Zulesi arbeiteten ebenfalls, und schon nach kurzer Zeit, Andreas schätzte, dass es nicht mehr als ein paar Minuten waren, hob der Polizist die Hand und flüsterte: »Das ist genug!«

Zulesi warf den Spaten zu Boden, griff in seine Jackentasche und zog sich Arbeitshandschuhe an. Dann stieg er in die flache Grube, die sie ausgehoben hatten, und wischte mit den Händen Erde beiseite. Nicola nahm ihre Taschenlampe und leuchtete ihm über die Schulter. Ein Sarg kam zum Vorschein.

Ein Sarg, den Andreas schon einmal gesehen hatte.

Der Deckel war beschädigt, das dunkle Holz an manchen Stellen gesplittert, die Platte mit dem aufgenagelten silbernen Kreuz, die Andreas aus dem eingestürzten Gewölbe gerissen hatte, lag etwas schräg auf dem Rest des Deckels wie ein schlecht eingepasstes Puzzlestück.

»Das ist der Sarg aus dem Gewölbe!«, keuchte er.

Musik wehte aus der Kapelle. Nervös sah er auf. Wie viel Zeit blieb ihnen noch?

»Keine Sorge«, beruhigte ihn Zulesi. »Der Priester hat noch nicht einmal mit seiner Predigt angefangen. Die werden noch mindestens eine halbe Stunde in der Kapelle bleiben.«

»Woher wissen Sie das so genau?«

»Es gab mal eine Zeit, da bin ich selbst regelmäßig in die Kirche gegangen. Fassen Sie mit an!«

Zulesi und Andreas hoben vorsichtig den beschädigten Deckel hoch und legten ihn neben das Grab. Nicola stieß einen kleinen Schrei aus. Andreas wusste schon, was ihn erwartete, und Zulesi hatte in seinem Berufsleben wohl schon mehr als einen Toten gesehen. Beinahe ungerührt starrten die Männer auf die Leiche.

»Ist das Charles Lozach?«, fragte Andreas.

Zulesi zuckte mit den Achseln. »Ich habe Valérias Mann nie kennengelernt. Sie hat mir das Foto ihres Gatten unter die Nase gehalten, das präsentiert sie ja jedem, aber die Ähnlichkeit ist nicht mehr sehr groß, oder?« Der Polizist seufzte und beugte sich näher zum Toten hinunter. Dann griff er mit seinen behandschuhten Händen nach dessen Oberkörper. Andreas glaubte einen Moment, Zulesi würde zwischen die bleichen Rippen und bis in den Brustkorb hineinfassen, doch er zupfte nur behutsam einige Lumpen beiseite, die vielleicht einmal ein Leichenhemd gewesen waren, dann hielt er einen kleinen Gegenstand in der Hand. Nicola leuchtete ihn an: eine winzige, rostrote Kette, daran, wie neu glänzend, ein silberner Anker.

»Das Amulett von Charles Lozach«, flüsterte Nicola. »Valéria hat es uns am ersten Abend auf dem Foto gezeigt.«

»Es ist tatsächlich ihr Mann«, sagte Andreas matt. Wen hatte er erwartet? Er fühlte sich besiegt, verwirrt. »Warum hat er in dem Gewölbe hinter unserem Haus gelegen? Und warum liegt er jetzt wieder in seinem Grab?«

»Ich wette, der Tote ist nicht allein«, erwiderte Zulesi düster und deutete auf den offenen Sarg. »Er ist nur ein paar Zentimeter tief beerdigt worden. Das ist doch nicht normal. Ein Grab wird tiefer ausgehoben.«

Nicola starrte ihn an. »Sie meinen, dass …«

»… da noch jemand liegt, ja. Heben wir den Sarg raus und sehen nach.«

Andreas stellte sich auf die eine Seite des Sargs, Zulesi auf die andere. »Eins«, flüsterte der Polizist, »zwei – und drei!« Mit einem Ruck hoben sie ihre Last an. Auch das war leichter, als Andreas gedacht hatte, der Sarg war zwar noch ziemlich solide, aber die verweste Leiche darin wog nicht mehr viel. Sie stellten den offenen Sarg neben das Grab.

Zulesi nahm seine Maglite und leuchte in die Grube. »*Merde*«, murmelte er.

Im lockeren Erdreich, das unter dem Sarg zum Vorschein gekommen war, ruhte ein zweiter Toter. Seinem Schädel fehlte schon das Gesicht, die Augenhöhlen waren leer, die Zähne glänzten weiß. Andreas wollte sich über ihn beugen, als er plötzlich Nicolas Hand auf seiner Schulter spürte. »Taschenlampen aus!«, zischte sie.

Das Portal von Saint-Julien war aufgeschwungen. Licht flutete auf die Allee, der Chorgesang übertönte nun das Rauschen des Mistrals in den Zypressen. Die ersten Gläubigen traten hinaus, Scherenschnitte in der Nacht, Gespenster, Spukgestalten.

Sie warfen sich zu Boden, Andreas bemerkte, dass er hinter dem offenen Sarg von Charles Lozach in Deckung gegangen war. Lieber Gott, bitte lass kein Licht bis hierher fallen, bitte lass niemanden hierherblicken, bitte lass niemanden hier ein Grab besuchen. Er drückte seinen Leib in den Schnee, versuchte, sich so klein wie möglich zu machen, spürte, wie eisige Kälte in seine Knochen kroch. Immer mehr Menschen verließen die Kapelle, mein Gott, wann hörte das denn auf? Die konnten doch nicht alle da drinnen gewesen sein! Viele Leute strebten eiligen Schrittes zum Friedhofstor und verschwanden in der Nacht. Doch einige standen noch in Grüppchen unter den Zypressen; sie hörten Stimmen, Lachen, Andreas hätte diese Leute umbringen können. Endlich erlosch das Licht in der Kapelle, jemand schloss das Portal, sie hörten, wie ein Riegel mit einem metallischen Schaben einrastete. Die letzten Schatten verschwanden. Dunkelheit.

Sie waren allein.

»Dann wollen wir mal«, flüsterte Zulesi. Selbst im schwachen Licht der Taschenlampe konnte man sehen, dass er blass geworden war. Er klopfte Schnee aus seiner Kleidung und leuchtete in die Grube. Auf dem Totenschädel waren noch ein paar Fetzen Kopfhaut. »Blonde Haare«, murmelte der Polizist.

»Moment mal!«, rief Andreas und drängte sich an Zulesi vorbei. Er kam der Leiche nun ganz nahe. Oberkörper und Arme waren skelettiert, doch am linken Unterarm spannte sich zwischen Ellenbogen und Handgelenk durch irgendeinen Zufall noch etwas Haut. Sie war ledrig und braun, aber an manchen Stellen noch dunkler als an anderen. Andreas beleuchtete die Einzelheiten. Ein Muster, sagte er sich, die dunklen Stellen formen ein Muster, ein Bild, ein …

»Das ist ein Kojote«, sagte er tonlos. »Die Tätowierung eines heulenden Kojoten.«

»Wir haben David Brown gefunden«, verkündete Zulesi. »*Merde,* kein Wunder, dass wir ihn damals nie entdeckt haben. Er hat die ganze Zeit im Grab von Charles Lozach gelegen.«

»Und Charles Lozach war in dem Gewölbe hinter unserem Haus versteckt«, ergänzte Andreas. »Und nur, weil …«

»Seht doch!«, unterbrach Nicola die beiden. Sie hatte ihre Taschenlampe noch immer auf den Totenschädel gerichtet. Der Lichtstrahl zitterte leicht, als er über ein ausgeblichenes Büschel blonder Locken glitt. »Unter den Haaren ist ein Loch.«

Ein kleines, kreisrundes Loch gähnte in der Schläfe.

Zulesi betrachtete es lange. »Sieht aus wie von einer Pistolenkugel«, brummte er schließlich.

25. Dezember

Stille Nacht in der Provence

»Was nun?«, fragte Andreas. Er hatte das erwartet und doch nicht erwartet, hatte die ganze Zeit vermutet, nein, eigentlich eher gespürt als vermutet, dass der Tote mit der Affäre David Brown zu tun haben musste. Nun aber, da er endlich den Beweis dafür mit eigenen Augen sah, wusste er nicht, was sie als Nächstes unternehmen sollten.

»Ich alarmiere meine alten Kollegen«, erklärte Zulesi. In seiner Stimme lag auf einmal so etwas wie grimmige Schadenfreude. Er zückte sein Handy und fing an, die beiden Leichen und das offene Grab zu fotografieren. »Die Bilder schicke ich zum Nachtdienst der Police judiciaire nach Marseille«, fuhr er fort. »Die Typen in der Évêché werden mich noch mehr hassen als sowieso schon. Aber das hier können sie nicht ignorieren. Heilige Nacht hin oder her, die Mordkommission wird ausrücken, die Kriminaltechniker werden kommen, der Staatsanwalt, der Untersuchungsrichter. Alle werden sie nach Miramas-le-Vieux fahren müssen.«

»Das wird Stunden dauern«, gab Nicola zu bedenken. Sie hatte die Arme um ihren Leib geschlungen. »Mir ist kalt. Und ich kann nicht so lange neben diesen … diesen

Leichen ausharren. Ich fühle mich, als würden mich die beiden Toten anstarren.«

Andreas umarmte sie behutsam.

»Keine Sorge, wir werden hier nicht tatenlos herumstehen«, sagte Zulesi. »Wir können alles so lassen, wie es ist, hier wird garantiert niemand vorbeikommen. Wenn meine Kollegen eingetroffen sind, melden sie sich telefonisch bei mir. In der Zwischenzeit machen wir mit den Ermittlungen weiter.« Er deutete auf den Grabstein. »Das ist nicht länger nur die Affäre David Brown. Sondern auch die Affäre Valéria Lozach. Wir sollten ihr ein paar Fragen stellen.«

»In der Heiligen Nacht?«

»Warum sollten wir die Einzigen bleiben, denen die Weihnachtsstimmung verdorben wurde?«

Sie eilten durch die stillen Gassen von Miramas-le-Vieux. Es war niemand mehr zu sehen, in den Häusern waren die Lichter erloschen. Andreas kam es einen absurden Augenblick lang so vor, als wären sie mit ihren geschulterten Spaten ein Trupp Barbaren, die in der dunkelsten Stunde durch die Straßen schlichen, um die nichtsahnenden Bürger in ihren Betten zu überfallen.

Vor dem Table du Roy hing eine Lichterkette im Ahorn, eine von den irritierend unruhigen Lichterketten, die aufglühten, strahlten, plötzlich heftig blinkten, wieder erloschen – und dann dasselbe Spiel von vorn begannen. Da die Mistral-Böen sie hin- und herschaukelten, wirkte das flackernde Lichtspiel noch hektischer als sowieso schon.

Der Wintergarten hingegen lag beinahe vollständig im Dunkeln, nur auf einem Tisch leuchtete eine Kerze. Dort saßen Valéria und Dennis und aßen. Andreas blickte hinein. Tante und Neffe unterhielten sich. Valéria gestikulierte mit der Gabel in der Hand, Dennis verzog missmutig den Mund, es wirkte nicht gerade wie ein heiteres Gespräch.

»Na, dann wollen wir mal frohe Weihnachten wünschen«, brummte Zulesi und drückte die Türklinke hinunter.

Valéria blickte erschrocken auf. Sie starrte den Polizisten an, dann sah sie auf den geschulterten Spaten, an dem noch Erdreste klebten, dann wieder in sein Gesicht. Sie wurde blass und sagte kein Wort. Sie hat in einer einzigen Sekunde alles verstanden, dachte Andreas.

»Darf ich mich zu euch setzen?«, fragte Zulesi, wartete die Antwort gar nicht erst ab und zog einen Stuhl heran. Es war ziemlich kühl im Raum. Auch Nicola und Andreas setzten sich, reichlich verlegen, wie ungebetene Eindringlinge, obwohl sie es auch vor Neugier kaum aushielten und endlich erfahren wollten, was hier gespielt wurde. Ruhig und sachlich erzählte Zulesi, was sie im Grab gefunden hatten. Er erklärte nicht, warum sie das Grab heimlich am Heiligen Abend geöffnet hatten, nicht, warum die beiden deutschen Touristen dabei waren, nicht einmal, wie sie überhaupt dazu gekommen waren, sich an der letzten Ruhestätte zu schaffen zu machen. Einfach nur dies: ein Grab, zwei Leichen, und eine davon war David Brown. Den Kopfschuss erwähnte er nicht.

Andreas musterte Valéria und Dennis verstohlen, während der Polizist redete, und hatte unwillkürlich den Spaten fester gepackt. Dennis schien ihm auf eine seltsam unreife Art wütend zu sein, er glich einem verwöhnten Kind, dem man zum ersten Mal ein Spielzeug weggenommen hatte, war empört, verletzt, fassungslos, dass so eine Ungerechtigkeit in der Welt überhaupt möglich war. Aber welche Ungerechtigkeit mochte das sein, fragte sich Andreas. Die Nachricht, dass der verschwundene amerikanische Student tatsächlich gestorben war, schien ihn jedenfalls nicht sonderlich zu belasten. Valéria, nun, Valéria hingegen schien ihm irgendwie erleichtert zu sein. Erleichtert darüber, dass es endlich vorbei war – was immer es sein mochte, was da zu Ende gegangen war. Als Zulesi seinen Bericht abgeschlossen hatte, griff sie zum Weinglas und nahm einen tiefen Schluck. Ihre Hand zitterte nicht.

»Ja, ich habe vor zwei Jahren Davids Leiche in Charles' Grab versteckt«, gab sie umstandslos zu. Ihre Stimme war ganz ruhig, gelassen vielleicht oder resigniert. Sie sah ihren Neffen an. »Wir beide haben die Leiche versteckt.«

Dennis warf seiner Tante einen Blick zu, als würde er sie für diese Aussage hassen, sagte aber nichts.

»Warum um alles in der Welt hast du den Jungen getötet?«, fragte der Polizist.

Valéria starrte ihn einen Moment lang verwirrt an, dann schüttelte sie heftig den Kopf. »Ich habe David nicht umgebracht!«

»*Sie* sind also der Mörder!«, rief Andreas und deutete auf Dennis.

Der Neffe hob abwehrend die Hände. »Ich war es nicht! Eigentlich habe ich damit gar nichts zu tun!«

»Warum bitte haben Sie dann dieses makabere Spiel inszeniert?«, mischte sich Nicola ein. »Mein Gott, der Tote liegt im Grab Ihres Mannes!«

»Das war Milène«, sagte Valéria leise. »Milène hat uns«, sie zögerte, »uns dazu gebracht«, vollendete sie, als hätte sie eigentlich etwas anderes sagen wollen.

Zulesi sog überrascht die Luft ein. »Milène Tanguy? Sie ist die Mörderin?«

»Das … das musst du sie selbst fragen«, erklärte die Restaurantbesitzerin stockend. »Dennis und ich haben ihr nur geholfen, die Leiche zu verstecken.«

»Einfach so?«, meinte Andreas ungläubig. »Eine kleine Handreichung unter Nachbarn?«

Sie atmete tief durch. »Bitte spotten Sie nicht. Das ist eine lange Geschichte.«

»David Brown hat nur eine Woche in Miramas-le-Vieux verbracht. So lang kann die Geschichte also nicht sein«, kommentierte Zulesi.

Sie musterte den Polizisten. »Jean-Michel, wie lange bist du jetzt geschieden? Zwei Jahre? Sehnst du dich nicht auch hin und wieder nach einem Körper an deiner Seite? Nach jemandem, der im Bett neben dir einschläft, atmet? Und nicht nur das …«

»Ich weiß nicht, was meine Scheidung mit dem toten Amerikaner zu tun haben sollte.«

»Ich sehne mich danach«, fuhr Valéria ungerührt fort, als hätte sie Zulesis sarkastischen Einwurf überhört. »Ich habe Charles geliebt, er war der Mann meines Lebens. Aber sein Leben war vorüber, meines ging weiter. Ich war seit zehn Jahren Witwe, als David hier aufgetaucht ist und das Zimmer gemietet hat. Du hast ihn ja selbst gesehen, Jean-Michel: Ich fühlte mich, als wäre der junge Brad Pitt bei mir eingezogen. David hat mich angelächelt – du weißt, wie er lächeln konnte –, und zuerst habe ich geglaubt, das ist einfach seine Art, er ist freundlich, und das hat nichts weiter zu bedeuten. Aber es *hatte* etwas zu bedeuten. Ich habe abends für ihn gekocht, wir haben genau hier an diesem Tisch gegessen und danach …« Sie atmete tief durch und errötete. »Gleich am ersten Abend, ein Mann, den ich kaum kannte, der mein Sohn hätte sein können, *mon Dieu*, was war ich verrückt! Aber es hat mir so gutgetan. Und, ich gebe es ja zu, ich fühlte mich auch geschmeichelt. Ich meine, welche Frau in meinem Alter kann noch einen so jungen Mann erobern?«

»Und welche Frau deines Alters versteckt die Leiche ihres jungen Liebhabers später im Grab ihres Mannes?«

»Sei bitte nicht gehässig, Jean-Michel. Es ist seither kein Tag vergangen, an dem ich nicht voller Schuldgefühle an David denke.«

Zulesi ist nicht gehässig, dachte Andreas, er ist eifersüchtig. Pech für ihn, dass Valéria das nicht einmal bemerkt hat.

Sie fuhr fort, energischer jetzt: »Aber dann habe ich erfahren, dass David mich betrogen hat. Es war schäbig. Ich hätte nie gedacht, dass ein Mensch einen anderen so betrügen kann.«

»Wer hat Ihnen davon erzählt?«, wollte Nicola wissen. »Milène?«

Valéria nickte. »Eine Woche, nachdem David hier aufgetaucht war und wir unsere Affäre begonnen hatten.«

»Der junge Amerikaner hatte andere Geschichten?«, rief Andreas. »Er hat Sie mit einer anderen Frau betrogen?«

»Nein, nein! Es war nicht so. Zumindest nicht genau so.«

»Sondern wie?«, fragte Nicola.

»Fragen Sie Milène.«

»Fragen Sie Milène, fragen Sie Milène!«, explodierte Andreas. »Milène, die Sie bittet, die Leiche David Browns verschwinden zu lassen – aber Sie wollen uns nicht sagen, ob Milène die Mörderin ist. Milène, die Ihnen von David Browns schrecklichem Betrug erzählt – aber Sie wollen uns nicht sagen, worum es sich dabei handelt! Sie …«

Zulesi fasste Andreas am Arm. »Wir werden Milène fragen«, versprach er ruhig und mit fester Stimme.

Valéria hatte Tränen in den Augen. »Ich kann es einfach nicht sagen«, flüsterte sie.

»Dann verrate uns wenigstens, wie ihr es gemacht habt«, forderte der Polizist sie auf.

Sie schluckte und schloss die Augen. »Wir haben damals in der Nacht Charles' Sarg ausgegraben und Davids Leichnam in das Grab gelegt«, erklärte sie schließlich mit stockender Stimme. »Charles' Sarg haben wir danach in dem Gewölbe am Haus in der Rue Frédéric Mistral versteckt. Dennis hatte den unterirdischen Raum schon Jahre zuvor bei einem seiner Streifzüge durch die Ruinen entdeckt, da war das Haus noch gar nicht renoviert worden.«

»Warum so aufwändig?«, unterbrach Zulesi sie. »Warum habt ihr die Leichen getauscht? Ihr hättet David Brown doch gleich in das Gewölbe legen können, niemand hätte das Grab deines Mannes anrühren müssen.«

Valérias Unterlippe zitterte. Dennis hatte die letzten Minuten stumm am Tisch gesessen, Andreas mochte nicht entscheiden, ob er beleidigt oder doch eher teilnahmslos wirkte. Nun jedoch, als er sah, dass seine Tante unfähig war weiterzusprechen, sprang er ihr bei. »Na, mein Onkel lag in diesem soliden Sarg«, erklärte er in ziemlich ungerührtem Tonfall. »Das Gewölbe war zwar gut versteckt, aber nicht luftdicht. Womöglich hätte man Davids Leiche irgendwann gerochen, wenn wir sie dort versteckt hätten. Wir dachten, Charles in dieser Kiste würde weniger nach Verwesung stinken als David, außerdem war die Leiche meines Onkels auch schon älter. Also haben wir den Amerikaner in die Erde verfrachtet und den Onkel ins Gewölbe. Das sollte eigentlich nur vorübergehend sein, bis die Flics nicht länger nach David Brown suchten. Dann hätten wir den Sarg an seinen ursprünglichen Platz zurückgebracht. Doch ein paar Wochen darauf hat dieses deutsche Ehepaar das Anwesen gekauft und renoviert, das hat Monate gedauert, die Fremden wollten da wohnen. Wir kamen nicht mehr unbemerkt an das Gewölbe heran. Aber das war eigentlich gar nicht so schlimm. Wir haben nämlich rasch gemerkt, dass niemand den Toten entdeckte, nicht einmal die Arbeiter, die die Deutschen eingestellt hatten. Am Ende haben wir uns gesagt, das Risiko, die Leiche noch einmal zu bewegen, ist größer, als alles so zu lassen, wie es nun einmal ist.«

»Und dann sind die Deutschen doch in ihre Heimat zurückgekehrt und haben das Haus an Ihren Kollegen verkauft. Der hat dort nur seine Ferien verbracht«, sagte Valéria und nickte zu Andreas hin, »er war also nur selten hier, das war noch sicherer für uns. In dem Gewölbe, hoffte ich deshalb, könnte Charles für immer in Frieden ruhen. Ich …«, Valéria rang mit sich, »… ich musste mitmachen. Milène hat mich gezwungen, die Leiche zu verstecken, ich konnte nicht nein sagen. Ich konnte auch nicht zur Polizei gehen. Ich hatte keine andere Wahl, als ihr dabei zu helfen.«

»Du hättest dich bei mir melden müssen. Man hat immer die Wahl«, mahnte Zulesi.

»Das sagt sich so leicht.«

»Hat Milène Sie denn auch vor ein paar Tagen gezwungen, die Leiche aus dem eingestürzten Gewölbe fortzuschaffen?«, fragte Nicola.

»Ja. Sie ist an dem Morgen sehr früh bei uns vorbeigekommen und hat uns erzählt, dass das Mauerwerk unter der Schneelast nachgegeben hat. Touristen seien im Haus, hat sie uns erzählt, sie würden früher oder später den Toten finden, wir müssten schnell handeln. Dennis hat einen Schlüssel zur Gartenpforte. Also haben wir das Auto genommen und sind zum Haus gefahren. Es hat nicht lange gedauert, den Sarg in den Wagen zu laden, Monsieur

Kantor hatte ihn ja praktisch schon komplett freigelegt. Es tut mir wirklich leid, dass Sie einen solchen Schreck bekommen haben.« Wieder blickte sie Andreas an. »Und dann sind wir zum Friedhof gefahren. Wir haben ihn noch an demselben Morgen beerdigt, bei diesem Wetter war niemand da. Nur René hätte uns unterwegs beinahe erwischt, der fuhr plötzlich mit seinem Range Rover durchs Dorf. Doch er weiß von nichts und hat uns deshalb bloß misstrauisch angeguckt. Aber der sieht einen ja eigentlich immer so komisch an.« Zum ersten Mal fing Valéria an zu weinen. »Ich habe die ganze Zeit über nicht einmal in den Sarg geschaut, obwohl der Deckel beschädigt war. Ich habe mir gesagt, das ist nur eine hölzerne Kiste, und was da noch drin liegt, das ist nicht mein Charles. Charles wird mir das verzeihen, wie er mir auch meine schwache Nacht verzeihen wird. *Mon Dieu*, wie oft habe ich mir seither gewünscht, ich hätte mich nie mit David eingelassen, dann wäre das alles nicht passiert!«

Zulesi blickte sie plötzlich voller Mitgefühl an.

Er glaubt ihr die Geschichte, dachte Andreas, der sich da selbst längst nicht so sicher war.

»Und wer hat mich niedergeschlagen?«, warf er ein und deutete auf seine Wunde über der Augenbraue. Sein Blick fixierte Dennis.

Der schüttelte aufgebracht den Kopf. »Ich habe keine Ahnung, wovon Sie reden! Warum sollte ich Sie niedergeschlagen haben?«

Tja, warum, dachte Andreas verwirrt. Er fragte sich, welche Rolle der Neffe wirklich spielte. Wer beseitigte einfach so eine Leiche? Und ausgerechnet die des Liebhabers der Tante? Warum war *er* nicht zur Polizei gegangen? Wer hatte ihn gezwungen, dabei mitzumachen? Milène? Oder musste niemand Dennis zwingen, weil er von dem Verbrechen profitiert hatte? Einen Moment kam ihm Inzest in den Sinn, doch das schien ihm zu absurd zu sein.

»Verhaftest du mich jetzt, Jean-Michel?«, fragte Valéria. Sie wirkte auf einmal erschöpft und fast so, als wollte sie verhaftet werden.

Zulesi schüttelte den Kopf. »Du solltest dich jetzt etwas ausruhen. Ich schicke ein paar Kollegen vorbei, für ein richtiges Verhör mit Protokoll und allem, was dazugehört. Sie werden dir die gleichen Fragen stellen wie ich und vermutlich noch tausend mehr. Es wird lange dauern und sehr anstrengend werden.«

»Ich sollte einen Anwalt anrufen, oder? Das Problem ist, dass ich überhaupt keinen Anwalt kenne. Die Flics werden mich in Untersuchungshaft nehmen, nicht wahr?«

»Nicht, wenn ich es verhindern kann. Ich rede mit den Kollegen. Fürs Erste habe ich nur noch eine Bitte an dich.«

»Welche?«

»Gib mir deinen Autoschlüssel.« Zulesi hielt die Hand auf und lächelte dünn.

Valéria holte ihre Handtasche aus der Küche, kramte darin herum und reichte ihm zwei Autoschlüssel. »Glaubst du etwa, dass ich jetzt noch verschwinden werde?«

»Ich glaube an fast gar nichts mehr – außer daran, dass deine alte Kiste das einzige Auto im Ort ist, das es jetzt noch durch den Schnee schaffen würde.« Das Handy des Polizisten summte. Er las die eingegangene SMS. »Die ersten Beamten sind am Friedhof eingetroffen. Es wird nicht mehr lange dauern, dann sind auch ein paar Leute hier.« Er blickte Andreas und Nicola an. »Wir sollten vorher noch etwas erledigen.«

Nachdem sie das Restaurant verlassen hatten, sah Andreas hinauf zum Nachthimmel. »Um zahllose dieser Millionen Sterne werden Planeten kreisen, und auf denen wird es Leben geben«, murmelte er. »Und in diesem ganzen restlichen Universum interessiert sich niemand für einen erschossenen jungen Studenten und eine entführte Leiche.«

»Sie sind mir ja ein Philosoph!«, lachte Zulesi. »Wenn man das so sieht, dann kann man gleich aufhören, noch irgendetwas zu tun. Alles, was wir machen, ist den Sternen gleichgültig. Ich stelle mir lieber vor, dass da oben doch jemand ist, der sich für uns interessiert. Deshalb erledige ich meinen Job, so gut es geht. Man kann nie wissen, ob man sich nicht doch mal irgendwann rechtfertigen muss. Und ich habe schon genug, für das ich mich rechtfertigen muss, wenn es mal so weit ist.«

»Ich frage mich, ob wir uns auch für das, was wir diese Nacht tun, rechtfertigen müssen«, murmelte Nicola, die sich tief in ihren Mantel verkrochen hatte. »Wir stören die Ruhe der Toten. Wir stören die Lebenden, gewissermaßen.«

»Wir stören den Mörder«, sagte Andreas entschieden und nahm sie in den Arm. »Das ist kein Verbrechen.«

Sie bogen um eine Ecke, traten dabei aus dem Windschatten und liefen voll in den Mistral hinein. Die Böen waren in den letzten Stunden noch stärker geworden, Andreas' Stirn und Wangen fühlten sich an, als würde jemand mit einem Eiskübel darauf eindreschen. Auf einer Fensterbank hatten sich vier Tauben zu winzigen grauen Federbällen zusammengekauert, es war ein Wunder, dass sie nicht weggeweht wurden. Ein leerer Farbeimer aus Plastik rollte, sich mehrmals um die eigene Achse drehend, die Gasse hinunter. Irgendwo über ihnen schlug ein loser Fensterladen gegen eine Mauer, und Andreas fragte sich, wie lange er wohl diese Tortur aushalten würde, bis er splitterte.

Als sie in die Impasse Suffren kamen, leuchtete in einem Fenster im ersten Stock noch Licht – Milènes Schlafzimmer, wenn Andreas sich nicht irrte. Sie klingelten und warteten. Irgendwie hatten die Böen die Schlitze in Andreas' Jacke gefunden, er spürte ihren eisigen Hauch an den Unterarmen, dort wo die Ärmel nicht ganz dicht anlagen, er spürte die Kühle zwischen den Schulterblättern wachsen und in Höhe der Nieren; er wünschte, diese Nacht wäre endlich vorbei. Nach einigen quälend langen Minuten öffnete die Hausherrin die Tür. Andreas hatte gehofft, sie würden in den Laden gehen, um mit ihr zu reden. Doch Milène trug einen langen, dunklen Wintermantel, eine Wollmütze und dazu passende Handschuhe, alles sehr elegant, vielleicht hatte sie dies vorhin bei der Weihnachtsmesse schon getragen. Sie trat hinaus auf die Gasse und schloss die Tür hinter sich.

»Ich habe euch vom Fenster aus gesehen. René schläft seinen Rausch aus«, erklärte sie. »Aber ich möchte trotzdem nicht das Risiko eingehen, dass wir ihn wecken.«

Zulesi starrte sie verblüfft an. »Du bist nicht überrascht, dass wir in der Heiligen Nacht hier aufkreuzen?«

Sie deutete auf ihr Haus. »Als wir vom Foire aux Santons aus Marseille zurückgekehrt sind, habe ich Renés Mantel in sein Zimmer gebracht. Ich habe die geöffnete Schublade mit der Pistole gesehen und sofort gewusst, dass jemand hier gewesen sein musste. René würde die Waffe niemals offen herumliegen lassen. Ich habe die Schublade geschlossen und ihm nichts gesagt. Ihr kennt ihn: Wer weiß, welche unüberlegten Dinge er getan hätte. Nachdem er eingeschlafen war, habe ich das Haus durchsucht. Zuerst die Kasse im Laden, selbstverständlich, dann mein Büro, den Salon, die Küche – nichts. Schließlich bin ich auf den Speicher gestiegen und habe die Fußabdrücke im Staub gesehen, die bis zur Dachluke führten. Das war der endgültige Beweis, dass wir ungebetenen Besuch gehabt hatten. Ich habe mir seither den Kopf darüber zerbrochen, wer es gewesen sein könnte. Und warum. Es fehlte ja nichts.«

Zulesi griff in seine Jackentasche und hielt die Casio-Uhr so hoch, dass der Schimmer einer Straßenlaterne darauf fiel. »Das fehlte.«

Milène schloss die Augen und hielt sich an einer Hauswand fest. »Da habe ich nicht nachgesehen ... Da sehe ich überhaupt nie nach ... Ich hätte das verdammte Ding wegwerfen sollen. Aber ich war zu sentimental.« Sie nahm sich zusammen, straffte sich, sah Nicola wütend an. »Das waren Sie, stimmt's? Sie haben mich urplötzlich zu dieser alten Geschichte befragt, Sie haben hier herumgeschnüffelt. Gehört das zu Ihrem Job als Journalistin, wühlen Sie immer in der Unterwäsche anderer Leute, um Ihre Texte zu schreiben?«

»Ich war auch dabei«, sagte Andreas rasch, bevor Nicola darauf antworten konnte. »Und wir haben uns bei Ihnen umgesehen, weil wir die Spuren eines Toten finden wollten. Eines Toten, den ich mit eigenen Augen gesehen hatte. Wie Sie ganz genau wissen, obwohl Sie mir einreden wollten, dass ich mir das alles eingebildet hatte.«

»Wir waren unten am Friedhof«, sagte Zulesi. »Wir haben David Browns Leiche gefunden. Wir haben mit Valéria und Dennis geredet. Möchtest du uns nicht alles erzählen, bevor die Beamten aus Marseille hier sind?«

»Ich will nicht ins Gefängnis. Nicht dafür ...«, flüsterte Milène.

»Ich fürchte, die Frage, ob du ins Gefängnis musst oder nicht, stellt sich nicht. Die Frage ist: wie lange?«

»Ich muss aus dieser Gasse raus, ich ersticke sonst!« Milène verließ mit raschen Schritten die Impasse Suffren, wandte sich auf der Rue Frédéric Mistral nach rechts und machte sich an den Anstieg zur Burgruine. Sie hatten Mühe, ihr zu folgen. Der Schnee knirschte unter ihren Sohlen. Oben leuchtete die überdimensionierte Weihnachtsdekoration. Die Mauern waren schwarze Schatten, die sich vor die Sterne schoben. Der Mistral peitschte über die Hügelkuppe. Sie sahen weit hinunter, in der Ferne schimmerte der Étang de Berre. Ein Bauernhof war in der Ebene zu ihren Füßen noch erleuchtet, eine Insel des Lichts in einem dunklen Ozean. Plötzlich tauchte eine Kette kleiner, flackernder blauer Lichter in der Nacht auf, zusammen mit den zitternden weißen Kegeln von Autoscheinwerfern und den roten Punkten von Rückleuchten.

»Die Kollegen kommen«, drängte Zulesi. »Wir haben nicht mehr viel Zeit.«

Doch Milène hielt erst unter dem zerstörten gotischen Gewölbe inne, das vielleicht einmal zur Kapelle der Festung gehört hatte. Hier boten die Ruinen Schutz vor den Böen, es war wunderbar still. »Es gab eine Zeit, da habe ich René wirklich geliebt«, sagte sie unvermittelt. »Ich weiß, es sieht wie ein Klischee aus: der ältere Chef und die junge Sekretärin ... Aber als René mir den Heiratsantrag gemacht hat, musste ich mir die Sache nicht zweimal überlegen.«

»René ist ja auch nicht gerade arm«, unterbrach Zulesi sie.

Milène bedachte ihn mit einem finsteren Blick. »Manche Männer machen Karriere, andere nicht. Es stimmt, sein Geld hat mir ermöglicht, meinen Beruf aufzugeben und mich ganz den Santons zu widmen. Der Laden, die Werkstatt, das Haus in Miramas-le-Vieux – allein hätte ich mir das alles nie aufbauen können. Aber ich habe ihn nicht aus Berechnung geheiratet.« Sie zögerte, sah den Polizisten nervös an, sagte dann unvermittelt: »Gib mir eine von deinen Gitanes, Jean-Michel.«

Wortlos reichte ihr Zulesi die Packung, hielt ihr dann

das Feuerzeug hin, nahm sich selbst eine Zigarette. Zwei winzige rote Punkte glühten in der schwarzen Ruine.

Milène inhalierte gierig, hustete, schüttelte den Kopf, nahm den nächsten Zug. »Ich habe vor mehr als zehn Jahren aufgehört. *Mon Dieu,* ich hatte vergessen, wie gut das schmeckt!«

»Hast du René zuliebe aufgehört?«, wollte Zulesi wissen.

»Ja. Wir wollten damals Kinder haben, doch das hat nie geklappt und, na ja …« Sie nahm den nächsten Zug. Wenn sie so weitermachte, wäre die Zigarette in dreißig Sekunden verglüht, dachte Andreas. »Erst als René aufhörte zu arbeiten, ging es mit unserer Ehe bergab. Er war den ganzen Tag im Haus, aber«, sie hob verzweifelt die Hände, »er tat *nichts*! Keine Hobbys. Keine Freunde. Dieser Mann hat nicht einmal Fernsehen geguckt! Saß einfach nur herum und … Na ja, es fühlte sich an, als würde er mich belauern oder bewachen, als würde er jeden meiner Schritte kontrollieren.«

»Und er lauschte jedem Gespräch, das Sie mit Kunden führten«, sagte Andreas.

Milène nickte resigniert. »René ist schrecklich eifersüchtig. Krankhaft. Aber …«

»… eine Scheidung hätte Sie Ihren Laden gekostet«, vollendete Nicola. In ihrer Stimme schwang Mitgefühl. »Sie hätten nicht einfach Ihren Lebensunterhalt verloren, sondern den Sinn Ihres Lebens. Ich weiß, wie das ist, wenn einem der Job so viel bedeutet.«

»Ja?« Milène blickte sie zweifelnd an. »Jedenfalls kam

eine Scheidung nicht in Frage, eine normale Ehe haben wir aber auch schon lange nicht mehr geführt. Und eines Tages stand David in meinem Laden und bat darum, dass ich ihm einige Santons zeige.«

Andreas fiel wieder ein, wie Valéria sich gefühlt hatte: Da lebst du in diesem Kaff, und plötzlich steht der junge Brad Pitt vor dir.

»David war, wie ich später erfuhr, schon seit zwei Tagen in Miramas-le-Vieux«, fuhr Milène fort, »aber ich hatte ihn noch nicht gesehen. Im Sommer geht es hier manchmal zu wie im Supermarkt beim Schlussverkauf, da achtet man nicht auf jeden Touristen. Zufällig hatte sich zu dem Zeitpunkt aber niemand sonst in den Laden verirrt, es war ein sehr heißer Nachmittag. René war ausnahmsweise nicht da, er hatte sein Auto zur Werkstatt gebracht. Ich habe David also meine Figuren gezeigt, er stellte mir Fragen, er war interessiert, charmant, und irgendwann haben wir uns in die Augen gesehen, und wir wussten beide, was wir wollten. Wir sind ohne weitere Worte einfach nach oben ins Schlafzimmer gegangen und haben es getan.«

Andreas dachte an Renés Eifersucht und an die Pistole in der Nachttischschublade. »Und da ist Ihr Mann zurückgekommen und hat Sie überrascht«, murmelte er.

Sie blickte ihn einen Moment lang verwirrt an, lächelte und schüttelte den Kopf. »Nein. Wir haben eine schöne Stunde verbracht, und dann ist David wieder gegangen. Ich habe mir überlegt, wie ich ihn wiedersehen kann. Im Sommer schließe ich meinen Laden immer über die Mittagszeit, René und ich essen im Table du Roy. Ich habe meinem Mann also gesagt, dass ich einen Satz Santons unbedingt fertigmachen muss und deshalb einige Tage mittags in der Werkstatt sein werde. Er ist dann tatsächlich allein essen gegangen. David hatte das Zimmer über Valérias Restaurant. Sobald er meinen Mann auf der Terrasse sah, kam er zu mir. René hat nie etwas gemerkt.«

»Nicht mal, als du David diese Uhr geschenkt hast?«, fragte Zulesi.

Milène zögerte. »Da hat er vielleicht doch etwas geahnt. Aber das war ja auch schon beinahe das Ende.« Sie sah in den Himmel. »Ich hatte diese Uhr als Geschenk für einen Cousin gekauft, doch René hat einfach etwas anderes besorgt, ohne mich zu fragen, das war so seine Art. Als ich ihm die Casio gezeigt habe, hat er sie nur lächerlich gemacht und darauf bestanden, dass wir dem Cousin das schenken, was er ausgesucht hatte. Ich war so wütend auf diesen groben Klotz. Also habe ich die Uhr meinem Liebhaber geschenkt, es war meine Art, ihn zu verspotten. René hat darüber später eine seiner sarkastischen Bemerkungen gemacht, aber da war David ja schon verschwunden, und er hat die Sache auf sich beruhen lassen.«

»Sie haben ihm die Uhr am Tag seines Todes geschenkt«, sagte Nicola. »Wir haben die Fotos von Monsieur Zulesi gesehen.«

»Ja. David war morgens im Laden und meinte, dass er an diesem Tag unser mittägliches Rendezvous nicht einhalten könnte, weil er eine Wanderung in den Alpilles machen wollte. Wir haben dann ein Treffen für den Abend verabredet, alles heimlich und rasch, und wir haben Englisch gesprochen, René war ja morgens immer im Hinterzimmer und hatte sicherlich gelauscht. Ich habe David die Uhr geschenkt und ihn noch bis vor den Laden begleitet – da hast du uns fotografiert, Jean-Michel. Ich war übermütig wie eine verliebte Fünfzehnjährige, ich hätte es nicht tun sollen. Hinterher ist man immer so klug wie Einstein vorher schon war. David hat sich danach auf den Weg zum Table du Roy gemacht, er wollte noch ein paar Sachen einpacken und dann zur Bushaltestelle aufbrechen. Ich bin zurück in den Laden gegangen. Da lag … Hast du noch eine Zigarette, Jean-Michel?«

Sie ließ sich wieder eine Gitanes und Feuer geben, inhalierte tief und blies den Rauch in den Himmel. »Da lag Davids Handy zwischen den Santons, er musste es vergessen haben. Ich habe es genommen, um es ihm zu bringen, und wollte schon loslaufen, dabei habe ich zufällig irgendwie den Bildschirm aktiviert, *mon Dieu*, David hatte ihn noch nicht einmal durch einen Code geschützt. Ich weiß nicht, was mich getrieben hat, ich war einfach neugierig, mehr von dem Mann zu erfahren, mit dem ich ein Verhältnis hatte. Zuerst habe ich mir ein paar Fotos angesehen. Die üblichen Reisebilder von England, Deutschland, Holland, Frankreich, er war schon überall gewesen, aber ein genialer Fotograf war David nicht. Aber dann habe ich mir die Videos angesehen …« Milène starrte ins Leere. »Es war so … so beschämend.«

Andreas hatte plötzlich eine Ahnung. »Er hat Sie gefilmt«, sagte er empört.

Milène seufzte müde. »Ich weiß nicht, wie er es angestellt hat. Aber er hat uns gefilmt, als wir zusammen im Bett waren. Jedes Mal.«

Nicola warf Andreas einen Blick zu und formte mit den Lippen einen Namen: Valéria.

Milène hatte das mitbekommen und nickte. »Ja«, sagte sie bitter. »David hatte es auch mit Valéria getrieben. Und es gab noch mehr Filme ... Dutzende Filme, mit mehreren Frauen. Ich habe mir die Daten angesehen. Er hat während seiner ganzen Europareise seine Eroberungen verewigt. Es waren immer«, sie holte tief Luft, »nun ja, ›reife Frauen‹, sagt man das so?« Sie versuchte sich an einem Lächeln, das kläglich scheiterte. »Frauen, die seine Mütter hätten sein können. Wahrscheinlich hat er in jedem Land, das er bereiste, welche kennengelernt. Es war«, sie ballte ihre Hände zu Fäusten, »eine Trophäensammlung. *Mon Dieu*, ich habe mich in meinem ganzen Leben noch nie so elend gefühlt wie in diesem Moment in dem Laden. Und René war nur ein paar Schritte entfernt im Hinterzimmer. Ich konnte noch nicht einmal schreien oder fluchen oder weinen. Ich wollte sterben, ich wollte wirklich sterben. Aber dann habe ich mir auf einmal gesagt: Warum soll *ich* sterben?«

»Du hast David Brown getötet, weil du dich für diese Videos rächen wolltest?«, fragte Zulesi.

»Rache ... das auch.« Sie überlegte lange, dann atmete sie tief durch. »Aber wahrscheinlich auch aus Vorsicht. Ich hatte keine Ahnung, was David mit diesen Filmen tun wollte. Vielleicht wäre das für immer seine private Sammlung geblieben. Aber womöglich hätte er mich und die anderen auch erpresst, vielleicht wollte er seine Reise so finanzieren, wer weiß? Oder hätte er die Sachen irgendwann ins Internet gestellt und damit geprahlt? Ich wäre vor Scham eingegangen, wenn das geschehen wäre, abgesehen davon, dass René mich dann vor die Tür gesetzt hätte. Ich habe mich so erniedrigt und beschmutzt gefühlt, und ich war so unglaublich wütend, es war wie eine Trance. Ich habe mich auf einmal gar nicht mehr darum gekümmert, was René denken würde: Ich bin einfach nach oben in sein Schlafzimmer gestürmt, habe die Pistole eingesteckt und bin aus dem Haus gerannt. Im Table du Roy habe ich David nicht mehr angetroffen, aber am Rand der Landstraße, kurz vor der Bushaltestelle, habe ich ihn eingeholt. Ich war atemlos und zornig, aber zugleich war ich ganz kalt – so als würde ich mich selbst von außen sehen und ganz nüchtern die Lage analysieren, verstehst du, Jean-Michel?«

»Als ich geschossen habe, da habe ich die Lage garantiert nicht nüchtern analysiert«, erwiderte Zulesi.

Milène ignorierte ihn, vielleicht hatte sie gar nicht verstanden, was der Polizist gesagt hatte. »David hat mich kommen sehen, laufend, mit geröteten Wangen, die Frau, die ihrem Liebhaber hinterherrennt«, fuhr sie fort. »Ich habe gemerkt, wie es ihm geschmeichelt hat und dass er dachte, ich wollte ihm noch einmal um den Hals fallen; er war nicht einen Augenblick lang misstrauisch. Also habe ich ihn geküsst und ihm ins Ohr geflüstert, dass wir noch ein paar Minuten hätten, bevor der Bus kommt, und er solle mit mir in den Wald gehen. Er hat gelacht und sich mitziehen lassen, er war so verdammt eitel. Sobald wir tief genug im Wald waren, sodass man die Landstraße nicht mehr sehen konnte, habe ich die Pistole herausgeholt und ihm in den Kopf geschossen.«

Nicola schlug die Hände vor den Mund. Sie sah aus, als müsste sie sich gleich übergeben. Andreas legte ihr eine Hand auf die Schulter, obwohl er sich nicht besser fühlte als seine Frau.

»Ich habe keine Szene gemacht, habe ihm nichts gesagt, ich glaube, David hat nicht einmal begriffen, dass er jetzt sterben würde«, gestand Milène tonlos. »Ich habe einfach abgedrückt, und das Einzige, was ich in diesem Moment gespürt habe, war der Schrecken darüber, wie laut so ein Pistolenknall ist.

Dann lag er tot vor mir. Ich habe immer noch nichts gespürt, nur die Lage ganz kalt überdacht. Wenn man den Toten fände, würde man mir auf die Spur kommen? Wahrscheinlich ja. Du selbst hast mich mit David an diesem Morgen gesehen, Jean-Michel.«

»Hätte ich damals bloß geahnt, was kommt!«, rief Zulesi.

Die Santonnière nickte traurig. »Deshalb musste er ja verschwinden. Wenn man David fände, dann wüsste man auch, dass er erschossen worden war. Ich habe genug Krimis gelesen, um zu wissen, dass eine Pistole auf der Hand Spuren hinterlässt. Schmauchspuren, nennt man das so, Jean-Michel? Ich hatte ja noch nicht einmal an Handschuhe gedacht, man würde auf meiner Haut sicherlich etwas finden, wenn man erst einmal auf die Idee gekommen wäre, mich zu verhören. Und die Pistole? Wenn ich sie zurücklegte, würden die Flics sie finden. Aber wenn ich sie verschwinden ließ, würde es René irgendwann auffallen, und er würde sich seinen Teil denken. Ich hatte keine Wahl: Ich musste die Leiche verschwinden lassen, damit man gar nicht erst auf die Idee kommen würde, nach einer Pistole zu suchen.«

»Und dann haben Sie Valéria erpresst«, sagte Andreas. »Sie war ja auch auf einem dieser schmutzigen Videos zu sehen.«

»Was sollte ich sonst tun? Ich hätte das niemals allein geschafft. Ich bin zum Restaurant gegangen und habe Valéria Davids Handy gezeigt. Sie war noch entsetzter als ich, obwohl sie gar keinen eifersüchtigen Mann mehr hat. Ich glaube, Valéria hat irgendwie gedacht, dass ihr Charles aus dem Jenseits diesen Film sehen könnte. Es war jedenfalls nicht schwer, sie davon zu überzeugen, mitzumachen.«

»Und warum war auch Dennis dabei?«, wollte Nicola wissen.

»Erstens weil er Valéria und mich belauscht hat, als ich ihr das Video gezeigt habe«, erklärte Milène. »Der Typ schleicht einfach überall herum. Plötzlich ist er neben unserem Tisch im Restaurant aufgetaucht und wusste, was passiert war. Er war aber nicht empört, im Gegenteil: Dennis hat David auch gehasst, weil der seine unbeholfenen Avancen mit Gelächter quittiert hatte. Und außerdem, nun ja, wusste Dennis sofort, dass die Gelegenheit günstig war:

Er kannte nun den schmutzigen kleinen Fehltritt seiner Tante und meine noch schmutzigere Tat. Zur Belohnung für sein Schweigen hat er gefordert, dass er sein Leben lang in ihrer Wohnung hausen darf. Und er wollte niemals selbst Geld verdienen müssen.«

»Deshalb alimentiert Valéria ihn«, meinte Zulesi.

»Und ich auch!«, rief Milène bitter. »Ich stecke ihm jeden Monat Geld zu, das ich aus der Geschäftskasse verschwinden lasse. Ich glaube, auch das macht René misstrauisch. Er ahnt, dass wir Verluste machen, aber er hat bis heute nicht herausgefunden, wohin die Scheine flattern.«

Milène ließ sich von Zulesi die dritte Zigarette geben. Sirenen hallten durch die Gassen. Neben Valérias Restaurant hatten blaue, rote, gelbe und weiße Lichter eine Art blinkende Kuppel gebildet. Über die Böen des Mistrals hinweg konnten sie Stimmen hören.

»Wir haben nicht mehr viel Zeit«, drängte Zulesi. »Gleich sind meine Kollegen hier oben.«

Milène blickte ihn müde an. »Den Rest der Geschichte kannst du dir doch auch selbst zusammenreimen, Jean-Michel. Valéria, Dennis und ich sind mittags in dem Lieferwagen bis zur Landstraße gefahren. Ein Sommermittag in der Provence – das ist so einsam wie die Sahara. Alle Leute sitzen im Restaurant oder verdösen ihre Zeit bei der Siesta. Niemand hat gesehen, wie wir Davids Körper in den Kangoo geschafft haben. Ich habe ihm die Uhr wieder abgenommen und bei mir versteckt, wohl aus reiner Sentimentalität. Die Pistole habe ich in Renés Schublade zurückgelegt. Mein Mann hat nie bemerkt, dass sie gefehlt hat. Valéria, Dennis und ich haben bis zur folgenden Nacht gewartet, David in Charles' Grab versteckt und Charles' Sarg in dem Gewölbe neben dem verlassenen Haus, das Dennis entdeckt hatte. Wenn dieser verdammte Schnee nicht gewesen wäre, würden die beiden Toten heute noch in Frieden ruhen.«

»In Frieden!«, rief Andreas empört. »Ich bin bald vor Schreck gestorben, als ich die Leiche gesehen habe. Und anschließend haben mich alle für verrückt erklärt!«

»Ich dachte im ersten Moment, ich könnte Ihnen die Sache als Illusion einreden«, gab Milène zu. »Damit Sie nicht zur Polizei gehen. Aber Sie haben einfach nicht lockergelassen. Ich hatte nachts zufällig gesehen, dass das Gewölbe eingestürzt war, aber ich konnte nichts machen, ich hatte ja nicht einmal den Schlüssel zur Gartenpforte. Und am nächsten Morgen haben Sie den Sarg entdeckt, bevor wir so weit waren, ihn fortzuschaffen. Ich habe gesehen, wie Sie durch die Gassen gelaufen sind, und Valéria angerufen: Sie sollte mit Dennis die Leiche verschwinden lassen, während ich mich um Sie kümmern würde. Deshalb sind wir noch mal zu mir in den Laden, ich wollte Sie so lange wie möglich vom Haus fernhalten. Dann habe ich einen Moment lang gehofft, Sie würden den Vorfall auf sich beruhen lassen. Ich hatte Ihrer Frau gegenüber angedeutet, dass Sie, nun ja, einen Aussetzer hatten. Ich denke, sie hat mir geglaubt.«

»Das war hinterhältig!«, zischte Nicola.

Milène hob bedauernd die Arme. »Es hat mir ja sowieso nichts genützt. Sie wollten unbedingt zur Polizei. Ich habe Sie deshalb zu Jean-Michel gebracht, nicht zur Wache. Sei mir nicht böse, Jean-Michel, aber ich weiß, dass du Probleme hast. Ein Flic wie du, habe ich gedacht, wird sich um so eine wirre Geschichte nicht wirklich kümmern. Wieder ein Irrtum. Langsam fühlte ich, wie sich die Schlinge zuzog. *Mon Dieu,* so groß ist Miramas-le-Vieux ja nicht! Was sollte ich noch tun?«

Sie blickte Andreas an und vollführte mit der Hand, in der sie die Zigarette hielt, eine bedauernde Geste. »Ich wollte Sie bloß verscheuchen, erschrecken, Sie sollten verschwinden. Also habe ich so offen mit Ihnen geflirtet, dass René es mitkriegen musste. Er ist cholerisch, ich dachte, er würde ihnen Prügel androhen und dass Sie es daraufhin mit der Angst zu tun kriegen und abreisen. Ich schwöre, ich habe nicht geahnt, dass er Ihnen nachts mit einem Holzknüppel auflauern würde!«

»Er hätte mich beinahe erschlagen«, sagte Andreas nur.

»Sie hätten beinahe noch einen Mord auf dem Gewissen gehabt!«, rief Nicola zornig.

Milène erwiderte darauf nichts.

In diesem Augenblick kroch ein Streifenwagen über die verschneite Gasse bis zur Burgruine hoch. Ein zweiter folgte. Ein dritter. Lichter flackerten zwischen den Mauern.

»Wir sind hier!«, rief Zulesi und schwenkte seine Taschenlampe.

Panik stand nun in Milènes Gesicht geschrieben. »Ich werde ›lebenslänglich‹ kriegen, nicht wahr?«

Zulesi schüttelte den Kopf. »Ich bin kein Richter, aber ich glaube nicht. Hast du das Handy mit den Videos noch?«

»Ich habe es im Wald vergraben. Ich glaube, ich könnte die Stelle wiederfinden.«

»Dann zeig es den Beamten. Die Kollegen der Kriminaltechnik können heute Wunderdinge vollbringen, vielleicht können sie die Filme rekonstruieren. Wenn man sie einem Richter zeigt, läuft das wohl unter ›mildernde Umstände‹.«

Eine Stunde später hatten Polizisten Milène abgeführt, sie war auf dem Weg nach Marseille. Einige Beamte hatten Zulesi, Nicola und Andreas jeweils getrennt befragt – zum Glück in Streifenwagen bei laufenden Motoren, damit die Heizung lief. Sie erfuhren, dass auch Valéria und Dennis verhört, aber vorläufig noch nicht verhaftet worden waren.

Danach fanden sich die drei im Schatten der Burgmauer wieder. Der Polizist hatte Ringe unter den Augen und schwankte vor Müdigkeit, aber er wirkte zufrieden, ja erleichtert. »Das ist die erste Nacht seit zwei Jahren, in der ich mich nicht wie das letzte Arschloch fühle«, verkündete er.

»Was wird aus Milène?«, fragte Andreas.

Der Polizist zuckte mit den Achseln. »Wenn sie einen guten Anwalt hat, wird sie zwar zu etlichen Jahren Gefängnis verurteilt werden, muss aber nur ein paar davon absitzen, der Rest wird zur Bewährung ausgesetzt. Aber auch danach wird sie es zunächst schwer haben, fürchte ich. Diese schmutzigen Filme und überhaupt der ganze Skandal werden im Prozess sicher thematisiert, und die Journalisten werden das ausschlachten. René wird alles erfahren und … Nun, Sie haben ihn ja besser kennengelernt, als Ihnen lieb ist. Milène wird Mann und Haus und Laden verlieren, schätze ich. Aber vielleicht gibt ihr das die Chance, irgendwann und irgendwo noch einmal neu anzufangen. Sie lässt sich nicht unterkriegen.«

»Valéria und Dennis werden glimpflicher davonkommen, vermute ich«, sagte Nicola.

»Wegen Beihilfe. Vielleicht wird ihre ganze Strafe zur Bewährung ausgesetzt, vielleicht auch nicht. So oder so: Ihr Restaurant wird zur ersten Adresse am Ort werden. Wie ich die Leute kenne, werden sie Schlange stehen, um in diesem sicher bald berühmt-berüchtigten Haus zu essen. Denn sicher werden hier wieder Reporter einfallen, und danach werden die Touristen nicht nur im Sommer kommen, sondern das ganze Jahr.«

»Und Sie?«, wollte Andreas wissen. »Werden Sie in Marseille wieder in Gnaden aufgenommen?«

»Oh nein!« Zulesi lachte. »Wenn ich Glück habe, werden sie mich in der Évêché wenigstens nicht länger behandeln, als käme ich gerade von der Müllkippe. Aber ich will gar nicht zurück. Mir gefällt es in Miramas-le-Vieux. Ich glaube, ich werde meine Fensterläden streichen, wenn dieser verdammte Winter vorbei ist.«

»Sie könnten auch noch ein paar neue Möbel kaufen«, schlug Nicola vor.

Zulesi schüttelte ihnen die Hand. »Wenn Sie mal wieder hier Urlaub machen, dann melden Sie sich bei mir: Ich werde Ihnen ein frisch renoviertes Zimmer vermieten. Zum Freundschaftspreis.«

Als Nicola und Andreas endlich Arm in Arm in ihrem Bett lagen, kündigte ein grauer Streifen am östlichen Horizont bereits einen neuen, mistralklaren Morgen an.

»Wenn ich an Valéria und Milène denke, dann wird mir erst klar, wie viel Glück ich habe«, flüsterte sie.

»Das Glück ist ganz meinerseits«, erwiderte er. Gerade als er sich über Nicola beugte, um sie zu küssen, summte sein Handy auf dem Nachttisch. Er sah auf das Display. Chiara. Er nahm das Gespräch an und schaltete den Lautsprecher ein, aus dem das Wummern von dezidiert unweihnachtlicher Musik drang. Über den Lärm hinweg war die Stimme ihrer Tochter kaum zu verstehen: »Frohes Fest!«

»Das wünschen wir dir auch, Schatz!«, antworteten sie unisono. »Feierst du schön?«

»Wahnsinn!« Ihre Stimme vibrierte vor guter Laune. »Hier ist ordentlich was los. Und bei Euch? Wie geht es euch in eurem idyllischen Bergdorf?«

Andreas spürte Nicolas Körper in seinen Armen. Er lauschte der Stimme seiner Tochter. Er fühlte sich unfassbar gut.

»Hier war auch einiges los«, antwortete er.

Nachwort

Miramas-le-Vieux ist tatsächlich ein wundervoller Ort im Süden der Provence, zur Hälfte verfallen und zur Hälfte herausgeputzt. Wer das Städtchen kennt, wird die Burgruine und die Friedhofskapelle wiedererkennen, manches renovierte und manches vergessene Haus und auch die realen Vorbilder für Restaurant sowie Kunstgalerie. Doch das Table du Roy und die Galerie Tanguy des Romans sind fiktiv, genauso wie alle Personen und alle Verbrechen frei erfunden sind und nicht einmal entfernte Vorbilder im echten Leben haben.

Leider ebenfalls erfunden, auch wenn ich wünschte, es wäre anders: In der schönen, alten und reichlich verlassenen Kapelle Saint-Julien wird keine Weihnachtsmesse zelebriert. Wer die Heilige Nacht in einer provenzalischen Kirche feiern will, muss dies in einem der Gotteshäuser der Nachbarstädte tun. Anrührend ist es überall – und ganz ohne gruselige Intrigen in finsterer Nacht.

Von Cay Rademacher sind bei DuMont
außerdem erschienen:

Der Trümmermörder
Der Schieber
Der Fälscher
Ein letzter Sommer in Méjean

FSC
www.fsc.org
MIX
Papier aus verantwortungsvollen Quellen
FSC® C083411

Erste Auflage 2020

Umschlaggestaltung: Lübbeke Naumann Thoben, Köln
Satz: Angelika Kudella, Köln
Gesetzt aus der Arno
Druck und Verarbeitung: CPI books GmbH, Leck
Gedruckt auf säurefreiem und chlorfrei gebleichtem Papier
Printed in Germany
ISBN 978-3-8321- 8139-0

www.dumont-buchverlag.de

—

»Schwitzpotenzial hat die Provence seit jeher – und Suchtpotenzial, seit Cay Rademacher dort seine Krimis um Capitaine Roger Blanc ansiedelt.«

WIENER ZEITUNG

Mehr von Cay Rademacher bei DuMont

MÖRDERISCHER MISTRAL

272 Seiten / Auch als eBook

Von der Frau verlassen und in die Provinz versetzt: Capitaine Roger Blanc steht vor den Trümmern seines Lebens. Kurz nach seiner Ankunft wird ihm ein Mordfall zugewiesen. Und Blanc muss feststellen, dass in der Provence hinter der Idylle die finstere Gewalt lauert.

TÖDLICHE CAMARGUE

304 Seiten / Auch als eBook

August, die Luft flirrt in drückender Hitze. Ein schwarzer Kampfstier ist von der Weide entkommen und hat einen Fahrradfahrer mit den Hörnern aufgespießt. Ein bizarrer Unfall? Bald entdeckt Blanc ein Indiz dafür, dass jemand das Gatter absichtlich geöffnet hat …

BRENNENDER MIDI

304 Seiten / Auch als eBook

Ganz Frankreich kehrt aus dem Sommerurlaub zurück, mit ordentlichem Kater und übler Laune. Da kommt es für Roger Blanc noch schlimmer: Ein Propellerflugzeug stürzt ab, der Pilot der Maschine ist tot. Blanc eilt zum Unfallort und wird mit vielen Ungereimtheiten konfrontiert …

GEFÄHRLICHE CÔTE BLEUE

320 Seiten / Auch als eBook

Capitaine Roger Blanc und sein Kollege Marius Tonon sollen an der Côte Bleue eine geheimnisvolle Tauchmission der Regierung begleiten. Zunächst sieht das alles nach einem einfachen Job aus – bis ein unbekannter Taucher im Wasser treibt, eine Harpune steckt in seinem Auge ...

DUNKLES ARLES

352 Seiten / Auch als eBook

Blanc hatte es sich so schön vorgestellt: ein gemeinsames Wochenende in Arles mit seiner Geliebten Aveline. Doch schon nach kürzester Zeit finden sich der Gendarm und die Richterin in einem Albtraum wieder. Aveline wird Zeugin eines brutalen Mordes ...

VERHÄNGNISVOLLES CALÈS

448 Seiten / Auch als eBook

Als Roger Blanc in die Grotten von Calès gerufen wird, glaubt er zunächst, für den Fall nicht zuständig zu sein: Eine Archäologin ist dort auf ein scheinbar uraltes Skelett gestoßen. Doch im Stirnknochen gähnt das Einschussloch einer Pistolenkugel ...

VERLORENES VERNÈGUES

382 Seiten / Auch als eBook

Vieux Vernègues wurde einst durch ein verheerendes Erdbeben zerstört. Eines Nachts werden Blanc und seine Kollegen in die Ruinenstadt gerufen. Ein Rudel Wölfe hat zahlreiche Schafe einer Herde gerissen. Blanc ist es ein Rätsel, warum er sich der Sache annehmen soll – bis diverse Beteiligte zu den Waffen greifen ...